노르타 왕국 및
주변 지역들

레이크랜즈

타리온 호수

초크 · 코르비움 · 로캐스타

에리스 호수

엘리전트 리버

프린스 스테이트

리프트

타우러

피타러스

리프트 로드

워스

피에드몬트

레드 퀸: 적혈의 여왕 I

RED QUEEN #1
by Victoria Aveyard

레드 퀸 : 적혈의 여왕 I

빅토리아 애비야드 | 김은숙 옮김

RED
QUEEN

황금가지

내가 그러지 못한 순간에조차 다음에 올 일이 무엇인지 알고 싶어 했던,

엄마, 아빠, 그리고 모건에게 바칩니다.

노르타 왕국 및 주변 지역들

레이크랜즈

레드본 호수

퀸스 레이크

켈라운 리버

렌캐서

머치 코스트

타리온 호수

아데로나크

킹 스테이트

리젠트 스테이트

초크

코르비움 로캐스타

시라카스

아이언 로드

캔코르다

에리스 호수

웨스트레이크

노르타

스틸츠

서머튼

그레이트 리버

오리엔프래티스

하버베이

엘리전트 리버

프린스 스테이트

프린스 리버

머치 리버

아케온

헤이븐

비콘

포트 로드

내얼시

반 아일랜드

리프트

타우러스

델피

델피

피타러스

리프트 로드

워시

바다

피에드몬트

차례

제1장

　나는 '첫 번째 금요일'이 싫다. 첫 번째 금요일마다 마을은 사람들로 꽉 차서 붐비는데, 지금 같은 한여름의 열기 속에서 이런 번잡스러움은 누구라도 싫을 것이다. 내가 있는 그늘 속은 그렇게까지 나쁘지는 않지만, 오전 작업으로 온통 땀으로 번들거리는 몸에서부터 풍기는 악취는 거의 우유 썩는 내를 연상시킬 수준이다. 공기는 열기와 습기로 일렁거리고, 심지어 어제의 폭풍이 만들어 놓은 물웅덩이들조차 뜨끈뜨끈한 상태로 끈끈한 기름이 만든 무지개 줄을 그리고 있다.

　모든 사람들이 그날의 가판을 접는 중이고, 시장은 마무리되는 분위기이다. 상인들이 다른 곳에 주의를 파느라 방심한 상태인 덕분에 그 사람들의 재산 중에 원하는 건 무엇이라도 챙기기 쉽다. 자질구레한 싸구려 장신구들로 주머니가 불룩해질 때쯤 일을 마무리하고,

돌아갈 길을 위해 사과도 하나 챙겼다. 몇 분 동안의 작업치고는 괜찮은 성과였다. 사람들의 무리가 움직이는 동안, 나는 그 흐름에 몸을 맡긴다. 내 손은 동에 번쩍 서에 번쩍 하며 언제나 재빠르게 움직인다. 한 남자의 주머니에서 지폐 몇 장, 한 여자의 손목에서 팔찌 하나, 대단히 큰 건 아무것도 없다. 마을 사람들은 그들 한가운데에 있는 소매치기를 알아차리기에는 발을 질질 끌며 걷는 것만으로도 너무 바쁘다.

지주 위로 솟은 높은 건물들이 우리 주변을 둘러싸고 진흙 땅 위 3미터 높이로 서 있다. 스틸츠라는 마을 이름이 여기에서 유래했다.(Stilts, 'stilt'는 건물을 바치는 기둥인 지주를 뜻한다——옮긴이) 엄청 독창적이다. 봄에는 아래쪽 제방이 물에 잠기지만, 지금은 8월이고, 8월은 탈수에 일사병이 마을에 만연하는 시기이다. 거의 모두가 작업과 학교가 일찍 끝나는 매달 첫 번째 금요일을 고대한다. 하지만 나는 아니다. 그렇다, 나는 교실 가득 채운 아이들 틈바구니에서 아무것도 배우지 않는 채로 학교에 있는 편이 좋다.

앞으로 오래 학교에 다닐 예정인 것은 아니다. 18번째 생일이 다가오고 있고, 그날이 지나면, 징병이다. 나는 견습 중인 것도 아니고, 직업도 없으니 다른 모든 놀고 있는 애들처럼 전쟁으로 보내질 것이다. 모든 남자와 여자와 아이들이 군대를 기피하려고 애를 쓰고 있는데, 할 일이 남아 있다는 게 신기한 일일 것이다.

오빠들 역시 18살이 되자 전쟁터로 보내졌고, 세 명 모두 레이크랜즈와의 전쟁에 배치되었다. 쉐이드 오빠만이 조금이나마 글을 쓸 수 있어서, 할 수 있을 때마다 편지를 보내준다. 브리와 트래미 오빠들의 소식은 지금까지 1년이 넘도록 듣지 못했다. 하지만 무소식이 희소식이다. 가족들은 몇 년간을 아무 소식도 듣지 못하고 보내야 하고, 자신의 아들딸들이 현관 앞 계단에 서 있는 모습을 집을 떠날 때 아니면 운 좋게 제대해서 돌아오는 경우에만 볼 수 있는 것이다. 하지만 대개는 당신의 자식의 생명을 내어 줘서 고맙다는 짧은 감사의 말 아래로 왕의 인장이 찍힌, 두툼한 종이로 만든 편지 한 장을 받는다. 어쩌면 아이들이 입었던 제복에서 뜯어낸 단추 몇 개를 받을 수도 있다.

브리 오빠가 떠날 때 난 13살이었다. 오빠는 내 뺨에 입을 맞추고 막내 여동생 지사와 나눠 하라며 귀걸이 한 쌍을 주었다. 유리알이 달랑거리는 귀걸이는 노을처럼 흐릿한 분홍색이었다. 우리는 그날 밤에 스스로 귀를 뚫었다. 트래미 오빠와 쉐이드 오빠도 떠날 때마다 그 전통을 계속 지켰다. 이제 지사와 나는 한쪽 귀에 우리 오빠들이 어디선가 싸우고 있다는 사실을 상기시켜 주는 작은 돌 세 개를 차고 있다. 번쩍이는 갑옷을 입은 군인들이 나타나서 오빠들을 하나씩 차례로 데려갈 때까지, 나는 정말로 오빠들이 가야만 한다는 것을 믿지 않았다. 그리고 이번 가을에 군인들은 나를 데리고 가기 위해 올 것이다. 나는 이미 저축(도둑질)을 시작했다. 내가 갈 때 지사에게 줄 귀걸이를 사기 위해서.

생각하지 마. 엄마가 항상 군대에 대해, 오빠들에 대해, 그리고 모든 것에 대해 하시는 말씀이시다. 좋은 충고예요, 엄마.

길을 따라 가다가 밀 가와 마쳐 가의 교차로에 이르자, 군중은 한층 많아지고 더 많은 마을 사람들이 흐름에 합류한다. 훈련받은 작은 도둑으로 이뤄진 아이들 한 패거리가 끈끈한 손가락으로 눈치 싸움을 벌인다. 아이들은 그 일을 잘해 내기에는 너무 어리고, 보안 요원들은 일을 막기에 충분히 재빠르다. 대개 아이들은 멀리 떨어진 감옥으로 보내지고는 하지만, 요원들 역시 첫 번째 금요일을 즐기고 싶은 것이다. 그들은 아이들을 놓아 주기 전에 주동자들을 몇 대 냉혹하게 때린다. *작은 자비인가.*

허리에 아주 작은 압력이 느껴져서 나는 본능에 따라 휙 몸을 돌린다. 나를 소매치기 할 정도로 멍청한 손을 붙들고 그 작은 도깨비가 달아날 수 없도록 꽉 움켜쥔다. 하지만 뼈가 앙상한 꼬맹이 대신에, 능글맞게 웃는 얼굴이 거기 있다.

킬런 워렌. 어부의 견습생이자 전쟁고아, 아마도 나의 유일한 진짜 친구. 아이일 때는 서로를 때려눕히곤 했으나 이제 우리는 둘 다 자랐고, 킬런이 나보다 30센티미터는 더 크기 때문에 나는 실랑이를 피하려고 노력한다. 킬런에게도 나름 유용한 면이 있기도 하고 해서 말이다. 예를 들자면, 높은 선반에서 물건을 꺼내준다든가.

"너 점점 빨라지는데."

킬런이 싱긋 웃으며 내 손을 뿌리친다.

"아니면 네가 점점 느려지고 있는 거든가."

그 애는 눈알을 굴리더니 내 손에서 사과를 가로챘다.

"우리, 지사를 기다려야 되는 거야?"

과일을 한 입 깨물며 킬런이 묻는다.

"지사는 오늘 패스야. 일해."

"그럼 이만 움직이자. 쇼를 놓치고 싶은 건 아니겠지."

"그러면 얼마나 비극이시겠어요."

"쯧, 쯧, 메어. 이건 분명 재미있을 거야, 그렇게 정해져 있어."

킬런은 손가락을 내 앞에 흔들며 나를 놀린다.

"이건 경고일 거라고 *정해져 있는* 거겠지, 이 멍청한 바보야."

하지만 킬런은 이미 긴 다리로 쭉쭉 걸어가고 있고, 따라가려면 나는 거의 구보를 해야 하는 수준이다. 그 애의 걸음걸이는 흔들리고, 균형이 맞지 않는다. 킬런은 그 걸음을 두고 '바다 보행'이라고 부른다. 정작 바다 멀리 나가 본 적도 없는 주제에. 비록 강 위일지라도 자기 스승의 낚싯배 위에서 그토록 오랜 시간을 보내는 것과 아마도 영향이 있을 것 같다고 나는 생각한다.

우리 아빠처럼 킬런의 아버지는 전쟁에 나가셨고, 우리 아빠가 다리 하나와 폐를 잃었지만 돌아오신 것과 달리 워렌 아저씨는 신발 상자에 담겨 돌아오셨다. 킬런의 어머니는 그 일 후에 자신의 어린 아들이 혼자 살아가도록 방치한 채 가출했다. 킬런은 거의 굶어 죽기 직전이었음에도 어쨌든 계속 나한테 싸움을 걸었다. 나는 내가 더 이상 뼈다귀 한 주머니를 발로 차지 않아도 되도록 그 애에게 먹을 것을 주었다. 그래서 10년이 지나, 지금의 그 애가 있는 것이다. 적어도 그 애는 견습생이 되었기에, 전쟁을 마주하지 않아도 된다.

우리는 언덕의 아랫부분에 도착한다. 사람들이 더 빽빽이 들어차서는 서로를 밀고 여기저기서 쿡 찔러 댄다. 첫 번째 금요일에 참석하는 것은 내 여동생처럼 "숙련공의 필수적인 조수"가 아닌 경우에는 법률로 정해진 의무이다. 비단에 수를 놓는 일이 필수적인 것이라면 말이지만. 하지만 은혈들은 비단을 좋아하니까, 뭐, 안 그런가?

심지어 보안 요원들조차(물론 그들 중 소수이긴 하지만) 내 여동생이 수를 놓은 조각들을 뇌물로 받고는 한다. 거기에 대해 내가 잘 아는 바는 전혀 없지만 말이다.

언덕의 정상을 향해 돌로 된 층계를 오르는 동안, 주변을 둘러싼 그늘이 점점 짙어진다. 킬런은 한 번에 계단을 두 칸씩 오르다 내가 거의 뒤로 처질 뻔하자 멈춰서 기다린다. 킬런은 나를 내려다보며 싱긋 웃고는 초록색 눈 위로 빛바랜 황갈색 머리카락 한 뭉치를 쓸어 넘긴다.

"가끔씩 네가 꼬맹이 다리를 갖고 있다는 걸 깜빡한단 말이야."

"꼬맹이 뇌를 갖고 있는 것보다는 낫거든?"

나는 톡 쏘고는 킬런의 옆을 지나면서 뺨을 가볍게 찰싹 때린다. 킬런의 웃음소리가 계단 위로 나를 따라온다.

"너 오늘따라 유난히 투덜거리는데."

"난 그냥 이런 게 싫은 거야."

"나도 알아."

그가 이번만큼은 엄숙하게 중얼거린다.

다음 순간, 우리는 태양이 머리 위로 죽일 듯이 타오르는 경기장 안에 들어선다. 10년 전에 지어진 곳으로, 이 경기장은 스틸츠 전체에서 필시 가장 큰 건축물일 것이다. 도시에 있는 거대한 건물들에야 비할 바는 못 되지만, 그럼에도 여전히, 철로 된 원대한 아치 구조라든가 수십 미터에 달하는 콘크리트는 마을 소녀 하나쯤 숨을 멎게 하고도 남는다.

군중들 사이에서 유난히 두드러지는 검정과 은색이 섞인 제복을 입은 보안 요원들은 어디에나 있다. 오늘은 첫 번째 금요일이고, 그들은 그 과정을 지켜보는 걸 기다릴 수 없는 것이다. 그럴 필요가 없음에도 보안 요원들은 롱 라이플이나 권총들을 차고 있다. 관례적으로 보안 요원들은 은혈들이고, 은혈들이란 우리 적혈들을 두려워할 이유가 조금도 없으니까. 모두가 그 사실을 알고 있다. 우리는 동등하지 않다. 비록 겉모양으로는 그 사실을 알아낼 수 없음에도. 그나마 우리를 구별하게 해 주는 유일한 부분이 있다면, 적어도 표면상으로는, 은혈들은 당당해 보인다는 정도일까. 삶에서 잃은 것들로 인한 필연적인 실망과 대답 없는 희망과 노동으로 인해서 우리의 등은 굽어 있다.

뚜껑이 열린 경기장 안은 밖이나 마찬가지로 덥고, 킬런은 언제나 그렇듯 민첩하게 나를 그늘로 안내한다. 우리에게는 앉을 의자 같은 건 없다. 그저 긴 콘크리트 벤치들만이 놓여 있다. 하지만 몇몇 은혈 귀족들은 저기 위쪽의 시원하고 편안한 관람석에서 즐기고 있다. 거기엔 그들이 마실 음료와 음식을 포함해서 이 한여름 날씨에도 불구하고 얼음도 있을 테고, 쿠션을 놓은 의자들과 전기등과 내가 결코 경험해 볼 수 없을 각종 안락한 것들이 가득할 것이다. 은혈들은 그 모든 것들 중 어떤 것에도 눈 하나 깜짝 안 한 채, '컨디션이 별로'인 것에 대해 불평을 늘어놓고 있다. 만약 내게 기회만 주어진다면, 그들에게 진짜 '컨디션이 별로'인 것이 뭔지 제대로 맛보여 줄 테다. 우리가 가진 거라고는 딱딱한 벤치들과 참기 어려울 정도로 너무 밝고 잡음이 나는 팩팩대는 비디오 스크린뿐이니까.

"오늘도 또 다른 스트롱암(strongarm)일 거라는 데 하루 치 임금을 걸게.”

킬런은 들고 있던 사과의 대를 경기장 바닥으로 던지며 말한다.

“내기 안 해.”

나는 그 애에게 맞받아친다. 많은 적혈들이 싸움의 결과를 두고 자신들의 벌이를 걸고 내기를 한다. 내기에서 이기면 또 한 주를 버텨내는 데에 뭔가 조금이라도 될까 하는 희망으로. 하지만 나는 아니다. 심지어 킬런과도 내기는 하지 않는다. 경마에서 돈을 따려고 하는 쪽보다는 마권업자의 지갑을 터는 편이 훨씬 수월하다.

“너도 괜히 그런 걸로 돈 낭비 하지 않는 편이 좋아.”

“맞추면 돈 낭비랄 수 없잖아. 항상 스트롱암이 다른 쪽을 때려눕히는걸.”

스트롱암들은 보통 적어도 경기의 절반 정도는 이기는 편이고, 그들의 기술이나 능력들은 다른 어떤 은혈들보다도 경기장에 최적화되어 있다. 다른 챔피언들을 헝겊인형처럼 취급하며 자신들의 초능력인 강력한 힘을 뽐내는 모양새를 보면, 그들은 그 점을 몹시 즐기는 듯하다.

“다른 쪽은 어때?”

나는 은혈들이 드러내는 능력들의 범위를 생각하면서 묻는다. 텔키(telky), 스위프트(swift), 님프(nymph), 그리니(greeny), 스톤스킨(stoneskin)…… 모두 보기 끔찍하긴 마찬가지다.

“잘 모르겠어. 뭔가 멋진 기술을 가졌길 바라야지, 뭐. 좀 즐길 수 있게.”

킬런과 나는 첫 번째 금요일의 ‘위업(偉業)’ 때면 별로 의견이 맞는 편은 아니다. 두 챔피언이 서로를 격렬하게 공격해 대는 모습을 지켜보는 것이 나로서는 별로 즐겁지 않지만, 킬런은 아주 열광한다. *서로를 마음껏 망가뜨리라고 해, 어차피 저 사람들은 우리 쪽이 아니잖아.* 킬런의 말이다.

킬런은 이놈의 위업이 뭘 의미하는지조차 이해하지 못하고 있다. 이건 사람을 녹초로 만드는 고된 일과에서 고작 한숨이나 돌리라는 의미로 주어지는, 특별한 이유 같은 것 없는 단순한 오락거리가 아니다. 이건 철저하게 계산된 차가운 메시지이다. 오직 은혈들만이 경기장에서 싸울 수 있다. 왜냐하면 오직 은혈만이 경기장에서 *살아남기* 때문이다. 그들은 자신들의 힘과 능력을 우리에게 보여 주며 싸운다. *너희들은 우리에게 상대도 안 돼. 우리는 너희들의 진화종이야. 우리는 신이다.* 챔피언들의 땅 위로 그들이 날리는 모든 초인적인 한 방마다 그 글귀가 새겨져 있는 것이다.

그리고 그것은 절대적으로 옳다. 지난달에 나는 스위프트와 텔키가 벌이는 전투를 지켜봤다. 그리고 스위프트가 눈이 따라잡을 수 없을 만큼 빠르게 움직일 수 있었음에도, 텔키는 그를 차갑게 얼려서 세웠다. 그저 정신력을 사용하여, 그는 상대방을 땅에서 바로 들어올렸다. 스위프트의 숨이 막히기 시작했다. 텔키가 어떤 보이지 않는 손길로 그의 목을 조르는 모양이었다. 스위프트의 얼굴이 파란색으로 변하고 나서야, 그들은 시합 종료를 선언했다. 킬런은 환호했다. 그는 텔키에 돈을 걸었던 것이다.

"신사 숙녀 여러분, 은혈과 적혈 분들, 8월의 첫 번째 금요일의 위업에 오신 것을 환영합니다."

아나운서의 목소리가 경기장 위로 울리면서, 벽을 따라 확대된다. 늘 그렇듯 그의 음성은 지루하게 들리지만 그를 탓할 수는 없다.

예전에는 위업이 대결 방식이 아니라 처형이었다고 한다. 죄수들과 나라의 적들이 수도인 아케온으로 이송되어 와서는 한 무리의 은혈 관중들 앞에서 죽음을 맞았다. 그때 은혈들이 그 행사를 좋아했던 모양이고, 그래서 대결들이 시작된 것이다. 죽이는 것뿐만 아니라 즐길 수 있도록. 그 대결들은 점차 위업 행사의 형태로 바뀌어서는 각 도시들로 퍼져 나갔다. 다른 경기장들과 다른 관중에게로. 결국 적혈들까지도 싸구려 좌석에 꽉 갇힌 채로 위업에 참석하도록 허가를 받게 되었다. 은혈들이 스틸츠 같은 마을들까지 포함하여 모든 곳에 경기장들을 건설하는 데는 그다지 오랜 시간이 걸리지도 않았고, 시작은 보상 차원이었던 참석은 의무적인 저주가 되었다. 쉐이드 오빠는 그것은 아마 경기장이 있는 도시들이 적혈들이 벌이는 범죄나 반대 의견, 심지어는 거의 없긴 해도 반역의 행동들까지도 감소시키는 효과가 있기 때문일 거라고 한다. 이제 은혈들은 평화를 유지하기 위해서 처형을 시행하거나 군대를 움직이거나 심지어 보안 요원들을 이용할 필요조차 없는 것이다. 두 명의 챔피언이면 아주 간단하게 우리들을 겁줄 수 있다.

이제, 문제의 두 명이 위를 올려다본다. 하얀 모래 위로 걸어 나오는 첫 번째 이는 칸토스 캐로스라는 이름으로, 동쪽의 하버베이에서 온 은혈이라는 방송이 나온다. 비디오 화면이 요란하게 울리면서 전사의 선명한 사진을 보여 준다. 누가 일부러 내게 이 사람이 스트롱암이라는 사실을 알려줄 필요도 없다. 나무 몸통 같은 그의 팔은 피부 위로 힘줄이 불거지고 정맥이 도드라져 팽팽하다. 그가 미소를 짓자, 이가 몽땅 깨지거나 없어진 것이 보인다. 아마 자라나는 청소년이던 시절, 자기 칫솔하고 충돌이라도 일으킨 모양이다.

내 옆에 선 킬런은 환호를 올리고, 다른 마을 사람들 역시 킬런처럼 함성을 지른다. 보안 요원이 수고했다는 듯이 더 큰 소리를 지른 사람들에게 빵 한 덩이를 던진다. 내 왼쪽에 또 다른 요원이 소리를 지르고 있는 아이에게 밝은 노란 종잇조각을 건넨다. 추가 전기 배급을 받을 수 있는 딱지다. 그 모든 것들이 우리가 환호하고, 소리를 지르고, 지켜보도록 강요하는 것이다. 우리가 그러고 싶지 않은 때조차도.

"그렇죠, 여러분의 함성이 챔피언에게 들릴 때까지!"

아나운서가 자신이 할 수 있는 한 최대한의 흥을 목소리에 담으려고 애쓰며 느릿느릿 말한다.

"그리고 여기에 그의 상대, 수도로부터 날아온, 샘슨 메란더스가 있습니다."

다른 전사는 창백하고, 자신 옆에 있는 사람 형상의 근육덩어리에 비하면 허약해 보이지만 그의 푸른 철갑옷은 훌륭하고 제대로 광을 낸듯 번쩍거린다. 그는 아마도 경기장에서 이겨서 명성을 얻어야만 하는 두 번째 아들의 둘째 아들 정도 되는 듯하다. 겁에 질려야 함이 마땅한 데도, 그는 이상할 정도로 침착해 보인다.

그의 마지막 이름이 낯익은데, 그렇다고 이상한 일은 아니다. 많은 은혈들이 유명한 집안, 수십의 회원들이 소속되어 있는 소위 '하우스' 출신이다. 우리 지역인 '캐피탈 밸리'의 통치자 집안은 벨르 하우스다. 살아오는 동안에 지금껏 벨르 총독을 한 번도 본 적은 없지만 말이다. 벨르 총독은 1년에 한두 번 이상 지역을 방문하는 적이 없는 데다가, 심지어 방문한다고 하더라도 우리 동네 같은 적혈들의 동네에 들어오는 일은 결코 감수하는 법이 없다. 언젠가 그가 탄 배를 본 적이 있는데, 녹색과 금색의 깃발을 단 날렵한 녀석이었다. 총독은 그리니라서, 그가 지나가자 둑의 나무들에 폭발적으로 꽃이 폈고 땅 위에서도 꽃들이 툭툭 튀어 올랐다. 나이 많은 남자애들 중 한 명이 그의 배를 향하여 돌을 던지기 전까지, 그 장면은 아름다웠다. 돌은 아무 해도 끼치지 못하고 강 아래로 떨어졌다. 어쨌든 그들은 그 남자애에게 형구를 채웠다.

"분명히 스트롱암이 이길 것 같네."

내 말에 킬런은 체구가 작은 챔피언 쪽을 향해 눈썹을 찌푸렸다.

"어떻게 알아? 샘슨의 힘이 뭔데?"

"알게 뭐야, 저 사람이 질 거라는 사실은 변함없어."

나는 경기를 지켜보려고 자리를 잡으며 코웃음을 친다.

평소처럼 개회 선언 소리가 경기장 위로 울려 퍼진다. 많은 사람들이 잘 보고 싶은 마음에 일어서지만, 나는 침묵시위 속에서 앉아 있다. 내가 침착해 보일수록, 내 피부 아래로는 분노가 들끓는다. 분노와, 질투가. *우리는 신이다.* 머릿속에서 그 말이 울린다.

"챔피언들은 정해진 자리에 서십시오."

그들은 경기장의 양끝 자리에 발꿈치를 단단히 박고 선다. 총기류는 경기장의 싸움에는 허용되지 않기에, 칸토스는 짧고 넓은 칼을 들고 있다. 그가 그 칼을 사용할 일이 있을지는 의문이다. 샘슨은 아무 무기를 들고 있지 않고, 옆으로 늘어뜨린 손가락을 그저 경련하듯 떨고 있다.

낮고 윙윙거리는 전기음이 경기장을 관통한다. *나는 이 부분이 싫다.* 그 소리는 내 이를, 내 뼈를 떨리게 만들며, 뭔가가 깨진다는 생각이 들 때까지 고동친다. 재잘거리는 듯한 종소리와 함께 전기음은 갑작스럽게 끝난다. *시작이다.* 나는 깊은 숨을 내쉰다.

곧장 피바다가 될 것 같다. 칸토스는 깨어난 듯 모래를 차올리면서 황소처럼 앞으로 돌진한다. 샘슨은 어깨를 슬며시 미끄러뜨려서 칸토스를 피해 보려고 하지만, 스트롱암 쪽이 빠르다. 그는 샘슨의 다리를 쥐더니 샘슨이 깃털로 만들어지기라도 한 것처럼 경기장을 가로질러 던져 버린다. 몸이 시멘트벽과 충돌하면서 샘슨이 내지른 고통의 비명은 이어진 환호성에 덮이지만, 그의 얼굴에 고통이 똑똑히 새겨져 있다. 그가 일어서야겠다고 생각하기도 전에 칸토스가 그를 덮쳐서는 하늘 쪽으로 들어올린다. 그는 부러진 뼈가 할 수 있는 만큼 모래를 차지만, 어쨌든 자기 발로 서기는 선다.

킬런이 소리 내어 웃으며 외친다.

"그 녀석 샌드백인가? 혼쭐을 내줘, 칸토스!"

킬런은 여분의 빵 덩어리나 전기 몇 분을 더 얻는 것은 신경도 쓰지 않는다. 그 애가 그토록 환호하는 것은 그런 것들 때문이 아니다. 그저 정직하게 피를 보기를, 은혈의 피(은색 피 말이다.)가 경기장에 강처럼 흐르는 것을 보기를 원하는 것이다. 그 피가 우리가 아닌 모든 것, 우리가 될 수 없는 모든 것, 우리가 원하는 모든 것이라든가 하는 것은 문제가 아니다. 킬런은 그저 그들의 피가 흐르는 것을 직접 눈으로 보고, 그들 역시 사실은 사람이며 다칠 수도 있고 패배하기도 하는 존재라는 것을 생각하면서 스스로를 속이고 싶은 것이다. 하지만 나는 더 잘 안다. 그들의 피는 위협이며, 경고이자, 약속이라는 것을. *우리는 같을 수 없으며 영원히 그럴 것이다.*

킬런이 실망할 일은 없다. 보는 각도에 따라 빛이 달라지는 금속성의 액체가 샘슨의 입에서 떨어지는 것을 위쪽에 있는 은혈들의 관람석에서조차 볼 수 있다. 그 액체는 여름의 태양을 받아서 거울 같은 수면처럼 반짝이고, 그의 목을 따라 강처럼 흘러내려 그의 갑옷까지 스며든다.

이것이 은혈과 적혈을 나누는 진정한 경계이다. 피의 색. 이 간단한 차이가 어쨌든 그들을 더 강하고, 더 영리하고, 우리보다 더 낫게 만든다.

샘슨이 입에 있는 뭔가를 뱉어내자, 구름 사이로 햇살이 눈부시게 비칠 때처럼 그의 은색 피가 경기장을 가로질러 퍼져나간다. 10미터 정도 떨어진 곳에 선 칸토스가 자신의 칼을 단단히 쥐고는, 샘슨이 다시는 정상적인 생활을 못하게 만들어 이 모든 것을 끝낼 준비를 마친다.

"저 불쌍한 바보 같으니."

나는 투덜거린다. 킬런의 의견이 옳았던 것 같다. *고작 샌드백이라니.*

칸토스는 칼을 높이 들고 눈을 활활 불태우며 모래 위로 쿵쾅거리며 걷는다. 다음 순간 그가 걸음 중간에 멈춰 선다. 갑작스러운 멈춤에 그의 갑옷이 덜컹거린다. 경기장 한가운데에서, 뼈가 부러진 채 피를 철철 흘리는 전사가 칸토스를 손가락으로 가리키고 있다.

샘슨이 손가락을 가볍게 튕기자 칸토스가 걷는데, 샘슨의 움직임에 완벽하게 딱 맞춰 걷고 있다. 그의 입은 멍청한 사람처럼 쩍 벌어져 있다. *꼭 정신이 나간 것처럼.*

내 눈을 믿을 수가 없다.

아래에 일어나고 있는 장면을 믿을 수 없어 하며 지켜보고 있는 동안, 무서울 정도의 적막이 경기장 전체를 덮는다. 킬린조차 아무 말도 하지 않는다.

"위스퍼(whisper)였어."

나는 크게 숨을 뱉는다.

지금껏 이 경기장 안에서 위스퍼를 본 적이 없다. 아마 다들 처음이리라. 위스퍼들은 심지어 은혈들 중에서도, 심지어 수도에서조차도 드물고, 위험하며, 강한 존재들이다. 그들에 대한 소문들이 무성한데, 집약하면 아주 단순하고 소름끼치는 얘기만 남는다. 그들은 타인의 머릿속으로 들어갈 수 있으며, 타인의 생각을 읽고, 그리고 *타인의 정신을 지배한다.* 그리고 이것이 정확하게 지금 샘슨이 한 일이다. 칸토스의 갑옷과 근육을 통과해서 아무 방어도 없는 그곳, 바로 그의 뇌 속으로 들어가서 속삭인 것이다.

자신의 검을 들어 올리는 칸토스의 손이 떨린다. 그는 샘슨의 힘과 싸우는 중이다. 하지만 그가 강하다 한들, 자신의 정신 속에 존재하는 적과 싸울 방법은 없다.

샘슨의 손이 다시 한 번 경련하자 칸토스가 자신의 갑옷 사이, 자기 위장이 있는 생살에 그대로 칼을 꽂아 넣고, 또 다른 은색의 피가 모래 위로 흩뿌려진다. 관람석 위에서조차, 금속이 고기를 자를 때 나는 쩍 하는 토할 거 같은 소리를 들을 수 있다.

칸토스에게서 피가 솟구쳐 나오자, 헉 하는 소리가 경기장 전체에 울린다. 그토록 많은 피가 흐르는 것을 이전엔 결코 본 적이 없다.

파란 불들이 깜빡대며 살아나더니, 유령처럼 빛나며 경기장 바닥을 씻어내어 경기가 종료되었음을 알린다. 은혈 힐러(healer)들이 모래 위로 달려 나와서 쓰러진 칸토스에게 들이닥친다. 은혈들이 여기서 죽는 법은 없다. 은혈들은 용감하게 싸우고, 그들의 기술을 과시하고, 훌륭한 쇼를 보이도록 되어 있지만, 죽는 것은 안 된다. 결국, 그들은 적혈이 아니지 않은가.

요원들이 이전에 결코 본 적 없는 속도로 재빨리 움직인다. 몇몇은 스위프트들이라서, 우리가 밖으로 밀려나가는 동안 그들이 달려가는 모습이 흐릿하게 보인다. 그들은 만약 칸토스가 모래 위에서 죽을 경우, 우리가 주변에 어슬렁거리지 않기를 바라는 것이다. 그동안 샘슨은 마치 거인처럼 성큼성큼 경기장에서 걸어 나간다. 그의 시선이 칸토스의 몸 위로 떨어지기에, 나는 그가 사죄의 표정을 보일 거라고 예상한다. 대신, 그의 얼굴은 공허하고, 무감각하며, 너무나 냉정하다. 그 경기는 그에게 아무 것도 아니었다. *우리는* 그에게 아무 것도 아니다.

학교에서, 우리 이전의 세계, 하늘에 살던 천사와 신들이 친절하고 사랑스러운 손길로 이 땅을 지배했던 시절에 대해서 배웠다. 누군가는 그것들이 그저 이야기일 뿐이라고 하지만, 나는 그 말을 믿지 않는다.

신들은 여전히 우리를 지배하고 있다. 그들은 별들로부터 내려 왔다. 그리고 그들은 더 이상 친절하지 않다.

제2장

스틸츠의 기준에 비해서도, 우리 집은 작다. 하지만 적어도 우리 집은 전망이 좋다. 아빠는 부상을 입으시기 전, 군대에서 받았던 휴가 중에 이 집을 지으셨다. 워낙 높게 지으셨기에 강 너머를 볼 수 있을 정도이다. 심지어 여름 안개를 넘어 먼 땅 위로 분명하게 패어 있는 흔적들도 볼 수 있다. 한때는 숲이었으나 이제 벌채로 인해 흔적도 없이 사라진 곳들이다. 꼭 병이라도 걸린 것 같은 모습이지만, 북으로 그리고 서로, 여전히 손대지 않은 채 남아 있는 언덕들을 보면서 나는 조용하게 상기하곤 한다. *저 멀리 더 많은 것들이 있다고.* 우리 너머, 은혈 너머, 모든 것 너머, 나는 알고 있다.

매일 오르락내리락 하는 동안에 손 모양으로 자국이 파인 나무 위로, 나는 집으로 향하는 사다리를 타고 오른다. 이 높이에서도 자랑스럽게 자신들의 밝은 색 깃발을 휘날리며 강 위쪽으로 향하는 몇

몇 배들을 볼 수 있다. 은혈들이다. 그들만이 개인적인 수송 수단을 이용할 수 있을 정도로 부유하다. 그들이 바퀴 달린 자동차나 유람선이나 심지어 높이 나는 비행기들을 즐기는 동안, 우리는 우리 자신의 두 발 외에는 아무 것도 갖지 못한다. 뭐, 운이 좋다면 페달 밟는 자전거 정도는 가질 수도 있다.

보트는 아마도 서머튼으로 향하는 것이 틀림없다. 서머튼은 왕의 여름 별장을 둘러싼 작지만 생동감이 넘치는 도시이다. 지사가 오늘 거기에 있다. 그 애는 자신이 견습생으로 있는 재봉사를 돕고 있는 중이다. 그들은 왕이 방문할 때면 종종 서머튼에 있는 시장에 가곤 한다. 은혈 상인들이나 왕족 뒤를 오리 떼처럼 졸졸 따라다니는 귀족들에게 그녀의 물건들을 팔기 위해서다. 궁전은 '태양의 홀'이라고 알려져 있는데, 아마도 대리석으로 되어 있겠지만 실제로 본 적은 없다. 왜 왕족들이 두 번째 집을 가지는지 도통 이해할 수가 없다. 수도에 있는 궁전이 그토록 훌륭하고 아름다운 데도 말이다. 하지만 다른 모든 은혈들처럼, 그들이 무슨 행동을 할 때 뭐가 필요해서 하는 것은 아니다. 그들은 오직 원해서 움직이는 것이다. 그리고 그들이 만약 무언가를 원하면, 그들은 반드시 그것을 얻는다.

늘 있는 혼란 속으로 문을 열고 들어가기 전에, 나는 현관에서 펄럭거리고 있는 깃발을 두드린다. 노란색 천 위에 세 개의 빨간 별이 새겨져 있고, 그 별들 하나하나는 각각 우리 오빠들을 상징한다. 그리고 깃발에는 빈 공간이 조금 더 있다. *나를 위해 남겨진 공간*. 대부분의 집들은 이것과 같은 깃발을 가지고 있고, 별 대신 검은색 줄이 그어져 있는 깃발들 몇몇은 죽은 아이들이 있다는 것을 조용하게 알려 준다.

안에서는 엄마가 스토브 위로 온통 땀에 젖은 채로 스튜 냄비를 휘젓고 계신다. 아빠가 휠체어에 앉아 그 모습을 바라보고 계신다. 지사는 테이블 위로 수를 놓고 있는데, 아마도 아름답고 정교하고 내 지각을 넘어서는 뭔가를 만들어 낼 것이다.

"저 왔어요."

나는 특별히 누구를 향하지 않은 채 말한다. 아빠가 답으로 손을 흔드시고, 엄마는 고개를 까닥이시고, 지사는 작업 중인 비단 조각에서 고개도 들지 않는다.

나는 훔친 물건들이 든 지갑을 지사의 옆에 떨어뜨려서, 가능한 많은 동전들이 시끄럽게 소리내어 울리도록 한다.

"아빠의 생일에 적당한 케이크를 살 정도로 충분한 만큼을 번 것 같아. 그리고 한 달 정도 갈 수 있을 정도로 충분한 양의 배터리도."

지사는 맘에 안 든다는 듯 얼굴을 찡그린 채로, 지갑을 바라본다. 고작 14살인데도 자기 나이에 비해 날카롭다.

"언젠가 분명 사람들이 들이닥쳐서는 언니가 가진 모든 걸 가져갈 거야."

"질투는 너랑 안 어울려, 지사."

나는 그 애의 머리를 찰싹 두드리며 지사를 꾸짖는다. 그 애의 손이 날아올라 완벽하게 빛나는 자신의 붉은 머리를 다시 원래의 세심하게 쪽진 모양으로 빗어 내린다.

지사에게 말해 본 적은 없지만, 나는 항상 그 애의 머리카락을 갖고 싶었다. 그 애의 머리카락이 불타오르는 것 같다면, 내 머리카락은 우리가 황토색 강이라고 부르는 것과 비슷하다. 뿌리 부분은 어둡고 끝으로 갈수록 흐려지는데, 스틸츠에서의 삶이 주는 스트레스가 우리의 머리카락에서 색을 가져가는 것이다. 대부분은 머리 끝부분이 회색인 것을 감추기 위해서 머리를 짧게 자르지만, 나는 그러지 않는다. 심지어 내 머리카락조차 삶이 이런 식이어서는 안 된다는 것을 알고 있다는 사실을 늘 상기하고 싶다.

"질투하는 거 아니야."

지사는 다시 작업을 시작하면서 화가 나서 씩씩거린다. 그녀는 불꽃으로 만들어진 꽃들을 수놓고 있는데, 각각의 꽃들은 기름진 검은색 비단 위로 위협적이고 아름다운 불꽃을 뿜는다.

"아름다워, 지."

나는 꽃들 중 하나를 따라 손가락을 미끄러뜨리며, 그것이 주는 매끄러운 감촉에 경탄한다. 지사는 흘깃 올려다보고는 부드럽게 미소를 짓는다. 심지어 치아까지 조금 보인다. 우리가 싸울 때에도 그 애는 늘 나의 작은 스타라는 것을 지사는 잘 알고 있다.

그리고 모두가 내가 질투하는 쪽이라는 것을 알고 있지, 지사야. 정말로 무언가를 하는 사람들에게서 훔쳐내는 것 말고는 나는 아무것도 할 줄 아는 게 없어.

언젠가 지사가 자신의 견습 기간을 다 마치게 되면, 그 애는 자신의 가게를 열 수 있을 것이다. 은혈들은 사방에서 몰려와서 지사가 만든 손수건이나 깃발, 옷들에 대해 돈을 지불할 것이다. 지사는 거의 얼마 없는 적혈들이나 해내는 것을 성취하고 잘 살 것이다. 그 애는 우리 부모님을 부양하고, 나와 우리 오빠들에게 하찮은 일자리라도 만들어 주어 우리를 전쟁에서 빼낼 것이다. 지사는 언젠가 우리를 구할 것이다. 다른 것도 아니고, 바로 바늘과 실로.

"밤이랑 낮처럼 다르다니까, 우리 딸들은."

엄마는 회색이 되어 가는 머리카락을 손가락으로 쓸어내리며 투덜거리신다. 엄마가 흉보려고 하신 말씀은 아니지만, 그것은 껄끄러운 진실이다. 지사는 재능이 뛰어나고, 예쁘며 부드럽다. 나는, 엄마가 좀 친절하게 분류하신다면, 조금 거친 쪽이다. 지사가 밝힌 빛에 의해 생긴 어둠. 우리 둘 사이에 공통점이 하나 있다면 아마도 오빠들에 대한 기억을 위해 나눠 가진 귀걸이뿐일 것 같다.

구석에 있던 아빠가 숨 쉬기 힘들어 쌕쌕거리시며 주먹으로 가슴을 쿵쿵 치신다. 아빠가 폐 한 쪽을 잃으신 후에 종종 있는 일이다. 다행히도 적혈 의사 하나가 기술을 발휘해서 아빠를 구했고, 다 무너진 폐에 기계를 끼워 넣어 아빠가 숨을 쉴 수 있게 했다. 은혈들의 발명품은 아닌 것이, 은혈들은 그런 물건들이 필요 없기 때문이다. 그들에게는 힐러가 있다. 하지만 힐러들은 자신의 시간을 적혈들을 구하는 데에 낭비하지 않고, 심지어 군인들이 생존할 수 있도록 최전방에서 근무하지도 않는다. 그들 대부분은 도시에 남아서 술이나 다른 취미 활동으로 망가진 다 늙은 은혈들의 폐를 고쳐서 그들의 수명을 연장해 준다. 그러니 우리가 스스로를 좀 더 잘 돕기 위해서는 암시장의 기술과 발명품들에 빠지지 않을 수가 없는 것이다. 몇 개는 어리석고, 대부분은 작동도 안 하지만 째깍거리는 금속 몇 조각이 우리 아빠의 생명을 구했다. 언제나 그것이 째깍거리는 소리, 아빠가 숨을 쉴 수 있게 지키며 맥동하는 작은 소리를 들을 수 있다.

"케이크 없어도 돼."

아빠가 툴툴거리신다. 나는 아빠가 점점 자라나는 뱃살을 힐긋 바라보시는 모습은 놓치고 만다.

"뭐, 아빠가 정말 갖고 싶으신 게 뭔지 말씀해 보세요, 그럼. 새 시계라든가, 아니면…….

"메어, 나는 네가 다른 사람의 손목에서 훔쳐낸 물건은 그게 뭐든 새 걸로 치지 않는다."

배로우네 집에 또 다른 전쟁이 발발하기 전에, 엄마가 스튜를 스토브에서 들고 오신다.

"저녁 준비 완료."

엄마는 식탁으로 스튜 냄비를 들고 오시고, 연기가 내 쪽으로 확 끼친다.

"좋은 냄새가 나네요, 엄마."

지사가 거짓말을 한다. 아빠는 그렇게 눈치가 있는 편은 아니셔서, 식사를 향해 얼굴을 찡그리신다.

가능한 반응을 보이지 않기 위해서, 나는 고개를 숙인 채로 스튜를 먹는다. 평소처럼 나쁘지는 않은 것이, 기쁘고도 놀랍다.

"제가 가져다 드렸던 후추를 쓰셨어요?"

고개를 끄덕이거나 미소를 지어서 내가 알아차릴 수 있게 감사를 표하는 대신에, 엄마는 붉어진 채로 대꾸도 하지 않으신다. 엄마는 내 다른 선물들처럼, 내가 그것을 훔쳤다는 사실을 알고 계신다.

지사는 자신의 스프 위로 눈알을 굴리며 이 일이 어디로 흘러갈지 짐작 중이다.

한숨을 쉰 엄마가 손에 얼굴을 묻으신다.

"메어, 너도 엄마가 고마워한다는 거 알지…… 난 그저……."

나는 엄마의 문장을 마무리한다.

"제가 지사와 같았으면 좋겠다고요?"

엄마는 머리를 흔드신다. 또 다른 거짓말.

"아니, 당연히 아니란다. 엄마 말뜻은 그게 아니야."

"그래요."

가족들은 마을 반대편에서도 내 비통함을 읽을 수 있을 거라고 확신한다. 나는 목소리가 갈라지지 않게 하려고 최선을 다한다.

"제가…… 제가 떠나기 전에 조금이라도 도움이 될 유일한 방법이에요."

전쟁에 대해 언급하는 것은 우리 집을 조용하게 만드는 가장 빠른 길이다. 아빠의 쌕쌕거리는 소리조차 멈춘다. 고개를 드는 엄마의 뺨이 분노로 빨갛게 달아오른다. 식탁 아래로, 지사가 내 손을 찾아 자신의 손을 뻗는다.

"네가 할 수 있는 모든 것을 하려고 애쓴다는 것, 그것이 옳은 이유를 갖고 있다는 것도 알아."

엄마가 속삭이신다. 엄마가 이 말을 하는 것은 쉽지 않으셨겠지만, 언제나 이 말은 나를 편하게 해 준다.

나는 입을 꾹 다물고 그저 고개를 끄덕인다.

다음 순간 지사가 전기 충격이라도 받은 것처럼 자리에서 벌떡 일어난다.

"아, 거의 까먹고 있었네. 서머튼에서 돌아오는 길에 우체국에 들

렀는데, 쉐이드 오빠로부터 편지가 와 있었어요."

폭탄이라도 설치되어 있는 것 같다. 엄마랑 아빠는 떨면서 지사가 상의에서 꺼낸 더러운 편지 봉투에 손을 내미신다. 두 분은 편지를 건네받아서 종이를 살펴신다. 두 분 다 글을 읽을 줄 모르시기에, 종이 그 자체에서 얻을 수 있는 정보를 모두 모으는 것이다.

아빠는 편지에 대고 코를 킁킁 거리시며, 오빠가 있는 장소가 풍기는 향을 맡으려고 하신다.

"소나무. 연기 냄새는 안 나는군. 좋은 징조야. 초크에서 멀리 있나 봐."

우리 모두는 그 사실에 안도의 한숨을 내쉰다. 초크는 노르타와 레이크랜즈 사이를 연결하는 좁고 긴 땅으로 폭격으로 완전히 파괴된 지역이다. 대부분의 전쟁이 거기서 벌어진다. 군인들은 자신들의 복무 기간 대부분을 참호 속에 머리를 구부린 채 숨어서 폭발을 기다리거나 대학살로 마무리될 진격을 감행하거나 하며 그곳에서 보낸다. 나머지 경계는 대부분 호수이고, 더 북쪽으로는 툰드라 지역이 시작되어 전투를 벌이기에는 너무 춥고 황량하다. 아빠는 몇 년 전에 초크에서 부상을 당하셨는데, 아빠의 부대에 폭탄이 떨어졌다고 한다. 몇십 년에 걸친 전투로 인해 이제 초크는 심하게 파괴되어, 폭발로 인한 연기가 끊임없는 안개를 만들어서 어떤 것도 자라지 않는 지역이 되었다. 그곳은 마치 전쟁의 미래를 보여 주는 듯한, 죽음의 회색 땅이 되었다.

아빠는 마침내 편지를 읽으라고 내게 건네주신다. 나는 대단한 기대로 편지 봉투를 연다. 오빠의 글을 보고 싶은 열망과 함께 오빠가 해야만 하는 말을 보는 것에 대한 두려움이 동시에 든다.

사랑하는 가족들, 난 살아 있습니다. 명백합니다.

그 문장에 아빠와 내가 낄낄 웃고 만다. 심지어 지사조차 미소를 짓는다. 엄마는 쉐이드 오빠가 모든 편지를 이 글로 시작하는데도, 전혀 웃기지 않으신 모양이다.

우리 부대는 전방에서 먼 곳으로 불려 와 있습니다. 블러드하운드 수준의 아빠가 아마도 이미 코를 킁킁 대며 알아맞히셨겠지요. 주요 전장에서 빠져 나와 있다는 것은, 정말로 멋진 일이네요. 이곳의 새벽은 적혈처럼 붉게 타올라, 그럴 때면 은혈 지휘관들을 알아보기 힘들 지경이에요. 초크의 안개가 없어지고 나니, 확실히 매일 태양이 더 강하게 일어나네요. 하지만 그렇게 오래 여기에 머무르진 않을 겁니다. 호수 전투를 대비해 부대를 재편성할 계획이 내려졌고, 우리는 새 군함을 배정받았습니다. 자신의 부대에서 떨어진 의무병을 한 명 만났는데, 그녀가 트래미 형을 알고 있다더군요. 그리고 형이 잘 있다는 소식을 전해 주었습니다. 파편을 조금 맞은 탓에 초크에서 물러나왔지만, 아주 잘 회복하고 있대요. 감염도 없고, 장애가 남지도 않을 거랍니다.

엄마는 큰 소리로 한숨을 쉬며 머리를 흔드시더니 조롱하듯 내뱉으신다.

"장애가 남지도 않을 거라고."

여전히 브리 형에 대해서는 들은 바가 없지만, 난 큰 형을 걱정하지는 않아요. 큰 형은 우리 중에 최고이고, 큰 형의 5년 휴가가 이제 거의 다가왔잖아요. 큰 형은 곧 집에 갈 겁니다, 그러니 엄마, 그만 걱정하세요. 특별히 더 보고드릴 만한 이야기가 없네요, 적어도 제가 편지에 쓸 수 있는 종류로는요. 지사야, 네가 그럴 자격은 충분하다고 해도 너무 자랑하지는 마. 메어, 넌 그렇게 항상 버르장머리 없는 애처럼 구는 것 그만하고, 이제 그 워렌 녀석 좀 때리지 말고. 아빠, 저는 아빠가 자랑스러워요. 항상 그렇습니다. 가족 모두 사랑합니다.

두 분이 제일 사랑하는 아들이자 여동생들이 가장 사랑하는 오빠인 쉐이드가

항상 그렇듯, 쉐이드 오빠의 말은 우리를 꿰뚫고 있다. 조금만 더 애를 쓰면 오빠의 목소리를 실제로 들을 수 있을 것만 같다. 다음 순간 머리 위의 불빛들이 갑자기 끽끽 소리를 내기 시작한다.

"내가 어제 가져 온 배급표 아무도 안 냈어요?"

불이 깜빡거리다 나가며 우리를 어둠 속으로 빠뜨리기 전에 내가 묻는다. 눈이 어둠에 적응하자, 나는 엄마가 고개를 젓는 모습을 볼 수 있다.

지사가 신음을 흘린다. 그 애가 일어서자 의자가 듣기 싫은 소리를 내며 바닥을 긁는다.

"이거 다시는 안 하면 안 돼요? 난 자러 갈래요. 소리는 지르지 않으려고 적어도 노력은 해 봐요."

어쨌든 우리는 소리는 지르지 않는다. 내 세계 식으로 보자면, *싸우기에도 너무 지친 것이다.* 엄마와 아빠는 나를 홀로 식탁에 남겨 두신 채 두 분의 침실로 철수하신다. 보통 나는 몰래 빠져나가지만, 오늘은 자러 가는 것 이상의 일을 하려는 의지를 찾을 수가 없다.

나는 벌써 다락으로 향하는 또 다른 사다리를 오르고 있다. 지사가 이미 그곳에서 코를 골고 있다. 다른 누구와도 달리 지사는 거의 1분 안쪽으로 곯아떨어지는 재주가 있다. 반면 나는 잠이 들 때까지 거의 몇 시간이 걸릴 때도 있다. 나는 그저 누울 수 있다는 것에 만족한 채 쉐이드 오빠의 편지를 손에 들고 간이침대에 몸을 누인다. 아빠가 말씀하셨다시피, 편지에서는 강한 소나무 냄새가 난다.

오늘 밤 강물은 듣기 좋은 소리를 낸다. 강물이 둑의 돌들에 부딪히듯 걸리는 소리가 나를 달래 잠재운다. 배터리로 돌아가는 녹슬고 낡은 냉장고가 평상시에는 머리가 아플 정도로 끽끽 대는 소리를 내는데, 그것조차도 오늘 밤에는 문제가 되지 않는다. 하지만 다음 순간 잠으로 막 떨어지려는 찰나, 새소리를 흉내 내는 호출이 잠을 방해한다. *킬런이다.*

안 돼. 꺼져.

또 다시 나를 부르는데, 이번엔 좀 더 큰 소리다. 지사가 조금 몸을 꿈틀대더니, 베개 아래로 몸을 묻는다.

스스로에게 짜증을 내며 킬런에 대해 분노가 폭발한 채로, 나는 침대에서 굴러 나와서 사다리를 타고 내려간다. 거실 여기저기 널려 있는 잡동사니에 누구라도 발이 걸렸겠지만, 나는 다년간 보안 요원들을 피해서 도망 다닌 경험 덕분에 발놀림 하나만은 뛰어나다. 두 번째로 지주에 세워진 사다리를 내려가서, 발목 깊이의 진흙에 내려선다. 킬런이 집 아래의 그늘에 모습을 드러낸 채로 나를 기다리고 있다.

"이렇게 불러낸 일로 널 흠씬 때려 주겠다는 마음에 지금 아무 망설임이 없거든, 눈에 멍드는 건 각오하는 게 좋을 거……."

킬런의 얼굴에 떠오른 표정에 나는 말을 멈춘다.

그 애는 내내 울고 있었던 모양이다. 킬런은 울지 않는다. 그 애의 주먹 역시 피투성이가 되어 있는데, 근처 어딘가에 있는 벽들이 제법 단단하니 꽤 아팠을 것이다. 내 성격에도 불구하고, 이 늦은 시각에도 불구하고, 걱정이 되지 않을 수가 없고, 심지어 그 애 때문에 불안해진다.

"뭐야? 뭐가 잘못됐어?"

생각할 틈도 없이 나는 내 손으로 킬런의 손을 덥석 잡는다. 손가락 아래로 피가 느껴진다.

"무슨 일이야?"

킬런이 스스로를 추스르고 대답을 할 때까지 시간이 조금 걸린다. 이제 나는 거의 공포에 질린다.

"내 스승님이…… 그분이 떨어졌어. 돌아가셨어. 난 이제 더 이상 견습생이 아니야."

헉 하는 소리를 참으려고 애쓰지만, 나도 모르게 흘러나온 소리가 울리면서 우리 둘을 조롱한다. 그럴 필요가 전혀 없음에도, 심지어 그 애가 무슨 말을 하려고 하는지 내가 다 알고 있음에도, 킬런은 다음 말을 잇는다.

"난 심지어 내 견습 기간을 마치지도 못했고 이제……."

킬런은 말문이 막힌 듯 더듬거린다.

"난 열여덟 살이야. 다른 어부들은 모두 견습생들이 있어. 난 일을 하고 있지 않고. 나는 일자리를 구할 수 없어."

다음 말은 내 심장에 칼이 꽂히는 것과 같을 것이다. 킬런은 거친 숨을 내쉬고, 어쨌든 나는 그 애의 다음 말을 듣지 않을 수 있었으면 하고 바라게 된다.

"난 전쟁터로 보내질 거야."

제3장

최근 100년간은 그나마 좀 나은 기간이 지속되어 오고 있다. 더 이상 전쟁이라고 불리지 않아야 한다고까지는 생각하지 않지만, 이 파괴의 좀 더 높은 형태를 지칭할 마땅한 다른 말이 없다. 학교에서는 전쟁이 땅 때문에 시작되었다고 가르친다. 레이크랜즈는 비옥한 평지이고, 물고기가 가득한 어마어마한 호수로 둘러싸여 있다. 간신히 먹고 살 만한 정도의 농지를 가진 노르타의 숲이 울창한 언덕이나 바위투성이 땅들과는 다르다. 심지어 은혈들조차 그 점에 부담을 느꼈기에, 그래서 왕이 전쟁을 선언했고, 어느 쪽도 딱히 정말로는 이길 수 없는 충돌 속으로 우리를 몰아넣고 있는 것이다.

또 다른 은혈인 레이크랜즈의 왕은 역시 귀족답게 친절하게도 전쟁 선언에 전심전력으로 응답했다. 그들은 1년 중에 반은 얼어붙지 않는 바다로 향할 수 있도록 우리의 강들을 원했다. 그리고 강마다 점점이 박혀 있는 물레방앗간들도 원했다. 물레방아들은 우리나라의 강한 원동력으로, 그로 인해 적혈들조차 누릴 수 있을 정도로 충분한 전력이 생산되고 있다. 더 남쪽으로 내려가서 수도인 아케온 근처의 도시들로 가면 대단히 높은 기술을 가진 적혈들이 내 이해를 넘어서는 기계를 발명하고 있다는 소문을 들은 적이 있다. 땅 위로도, 물 위로도, 그리고 하늘로도 이동할 수 있는 장치라든가 아니면 은혈이 원하는 어디에든 파괴를 비처럼 쏟아 내릴 수 있는 무기라든가. 우리 선생님은 노르타는 세계의 빛이며 우리의 기술과 힘으로 나라를 위대하게 만들었다고 자랑스럽게 말했다. 레이크랜즈나 남쪽의 피에드몬트 같은 나머지 모든 나라들은 어둠 속에서 살고 있다. 우리는 여기서 태어나서 운이 좋은 것이다. *운이 좋다고.* 그 말에 나는 비명을 지르고 싶었다.

하지만 우리의 전력, 레이크랜즈의 음식, 우리의 무기들, 그들의 수적 우세 그 모든 것에도 불구하고, 어느 쪽도 다른 쪽에 대단한 이점을 점하지는 못한다. 양쪽 다 은혈의 지휘관들과 적혈의 군인들이 능력과 총과 천 명에 달하는 적혈의 몸뚱어리 장벽을 두고 싸우고 있으니까. 100년도 더 전에 끝났어야 할 전쟁이 여전히 계속되고 있다. 나는 항상 우리가 음식과 물 때문에 싸우고 있다는 사실이 우습다고 생각했다. 심지어 그 대단하고 전지전능하신 은혈들조차도 먹어야 하지 않는가.

하지만 지금은, 킬런이 내가 작별 인사를 고해야 하는 다음 사람이 될 지금만큼은 그것이 조금도 우습지 않다. 번쩍번쩍한 갑옷을 입은 병사들이 킬런을 데려가게 되면 내가 그 애를 기억할 수 있도록 킬런 역시 나에게 귀걸이를 줄지 궁금해진다.

"한 주야, 메어. 한 주면 나는 가야 해."

킬런이 기침하는 척하며 감추려고 애를 쓰지만 그 애의 목소리가 갈라진다.

"난 못해. 그 사람들…… 그 사람들이 날 데려가지 않을 거야."

하지만 그 애의 눈이 이미 전의를 상실한 것을 나는 볼 수 있다. 나는 불쑥 내뱉는다.

"우리가 뭔가 할 수 있는 일이 분명히 있을 거야."

"누구도 뭔가 해 줄 수 있는 일은 없어. 누구도 징병에서 도망치지 못했고, 살아남지도 못했지."

물론 그 애가 그렇게까지 설명할 필요도 없다. 매년, 누군가는 달아나려고 한다. 그리고 매년, 그들은 마을 광장으로 도로 끌려 와서 목이 매달린다.

"아니야. 우린 방법을 찾을 거야."

심지어 이 순간에도 킬런은 나를 보고 히죽거릴 기운을 찾는다.

"우리라고?"

여느 때보다도 빨리 내 뺨에 열기가 치솟는다.

"나 역시 너처럼 징집 대상이지만, 그 사람들은 나 역시 붙들고 가진 못할 거야. 그러니 우리 달아나자."

군대는 언제나 나의 운명이었으며 나의 형벌이었음을 나는 잘 알고 있다. 하지만 킬런의 것은 아니다. 그 애는 벌써 너무 많은 것을 빼앗겼다.

"우리가 갈 곳이 어디 있어. 북쪽에서는 겨울이 오면 살아남을 수가 없을 테고, 동쪽은 바다고, 서쪽은 더 많은 전투가 벌어지고 있잖아. 남쪽은 어디로 가든 몽땅 지옥이 펼쳐지겠지, 어디에든 사이사이 은혈이랑 보안요원들이 기어 다니고 있으니."

킬런은 더듬거리며 말한다. 하지만 적어도 논쟁을 하려고 하는 것이다. 적어도 포기하지는 않은 것이다.

말이 폭포처럼 나에게서 쏟아져 나온다.

"마을도 마찬가지야. 은혈들과 보안요원들이 어디에서나 기어 나오지. 그리고 그 사람들의 바로 코앞에서 훔치고 그 사람들 머리 위로 달아나야만 해."

무언가, 뭐라도, 쓸모가 있을 만한 것을 찾아내려고 최선을 다하느라 머릿속이 분주하다. 그러고 나서 전기가 관통하듯 생각 하나가 나를 때린다.

"암시장 거래, 그게 우리가 계속 달아나도록 도와줄 수 있는 유일한 방법이야. 곡물부터 전구까지 모든 것을 밀수하는 곳이잖아. 사람인들 밀반입하지 못할 거라고 누가 장담하겠어?"

킬런의 입이, 이 일이 제대로 돌아가지 않을 천 가지의 이유들을 쏟아내려고 벌어진다. 하지만 대신에 그 애는 미소를 짓는다. 그리고 고개를 끄덕인다.

나는 다른 사람의 일에 연관되는 것을 좋아하지 않는다. 그런 일에 낭비할 시간 같은 것은 없다. 그럼에도 불구하고, 파멸의 네 단어를 뱉는 자신의 목소리에 귀를 기울이고 있는 내가 여기 있다.

"모든 건 나에게 맡겨."

평범한 가게 주인들에게 팔 수 없는 물건들은 윌 휘슬에게 가져가야 한다. 윌 할아버지는 늙고 너무 약해져서 목재 집하장에서 일할 수 없기에, 낮에는 길거리를 청소한다. 밤에는 엄격하게 제한되어 있는 커피부터 아케온에서 나오는 이국적인 물건들에 이르기까지 온갖 것들을 곰팡내 나는 마차에서 꺼내서 판다. 한주먹 가득한 훔친 단추들을 들고 윌 할아버지를 처음 찾았던 것은 내가 9살 때였다. 윌 할아버지는 아무 질문도 하지 않고 나에게 구리로 된 페니 3개를 주었다. 이제 나는 할아버지의 가장 큰 고객이고, 아마도 그분이 이토록 작은 마을에서 최소한 빚더미에 오르지는 않고 버틸 수 있는 이유이리라. 좋은 날에는 심지어 윌 할아버지를 친구라고 부를 수도 있을 것이다. 윌 할아버지가 훨씬 더 큰 조직에 소속되어 있다는 것을 알아차리기까지는 몇 년이 걸렸다. 몇몇은 지하조직이라고 부르고, 누군가는 암시장이라고 하는 그곳. 하지만 나한테 중요한 것은 오직 그들이 뭘 할 수 있는가 뿐이다. 그 사람들은 어디에나 윌 할아버지 같은 사람들을 장물아비로 두고 있다. 심지어 불가능하게 들리기는 하지만, 아케온에도 있다고 한다. 그들은 온갖 불법적인 물건들을 나라 전체에 실어 나른다. 그리고 이제 나는 그들이 예외를 만들어서 사람을 대신 실어 줄 수도 있을 거라는 데 운을 걸 수밖에 없다.

"당연히 말도 안 돼."

8년간, 윌 할아버지는 결코 내게 안 된다는 말을 한 적이 없다. 지금 이 주름진 늙은 멍청이는 고의적으로 내 앞에서 자신의 마차의 문을 쾅 소리 내어 닫으려는 참이다. 킬런이 함께 오지 않고 남아서,

내가 실패하는 모습을 보이지 않아도 되어서 다행이다.

"할아버지, *제발요*. 난 할아버지가 할 수 있다는 걸 알아요……."

할아버지가 고개를 흔들자, 허연 수염이 좌우로 흔들린다.

"내가 할 수 있다고 해도, 나는 그저 판매원일 뿐이야. 내가 같이 일하는 사람들은 또 다른 도망자를 여기서 저기로 실어 나르는 수고를 하느라 시간을 쓰는 종류가 아니라고. 그건 우리 일이 아니야."

나의 유일한 희망이자 킬런의 유일한 희망이 손가락 사이로 흘러 내리는 것을 느낄 수가 있다.

월 할아버지의 태도가 부드러워진 걸 보니, 할아버지가 내 눈에서 절망을 읽은 모양이다. 할아버지는 마차의 문에 기대서는 깊은 한 숨을 쉬고는 뒤쪽으로, 수레의 어둠을 향해 시선을 던진다. 잠시 후에, 할아버지는 주변을 둘러보더니 나더러 안으로 들어오라는 듯한 손짓을 한다. 나는 기쁘게 따른다.

"고맙습니다, 월 할아버지. 이게 나한테 어떤 의미인지 할아버지는 모를 거예……."

"야, 그만 앉고 조용히 해."

내 재잘거림을 높은 목소리가 자른다.

마차의 그늘지지 않은 부분에, 할아버지가 켜둔 푸른 초 하나에서 나오는 희미한 빛으로는 거의 보이진 않지만, 한 여자가 서 있다. 여자애라고 말할 수도 있을 정도인 것이, 나보다 별로 나이가 많아 보이지 않기 때문이다. 하지만 나보다 훨씬 키가 크고, 경험 많은 전사의 분위기를 풍긴다. 허리에는 태양 문양이 찍혀 있는 붉은 천을 둘둘 감아 벨트 대신 차고, 총을 엉덩이 쪽에 밀어 넣었는데 분명 허가

받은 물건은 아닐 것이다. 스틸츠 출신이라기에는 지나치게 진한 금발에 피부가 하얗다. 얼굴에 살짝 배어나온 땀으로 판단해 보건대, 열기나 습도에 익숙하지도 않은 듯하다. 여자애는 낯선 이이자 이방인이며 범법자이다. *내가 만나고 싶던 바로 그 사람이다.*

그녀는 마차의 벽을 가로지르는 벤치 쪽을 향해 나에게 손을 흔든다. 내가 앉자마자 자신도 다시 자리에 앉는다. 윌 할아버지가 뒤로 바싹 따라와서는 벌레 먹은 낡은 의자에 무너지듯 주저앉는데, 할아버지의 눈이 나와 여자애 사이를 왔다 갔다 한다.

"메어 배로우, 팔리를 소개하마."

할아버지가 중얼거리자, 여자애가 어금니를 꽉 깨문다.

팔리의 시선이 내 얼굴을 향한다.

"화물 수송을 원한다고."

"나랑 다른 남자애 하나를……."

하지만 팔리는 거칠고 못이 박혀 굳어진 커다란 손을 들어 내 말을 자른다.

"*화물.*"

팔리가 의미심장한 눈빛으로 다시 반복한다. 심장이 가슴 속에서 쿵 하고 뛰어오른다. 이 팔리라는 여자애는 도움을 줄 수 있는 종류의 사람임이 틀림없다.

"목적지는 어디?"

나는 머리를 굴려서 어딘가 안전한 장소를 생각해 내려고 노력한다. 눈앞에 옛날 교실의 지도를 떠올려서, 해변과 강의 윤곽을 그려 보고, 도시와 마을 그리고 그 사이에 있는 모든 것들의 위치를 찍어

본다. 하버베이에서 서쪽으로 레이크랜즈까지, 북쪽의 툰드라와 방사능으로 오염된 쓰레기가 가득한 루인즈와 워시에 이르기까지, 모든 땅이 우리에게 위험하기만 하다.

"어디든 은혈에게서부터 안전한 곳. 그거면 돼."

팔리는 나를 향해 눈을 깜빡이지만, 그 애의 표정은 전혀 바뀌지 않는다.

"안전은 값을 지불해야 해, 이 계집애야."

"모든 것에는 값을 지불해야 해, *이 계집애야.* 그걸 나보다 더 잘 아는 사람은 없어."

나는 그 애의 어조에 맞춰 쏘아붙인다.

긴 침묵이 마차 전체에 흐른다. 밤이 쓸모없이 흘러가는 것이, 말할 수 없이 귀중한 킬런의 시간이 지나가고 있는 것이 느껴진다. 팔리는 나의 불안과 안달을 느끼고 있음이 분명하지만 전혀 말을 서두르지 않는다. 영원 같은 시간이 흐른 뒤에야, 마침내 팔리의 입이 열린다.

"'진홍의 군대'는 네 의뢰를 받아들이겠어, 메어 배로우."

기쁨으로 의자에서 뛰어오르지 않기 위해서 모든 자제력을 다 쏟아 붓는다. 하지만 뭔가가 나를 잡아당기기라도 한듯, 얼굴에는 저절로 미소가 떠오른다.

팔리가 계속 말을 잇는다.

"지불은 전부해서, 1000크라운으로 예상된다."

폐 속에 있는 공기까지 얻어맞는 듯한 기분이 든다. 심지어 윌 할아버지까지도 놀란 모양인 것이 할아버지의 솜털 가득한 하얀 눈썹이 앞이마의 머리선 속으로 사라져 있다.

"*1000*이라고?"

나는 목이 메어 간신히 말을 뱉는다. 누구도 그만한 돈을 장만할 수 없다. 적어도 스틸츠 사람이라면 누구도. 그 돈이면 우리 가족이 1년간 먹고 살 수 있을 것이다. 아니, *몇 년은 먹고 살 것이다.*

하지만 팔리는 자신의 말을 다 마친 것이 아니다. 그 애가 이 일을 즐기고 있다는 기분이 든다.

"종이돈, 테트라크 또는 물물교환 가능한 대가에 상응하는 등가 물로 지불하면 돼. 물론 물건 하나당의 가격이고."

*2000크라운*이란 말이지. 거금이다. 우리의 자유는 거금의 가치가 있는 것이다.

"네 화물은 모레 이동할 거야. 그때 지불을 해야만 해."

거의 숨도 쉴 수 없다. 전 생애 내내 훔쳤던 것보다 더 많은 돈을 이틀도 안 되는 시간에 모아야만 하다니. *방법이 없다.*

팔리는 나에게 이의를 달 시간조차 주지 않는다.

"이 조건을 받아들일 거야?"

"시간이 좀 더 필요해."

팔리는 고개를 젓고는 몸을 앞으로 기울인다. 그 애에게서 화약 냄새가 난다.

"이 조건을 받아들이겠냐고."

불가능한 일. 멍청한 짓. 동시에 *우리가 가진 최고의 기회.*

"조건을 받아들일게."

칙칙한 그늘 사이를 통과해서 집까지 터덜터덜 돌아온 그 다음 순간들은 흐릿하게 지나간다. 팔리가 제시한 값에 근접하기라도 하기 위해서 뭐라도 얻을 수 있는 온갖 방법을 연구하느라 머릿속이 불붙은 것 같다. 스틸츠 내에서는 불가능하다는 것만큼은 확실하다.

킬런은 여전히 어둠 속에서 기다리고 있다. 길 잃은 어린 소년 같이 보인다. 실제로 그 애가 그런 심정이리라는 생각이 든다.

"안 좋은 소식이야?"

침착하게 말하려고 애쓰는 듯하지만, 킬런의 목소리는 어쨌든 떨리고 있다.

"지하조직이 우리를 여기서 빼줄 수 있대."

설명하는 동안, 나는 다행히 침착함을 유지한다. 2000크라운이면 차라리 왕관을 훔치는 편이 낫겠지만, 나는 아무 일도 아닌 것처럼 보이려고 애쓴다.

"다른 사람이 그 일을 해 줄 수 있다면, 우리도 할 수 있어. 우리도 할 수 있다고."

"메어."

킬런의 목소리가 차다. 겨울보다도 더 차다. 하지만 그 애의 눈에 떠오른 공허한 표정은 더 나쁘다.

"끝났어. 우리가 진 거야."

"하지만 만약 우리가……."

킬런은 내 어깨를 꼭 쥐고, 팔 길이만큼 떨어진 거리에서 나를 단단히 붙든다. 아프지 않지만 나는 놀라고 만다.

"나한테 이러지 마, 메어. 여기서 벗어날 방법이 있다는 믿음을 주지 마. 희망 같은 거 나한테 남기지 마."

그 애의 말이 맞다. 어디에도 없을 희망을 주는 일은 잔인하다. 결국 희망은 그저 실망과 억울함, 분노로 변할 테고, 그 모든 것들은 안 그래도 이미 어렵기만 한 이 삶을 더욱 어렵게 만들 것이다.

"그냥 내가 이 사실을 받아들이게 해 줘. 어쩌면…… 어쩌면 그러고 나면 내 머리도 이 일을 받아들일 수 있게 되고, 스스로를 좀 제대로 적응시키고, 거기서 싸울 기회를 나 스스로 갖게 될 수도 있을 거야."

난 손을 더듬어 그의 손목을 찾아 단단하게 붙든다.

"이미 죽은 것처럼 말하고 있잖아, 너."

"어쩌면 이미 그렇지 뭐."

"우리 오빠들도……."

"너네 아버지께선 형들이 떠나기 오래 전부터 형들이 뭘 하게 될지 스스로들 알고 있다고 확신하셨어. 그리고 형들이 전부 집채만한 것도 도움이 됐겠지."

그 애는 억지로 히죽 웃으며 나를 웃게 만들려고 애를 쓰지만, 전혀 먹히지 않는다.

"난 훌륭한 수영 선수이자 선원이라고. 분명 호수 전투에서 내가 필요할 거야."

그 애가 자신의 팔을 내게 둘러 꼭 안는 순간에서야, 나는 내가 계속 떨고 있다는 것을 알아차린다.

"킬런……."

나는 그 애의 가슴에 대고 웅얼거린다. 하지만 다음 말들은 나오

51

지 않는다. *나였어야 했어.* 어쨌든 내 시간 역시 빠르게 다가오고 있다. 나는 고작 어딘가의 병영이나 참호에서 내가 그 애를 다시 만날 수 있을 정도로 킬런이 충분히 오래 살아남기만을 바랄 수 있을 뿐이다. 아마도 그때가 되면 제대로 할 말을 찾을 수 있을 것이다. 아마도 그때가 되면 정확히 무슨 기분인지 이해할 수 있을 것이다.

킬런이 나를 밀어내며, 너무 빨리 날 떼어 낸다.

"고마워, 메어. 모든 것에 대해서. 저축만 잘하면, 군대가 널 데리러 오기 전까지 충분한 만큼을 모을 수 있을 거야."

그 애를 위해서, 나는 고개를 끄덕인다. 하지만 그 애가 싸우다 홀로 죽어 가도록 내버려 둘 생각은 전혀 없다.

간이침대로 돌아와 다시 누우면서도, 아마 오늘 밤은 내내 잠들지 못할 것임을 깨닫는다. 분명 어딘가에 내가 할 수 있는 일이 있을 테니, 밤을 꼴딱 새는 한이 있다고 하더라도 나는 방법을 찾아내야만 한다.

지사가 자는 중에 기침을 한다. 예의 바르다 할 만큼 작은 소리다. 무의식중에서조차, 저 애는 숙녀답게 굴려는가 보다. 지사가 은혈들과 그토록 자연스럽게 어울린다는 사실은 놀라울 것도 없다. 그 애는 은혈들이 적혈에게서 좋아하는 모든 점을 갖추고 있으니까. 조용하고, 자신의 것에 만족하며, 겸손하다. 그들을 상대해서 그 초능력 바보들이 단 한 번 입고 말 비단이나 훌륭한 천들을 고르도록 도와주는 사람이 그 애 쪽이라는 것은 다행이다. 그토록 사소한 것들에 그렇게 어마어마한 돈을 쓴다는 사실에 익숙해져야 한다고 지사는 말하고는 한다. 그리고 서머튼에 있는 시장인 '그랜드 가든'에서는 오가는 돈이 10배로 커진다. 자신의 스승과 함께, 지사는 레이스와 비단, 모피, 심지어는 보석들을 바느질하여 왕족 뒤를 어디나 졸졸 따라다니는 것처럼 보이는 은혈 엘리트들이 입을 수 있는 예술품을 창조한다. 지사는 그 모양새를 두고 퍼레이드라고 부르는데, 그 애의 말에 따르면 몸치장을 잔뜩 한 공작새 같은 행렬이 끝도 없이 이어지는데 각각이 다음에 오는 사람들보다 더 자부심에 넘치고 더 우스꽝스러워진다고 한다. 모두 은혈이며, 모두 우습고, 그리고 모두 강박적이다.

심지어 오늘 밤은 보통 때보다도 더 그들이 밉다. 아마도 그들이 잃어버린 스타킹이면 나와 킬런, 그리고 스틸츠 사람들 절반을 징병에서 구하고도 남을 만큼 충분하리라.

오늘 밤 두 번째로, 번개가 번쩍한다.

"지사, 일어나."

나는 속삭이지도 않는다. 지사는 죽은 사람처럼 잔다.

"*지사.*"

그 애는 움직이더니 베개에 대고 신음을 흘린다.

"가끔은 언니를 죽여 버리고 싶어."

지사가 투덜거린다.

"*달달하고 좋으네. 이제 일어나!*"

내가 커다란 고양이 같은 그 애의 위를 덮치는데도 지사의 눈은 여전히 감겨 있다. 지사가 소리를 치거나 징징대거나 해서 어머니가 이 일에 끼어드시기 전에, 나는 그 애의 입을 손으로 막는다.

"그냥 내 얘기부터 들어, 그렇게 해. 말하지 마, 그냥 들어."

지사는 내 손에 대고 씩씩대지만, 늘 그렇듯 고개를 끄덕인다.

"킬런이……."

그 애에 대한 언급만으로 지사의 피부는 순식간에 밝은 빨강색으로 물든다. 심지어 키득거리는데, 그동안 결코 그런 적 없는 행동이다. 하지만 지금은 그 애가 사랑에 빠진 여자애처럼 행동하는 걸 기다려 줄 만한 시간이 없다. 지금은 안 된다.

나는 떨리는 숨을 내쉰다.

"그만해, 지사. 킬런이 징병될 거야."

다음 순간 그녀의 웃음소리가 싹 사라진다. 징병은 결코 농담의 주제가 아니다.

"난 그 애를 전쟁에서부터 구하기 위해서, 여기서 빼낼 방법을 찾아냈어. 하지만 그 일을 하려면 네 도움이 필요해."

그 말을 하는 것만으로도 상처 입는 기분이지만, 어쨌든 그 단어들은 내 입술 사이로 흘러나온다.

"네가 필요해, 지사. 날 도와줄 수 있어?"

지사는 대답을 망설이지 않고, 나는 동생을 향한 사랑이 거대한 샘처럼 솟는 것을 느낀다.

"그럼."

내가 키가 작다는 것이 참 다행이다. 그렇지 않았다면 지사의 남는 유니폼이 내 몸에 맞지 않았을 테니까. 옷은 두껍고 어두운 재질로, 여름 태양에는 전혀 적합하지 않은 종류이다. 단추에 지퍼까지, 태양열에 요리되기 딱 좋아 보인다. 내 등에 멘 가방이 움직이자, 천과 바느질 도구들의 무게가 나를 덮친다. 지사도 마찬가지로 가방을 메고 조이는 유니폼을 입고 있지만, 그것들에 별로 구애받는 기색은 아니다. 그 애는 힘든 일과 고된 삶에 익숙해져 있는 것이다.

우리는 몇 년 전 지사와 친구가 된 자애로운 농부의 바지선에 몸을 싣고, 엄청난 밀 사이에 찌부러진 채로 대부분의 거리를 강 위를 따라 항해한다. 그들이 나는 결코 신용하지 않는 것만큼이나, 여기 사람들은 지사를 믿는다. 아직 1킬로미터가 조금 넘게 남아 있는 거리에서, 농부는 서머튼으로 향하는 상인들의 구불구불한 행렬 근처에 우리를 내려 준다. 이제 우리는 그들 사이에 섞여 들어, 그곳에 전혀 어떤 정원도 없음에도 지사가 '가든 도어'라고 부르는 곳을 향한다. 가든 도어는 실제로는 반짝이는 유리로 만들어진 문으로, 심지어 우리가 안으로 들어설 기회를 얻기도 전에 눈부터 멀게 만드는 곳이다. 나머지 벽들도 같은 물질로 만들어진 것처럼 보인다. 하지만 은혈 왕이 유리로 된 벽 뒤에 숨을 정도로 멍청하리라고는 믿을 수가 없다.

"유리가 아니야. 아니면 적어도, 전체가 유리인 건 아니야. 은혈들은 다이아몬드에 열을 가해서 다른 물질들과 섞는 방법을 발견했어. 저 벽은 완전 난공불락이래. 폭탄으로도 부술 수 없다고 하더라."

지사가 말한다.

다이아몬드 벽이라니.

"꼭 필요하기도 하겠어."

"머리 숙이고 있어. 내가 말할게."

지사가 속삭인다.

나는 지사의 발에 시선을 두고, 길 위의 하얀 돌 위에 새겨진, 금이 간 채 희미해져 가는 검정색 글자에 눈을 둔다. 바닥은 너무 매끄러워서 나는 거의 넘어질 뻔 하지만 지사는 나의 팔을 단단히 붙들고 내가 계속 걷게 붙잡아 준다. 킬런은 이런 곳에서도 걷는 데 아무 문제가 없었을 텐데. 그 '바다 다리'가 없어도 말이다. 아니, 그 애는 여기에 결코 와 보지도 못할 것이다. 그 애는 이미 포기한 상태다. *난 결코 포기하지 않으리라.*

문에 점점 가까워지자, 나는 반대편을 보려고 밝은 빛 사이로 눈을 가늘게 뜨고 살펴본다. 서머튼은 오직 한 철을 위해 존재하는 곳이며, 첫 서리가 내리기 전에 버려지는 곳이지만 그럼에도 내가 본 중에서 가장 커다란 도시이다. 거리와 가게, 술집, 집, 그리고 마당은 모두 북적거리고 그 모두가 거대한 다이아몬드 유리와 대리석으로 된 희미하게 일렁이는 꼴 보기 싫을 정도로 큰 건물을 향해 있다. 그리고 이제 나는 그 이름이 어디서 온 건지 알 수 있다. 별처럼 빛나고 있는 태양의 홀은 첨탑과 다리들이 온통 뒤섞인 모양으로 하늘 위로 30미터 높이로 솟아 있다. 건물의 일부는 의도적으로 볼 수 없게 어둡게 만들어져서 사용자에게 사생활을 보장하게 되어 있다. 소작농들이 왕과 그 가족들을 볼 수 없도록. 태양의 홀은 너무 아름다워서 숨이 멎을 듯한 동시에 겁이 날 정도로 감명 깊은 건물이다. 이런 곳이 그저 여름 별장이라니.

"이름."

거친 목소리가 크게 말하자, 지사가 잠깐 멈춘다.

"지사 배로우예요. 이쪽은 제 언니, 메어 배로우고요. 언니는 제가 저희 선생님께 가져가는 물건들을 나르는 걸 도와주고 있어요."

지사는 움찔하는 구석도 없고 그 애의 목소리는 시종일관 침착하여 거의 지루해하는 기색이다. 보안 요원이 나를 향해 고개를 끄덕이기에, 나는 내가 진 짐을 움직여서 보여 준다. 지사는 우리의 신분증을 건네주고, 두 장 다 찢어지기 일보 직전으로 낡고 더러운 물건이지만 그 정도면 충분하다.

지사의 신분증은 흘깃 쳐다보지도 않는 모양새를 보니 우리를 검사하는 남자는 내 동생을 아는 것이 틀림없다. 내 신분증을 찬찬히 살펴 본 그는 충분한 시간을 들여 내 사진과 내 얼굴을 비교한다. 나는 그 또한 위스퍼라서 내 마음을 읽을 수 있을지 궁금하다. 만약 그렇다면 이 외도는 단번에 여기서 끝을 맺고 아마도 내 목에 끈으로 된 올가미가 걸리는 대가를 치르게 되리라.

"손목."

이미 우리 일이 지겨워진 남자가 한숨을 쉰다.

잠시간 나는 혼란에 빠지지만, 지사는 생각하지도 않고 오른쪽 손을 뻗는다. 나도 그 동작을 따라 요원을 향해 내 팔을 내민다. 그는 우리 손목 둘레에 빨간 띠 한 쌍을 채운다. 고리는 족쇄를 채우는 것처럼 딱 달라붙을 때까지 오그라들고, 우리 스스로는 이것들을 제거할 방법이 없다.

"따라서 이동해."

요원이 말하며 지겹다는 듯한 손동작을 한다. 두 어린 소녀는 그의 눈에는 아무 위협도 되지 않을 것이다.

지사는 고개를 까닥여 감사의 인사를 하지만, 나는 하지 않는다.

이 남자는 나에게 감사 한 줌을 이끌어 낼 가치도 없다. 문이 우리 주변으로 아가리를 벌리며 열리고 우리는 앞으로 성큼성큼 걸어간다. 내 심장이 귀에 들릴 듯 쿵쿵대는 바람에, 다른 세계로 들어가는 동안 그랜드 가든의 모든 소리가 전부 사라질 정도이다.

그곳은 내가 이제껏 한 번도 본 적 없는 종류의 시장이다. 꽃과 나무, 그리고 분수가 곳곳에 자리하고 있다. 몇 안 되는 적혈들은 심부름을 하기 위해서 빠르게 달려가는 중이거나 자신들의 물건을 팔고 있다. 모두 빨간색 팔찌로 구별이 가능하다. 은혈들은 아무도 팔찌를 차고 있지 않지만, 알아차리기 쉽다. 그들은 보석이나 귀금속들을 주렁주렁 달고 있고, 그것들 하나하나가 모두 거금일 것이다. 단한 번의 소매치기로 나는 내게 필요한 모든 것을 갖고 집으로 갈 수 있다. 그들은 모두 키가 크고 아름다우며 냉정하다. 어떤 적혈이라도 결코 얻지 못할 느릿한 우아함이 움직임에 배어 있다. 우리는 그저 그렇게 움직일 시간이 없다.

지사는 금가루가 뿌려져 있는 케이크를 파는 빵집을 지나서 내가 처음 보는 밝은 색깔의 과일들이 전시되어 있는 야채 가게와 심지어는 내가 아는 상식을 넘어서는 야생 동물들로 가득한 애완동물 가게를 지나 나를 이끈다. 옷으로 판단하건대 은혈일 거라 생각되는 작은 소녀 하나가 사과를 작은 조각으로 잘라서 점무늬의 말처럼 생긴 생명체에게 나눠주고 있지만, 그 녀석은 말치고는 불가능할 정도로 목이 길다. 몇 개의 거리를 지나자 보석 가게가 온갖 무지개 색으로 빛난다. 길을 외워 두고 싶지만 여기서는 정신을 똑바로 차리기가 힘들다. 공기조차 맥이 뛰는 것처럼, 자체적으로 생명을 가지고 살아 숨 쉬는 것처럼 보인다.

여기만큼 흥미진진한 곳도 없을 것 같다는 생각이 막 들 때에 나는 은혈들을 가까이에서 보고 그들이 누구인지 되새긴다. 그 작은 여자애는 텔키로, 공기 중 3미터 위로 사과를 공중 부양시켜서 그 목 긴 짐승에게 먹이를 주고 있다. 꽃집 주인은 그의 손을 하얀 꽃들이 핀 화분 위로 흔들고, 꽃들이 순식간에 폭발하듯 자라나 그의 팔꿈치를 돌돌 만다. 그는 식물과 지구를 조종하는 그리니이다. 한 쌍의 님프들이 분수 옆에 앉아 있는데, 물로 된 공을 만들어서 띄워 가며 아이들을 즐겁게 해 주고 있다. 그들 중 하나인 주황색 머리는 아이들이 계속 그를 둘러싸고 있는 동안에도 지긋지긋하다는 눈빛을 하고 있다. 광장 전체에, 모든 다양한 종류의 은혈이 그들의 대단한 삶을 살고 있다. 은혈들의 수가 너무 많고, 하나하나가 각각 대단하고 멋지며 강력해서, 내가 아는 세계에서는 그들을 제거하는 것은 불가능하다.

"이게 나머지 반쪽이 사는 방식이야. 언니를 토하게 만들기 충분하지."

지사가 내 역한 기분을 느끼고 중얼거린다.

죄책감이 나를 관통한다. 나는 항상 지사를 질투해 왔다. 그 애의 재능과 그 애가 가진 모든 특권을. 하지만 나는 결코 그 대가에 대해 생각해 본 적이 없었다. 그 애는 학교에서 시간을 거의 보내지 않기에 스틸츠에는 친구가 별로 없다. 만약 지사가 평범했다면, 그 애에게는 많은 친구가 있었을 것이다. 그 애는 미소를 지었을 것이다. 대신에 이 14살짜리 여자애는 자신의 등 뒤에 가족의 운명을 짊어지고, 자신이 증오하는 세계에 목까지 파묻은 채로 살아가는 바늘과 실을 든 군인이 되었다.

"고마워, 지."

나는 그 애의 귀에 속삭인다. 지사는 내 말이 그저 오늘 일만을 의미하는 것이 아님을 안다.

"살라 선생님의 가게는 저기야, 푸른 차양이 달린 곳. 내가 필요하면 저리로 와."

그 애는 옆 거리를 가리킨다. 한 쌍의 카페 사이에 끼인 조그만 가게가 거기 있다.

"필요하진 않을 거야. 일이 만약 잘못되더라도, 너를 엮을 수는 없어."

나는 빠르게 대답한다.

"좋아."

그러고 나서 그 애는 내 손을 잡고 짧게 쥐어짜듯 힘을 준다.

"조심해. 오늘은 평상시보다도 더 붐비네."

"숨을 데도 많고."

나는 능글맞게 웃으며 말한다.

하지만 그 애의 목소리는 심각하다.

"보안 요원들도 더 많아."

우리는 계속 걷고, 한 걸음 한 걸음 걸을수록 이 이상한 곳에 지사가 나를 홀로 남겨두고 떠날 시간이 점점 가까워진다. 지사가 내 어깨에서 가방을 부드럽게 드는 순간, 실오라기 같은 공포가 엄습한다. 우리가 그 애의 가게에 다 온 것이다.

자신을 다독거리느라, 나는 작은 소리로 횡설수설한다.

"아무에게도 말하지 말고, 눈도 마주치지 말고. 계속 움직여. 왔던 길로 도로, 가든 도어를 통해서 떠난다. 보안 요원이 내 팔찌를 제거하고, 나는 계속 걷는다."

내가 말하는 동안 지사는 고개를 끄덕인다. 크게 뜬 그 애의 눈은 조심스럽고, 아마도 희망이 가득한 것 같다.

"집까지는 4.5킬로미터."

"집까지는 4.5킬로미터."

그 애가 반복한다.

무슨 일이 있어도 그 애와 함께 돌아갈 수 있기를 바라며, 나는 지사가 파란색 차양 아래로 사라지는 모습을 지켜본다. 그 애는 나를 여기까지 데려다 주었다. 이제 내 차례다.

제4장

늘대가 양 무리에게 하듯 이렇게 군중을 바라보는 것은 이전에도 수천 번도 더 해 본 작업이다. 약한 사람, 느린 사람, 멍청한 사람을 찾는 것. 단지 지금은, 내가 오히려 먹잇감 쪽이다. 심장 박동이 한 번 뛰기도 전에 나를 따라잡을 수 있는 스위프트를 고를 수도 있고, 어쩌면 더 나쁘게도, 내가 1킬로미터 밖에서 접근하는 것조차 감지할 수 있는 위스퍼를 고를 수도 있다. 아까의 그 조그만 텔키 소녀조차 일이 잘못된다면 나를 때려눕힐 수 있다. 그러니 나는 평소보다 더 빠르고 더 영리해야 하며, 최악의 경우 평소보다 더 운이 *따라야* 할 것이다. 거의 미친 일이다. 운 좋게도, 아무도 또 다른 적혈 종복에게는 별로 관심을 기울이지 않는다. 신들의 발치를 어슬렁대며 지나가는 벌레 한 마리일 뿐이니.

나는 다시 광장으로 향한다. 팔을 늘어뜨리고 있지만 작업을 할 준비 상태이다. 보통 나는 이렇게 사람들이 혼잡하게 다니는 사이를 춤추듯 통과하며, 마치 거미줄이 파리를 잡듯이 지갑과 주머니 사이로 손을 움직이고는 한다. 하지만 그 작업을 여기서 시도할 정도로 나는 어리석지 않다. 대신에 나는 광장 주변의 사람들을 따라간다. 이제 나를 둘러싸고 있는 화려한 환경에 차츰 적응이 되어, 바닥의 금에서부터 그늘마다 서 있는 검은색 제복을 입은 보안 요원들에 이르기까지 그 너머의 것들이 보이기 시작한다. 불가능해 보이는 은혈들의 세계가 더욱 날카로운 초점으로 다가온다. 은혈들은 자기들끼리도 거의 서로 관심을 보이지 않고, 결코 미소 짓지도 않는다. 그 텔키 여자애는 이상한 짐승에게 먹이를 주는 일이 몹시 지루한 듯하고, 상인들은 심지어 호객 행위를 하지도 않는다. 오직 적혈들만이 생기가 넘쳐 보인다. 좀 더 나은 삶을 사는 느리게 움직이는 남자와 여자들 주변을 적혈들은 바쁘게 돌아다니고 있다. 열기와 태양과 그 밝은 간판들에도 불구하고, 나는 지금껏 이토록 차가운 세계를 본 적이 없다.

가장 걱정되는 것은 차양이나 골목 사이로 숨어 있는 검정색 비디오카메라들이다. 우리 동네나 보안서나 경기장에는 고작 몇 개가 있을 뿐인 카메라들이 이곳 시장에는 모든 곳에 있다. 기계가 돌아가며 나는 낮은 웅웅거리는 소리가 분명하게 '누군가 이곳을 지켜보고 있다'는 것을 나에게 상기시킨다.

나는 사람들의 물결에 밀려 선술집과 카페들을 지나서 주요 거리로 내려간다. 은혈들은 야외의 테이블에 앉아서 아침 음료를 즐기며 사람들이 지나는 모습을 지켜본다. 몇 명은 벽이나 아치형 입구에 걸려 있는 화면을 바라본다. 각각의 화면들은 서로 뭔가 다른 것들을 비추고 있다. 경기장에서 벌어진 예전의 경기 장면들에서부터 뉴스나 나는 이해할 수 없는 밝은 색깔의 프로그램들을 비추고, 그 모든 것들이 내 머릿속에서 서로 뒤섞인다. 높게 웅웅거리는 스크린의 소리와 지속적인 잡음이 내 귀를 울린다. 다른 사람들이 어떻게 이것을 견디고 사는지 모르겠다. 하지만 은혈들은 화면을 보면서도 눈 하나 깜빡이지 않고, 그저 대부분은 카메라의 존재 자체를 전적으로 무시한다.

태양의 홀은 번쩍이는 그늘을 내 위로 드리우고, 나는 또 다시 그 멍청한 경외감에 사로잡히고 만다. 하지만 윙윙거리는 소음에 퍼뜩 나는 정신을 차린다. 처음에 그 소리는 경기장의 위엄 행사 때 들리는 소리와 비슷한 것 같지만, 이번 것은 조금 다르다. 어쨌든 낮고 좀 더 무겁다. 나는 아무 생각 없이 소음 쪽으로 돌아선다.

옆의 식당의 모든 비디오 화면에 같은 영상이 뜬 채 깜빡거린다. 왕족의 연설은 아니고, 뉴스 발표다. 은혈들조차도 넋이 나간 듯 침묵 속에서 방송을 보기 위해 멈춰 선다. 윙윙거리는 소리가 멈추자, 발표가 시작된다. 은혈임이 틀림없는 복슬복슬한 금발 머리의 여자가 화면에 등장한다. 그녀는 놀란 얼굴로 종이 한 장을 읽는다.

"노르타의 은혈 여러분, 갑작스러운 방해에 사과 말씀을 드립니다. 13분 전, 수도에서 테러리스트의 공격이 감행되었습니다."

내 주변의 은혈들이 헉 하고 공포에 가득한 중얼거림을 터뜨린다.

나는 그저 불신에 가득 찬 눈만 끔뻑거린다. 테러리스트의 공격? 은혈들에게?

그게 가능하기나 한가?

"서부 아케온의 정부 건물에 계획적인 폭탄 테러가 있었습니다. 보고에 따르면 '로열 코트'와 '트레저리 홀' 그리고 '화이트파이어 팰리스'의 일부가 피해를 입었으나, 법원과 재무부는 오늘 아침 휴회 중이었습니다."

영상은 여자에서 불타는 건물의 모습으로 바뀐다. 님프들이 물 폭풍을 일으켜 화재를 진압하는 동안 보안 요원들이 건물 안의 사람들을 대피시킨다. 팔에 검은색과 붉은색으로 된 십자 모양을 차고 있는 힐러들이 사람들 사이로 이리저리 뛰어다니고 있다.

"왕실 가족께서는 화이트파이어 팰리스 내의 거주 구역에 계시지 않았으며, 이번에는 어떤 사상자도 보고된 바 없습니다. 티베리아스 전하께서 한 시간 내로 국민에게 연설을 하실 예정입니다."

옆에 있던 은혈 하나가 주먹을 꽉 쥐더니 선술집의 테이블을 때리자, 돌로 되어 있는 단단한 상부에 실금이 간다. *스트롱암이다.*

"레이크랜즈 놈들이야! 그놈들이 북쪽에서 계속 밀리니까 남쪽으로 내려와서 우리를 겁주려는 모양이지!"

몇 명이 그 사람 말에 동의와 함께 야유를 보내며 레이크랜즈를 저주한다.

"그놈들을 쫙 쓸어 버려야 해, 프레이리까지 곧장 밀어 버려야 한다고!"

또 다른 은혈 하나가 소리친다. 많은 사람들이 동의의 환성을 지른다. 지금껏 결코 한 번도 최전방에 가 본 적도 없고 자신의 아이들을 싸움에 내몰아 본 적도 없을 이 멍청이들을 후려치고 싶은 충동을 누르느라 나는 온 힘을 쏟는다. 저 은혈들의 전쟁은 모두 적혈들의 피로 대가를 치르고 있는데.

더 많은 장면들이 지나가고, 대리석으로 된 정부 청사의 정면이 폭발로 인해 먼지로 뒤덮인 모습이나 다이아몬드유리로 된 벽이 불덩이를 맞는 장면들을 보니 내 안의 일부가 기쁨으로 타오른다. 은혈들은 천하무적이 아니다. 그들은 적이 있고, 그 적들은 그들을 상처 줄 수 있으며, 적어도 이번만큼은, 그들은 적혈의 방패 뒤로 숨지 못했다.

지금껏 본 중 가장 창백해진 얼굴의 아나운서가 다시 화면에 돌아온다. 화면 밖의 누군가가 그녀에게 뭔가를 속삭이고, 그녀는 손을 덜덜 떨면서 자신이 들고 있던 종이를 마구 뒤섞는다.

"아케온 폭탄 테러를 계획한 것으로 보이는 조직의 정체가 밝혀졌습니다."

그녀는 살짝 휘청거리기까지 한다. 소리를 지른 남자가 재빨리 조용하게, 다음 말을 듣기 위해 귀를 기울인다.

"자신들을 '진홍의 군대'라고 밝힌 테러리스트 조직이 조금 전 이 영상을 보냈습니다."

"진홍의 군대?"

"그건 또 무슨 미친……?"

"어떤 속임수 같은…….."

혼란스러운 질문들이 식당 여기저기를 떠돈다. 누구도 지금껏 진홍의 군대의 이름을 들어본 적이 없다.

나만 빼고.

그것은 팔리가 자신들을 부르던 이름이다. 그 애와 윌 할아버지. 하지만 그 사람들은 두 사람 모두 테러리스트도, 폭파범도, 저 방송에서 부르는 그 어떤 것도 아닌 고작 밀수범들인데. *우연이다, 그들일 리가 없다.*

화면에서, 나는 끔찍한 장면을 마주친다. 떨리는 카메라 앞에, 진홍색 반다나를 얼굴에 둘러서 금발 머리와 옅은 푸른 눈만이 보이는 여자 하나가 서 있다. 그녀는 한 손에는 총을, 다른 한 손에는 누더기가 된 붉은 깃발을 들고 있다. 그리고 그녀의 가슴팍에는 찢어진 태양 모양의 황동 배지가 매달려 있다.

"우리는 진홍의 군대이며 우리는……."

여자가 말하는 순간, 나는 그 여자의 목소리를 알아듣는다.

팔리.

"……적혈에서 시작된 모든 이의 자유와 동등함을 상징한다."

성나고 폭력적인 은혈 무리로 가득한 선술집이 적혈 소녀가 있을 최악의 장소라는 것을 깨닫는 데에 내가 천재가 될 필요까지도 없다. 하지만 나는 움직일 수가 없다. 팔리의 얼굴에서 눈을 뗄 수가 없다.

"너희는 너희가 이 세계의 주인들이라고 믿고 있지, 하지만 너희 왕들과 신들의 지배는 끝나간다. 너희가 우리를 *사람*으로, 동등하게 여길 때까지, 싸움은 너희 눈앞에서 계속될 것이다. 전쟁터에서뿐만 아니라 너희들의 도시에서. 너희들의 거리에서. 너희들의 집에서. 너희는 우리를 모르지만 우리는 모든 곳에 존재한다."

그 애의 목소리는 권위와 침착함으로 울린다.

"그리고 새벽은 적혈처럼 붉게 타오르니, 우리는 일어날 것이다."

새벽은 적혈처럼 붉게 타오른다.

영상이 끝나더니, 놀라서 입을 떡 벌리고 있는 금발 머리의 모습으로 장면이 바뀐다. 선술집 부근의 은혈들이 갑자기 자신의 목소리를 되찾은 듯 고함소리가 온통 울려 나머지 방송 소리를 삼킨다. 그들은 팔리를 향해서, 그 애를 테러리스트, 살인자, 그리고 적혈 악마라 부르며 고래고래 소리를 지른다. 그들의 눈길이 내 쪽을 향하기 전에 나는 조용히 거리에서 물러나온다.

하지만 거리 전체가, 광장에서부터 홀에 이르기까지 모든 선술집과 카페마다 은혈들로 들끓고 있다. 나는 손목에서 빨간색 띠를 벗겨 보려고 하지만, 이 멍청한 물건은 도무지 떨어질 생각을 하지 않는다. 다른 적혈들은 속속들이 여기서 벗어나기 위해서 골목과 문간으로 사라지고, 나는 적어도 그들을 따라갈 정도로는 영리하다. 내가 골목에 들어설 때쯤 비명이 시작된다.

모든 본능에도 불구하고 나는 고개를 돌려 허공에서 목이 붙들린 한 적혈 남자를 어깨 너머로 바라본다. 그는 자신에게 폭행을 가하는 은혈에게 싹싹 빌고 있는 중이다.

"제발요, 저는 모릅니다, 저는 그 망할 사람들이 누구인지 정말로 모릅니다!"

"진홍의 군대라는 게 뭐야? 그놈들은 뭐야?"

그 은혈이 소리를 지른다. 나는 그가 반시간도 되기 전에 아이들과 어울려 놀고 있던 님프 중에 하나라는 것을 알아차린다.

적혈 남자가 대답하기도 전에, 물줄기 하나가 그를 망치가 때리는 것보다도 더 세게 때린다. 님프가 한 손을 들자 물이 따라 일어서고, 적혈 남자에게 다시 쏟아진다. 그 장면을 둘러싸고 있던 은혈들이 기쁨으로 환호하며 그에게 응원을 보낸다. 적혈 남자는 더듬거리며 헉헉대고, 어떻게 해서든 숨을 쉬려고 애를 쓴다. 그는 조금이라도 여유가 생길 때마다 자신의 결백을 주장하지만, 물은 계속 계속 그를 덮친다. 증오로 커다래진 눈의 님프는 멈출 의사가 전혀 없어 보인다. 그는 분수에서, 주변의 모든 유리잔에서 물을 끌어오고 그 물을 비처럼 퍼붓고 또 퍼붓는다.

님프가 그 남자를 익사시킨다.

공포에 질린 거리 사이로 적혈과 은혈들을 헤집고 빠져나가는 나를 푸른 차양이 신호등처럼 안내한다. 대개 혼란은 나의 가장 친한 친구로, 도둑으로서의 내 작업을 훨씬 수월하게 만들어 준다. 아무도 흥분한 군중을 피해 달아나고 있을 때는 지갑이나 동전이 없어지는 일에 신경을 쓰지 않는다. 하지만 킬런과 2000크라운은 더 이상 나의 주요 관심사가 아니다. 나는 오직 지사에게 가서 곧 확고한 감옥이 될 이 도시를 탈출할 생각뿐이다. *만약 그들이 문을 폐쇄한다면……* 손 뻗으면 닿을 거리에 자유를 두고 유리벽 뒤에 붙들려서 여기 갇히는 것은 상상도 하기 싫다.

보안 요원들이 달려 나와 거리 여기저기로 흩어진다. 하지만 그들도 무엇을 해야 할지 누구를 보호해야 할지 모르고 있다. 몇몇은 적혈들을 둘러싸고 그들을 무릎 꿇린다. 적혈들은 떨면서 자신들이 아무것도 알지 못한다고 몇 번이고 반복하며 싹싹 빈다. 오늘 이전에 진홍의 군대에 대해 뭐라도 들어 본 사람이 이 도시 전체를 통틀어 내가 유일할 것이라는 데에 기꺼이 돈을 걸 수도 있을 것 같다.

그 사실이 문득 새로운 공포의 칼날이 되어 나를 찌른다. 만약 내가 잡히면, 만약 내가 거의 알지도 못하는 그들에 대한 이야기를 털어놓으면, 그들은 내 가족들을 어떻게 할까? 킬런은? 스틸츠는?

그들은 나를 잡을 수 없다.

가판대를 이용해 몸을 숨기면서, 나는 최대한 빠르게 달린다. 주거리는 전쟁 지역이 되었지만, 나는 광장 너머 푸른 차양에 시선을 똑바로 고정한 채 이동한다. 나는 보석 가게를 지나다가 속도를 늦춘다. 물건 한 개면 킬런을 구할 수 있을 것이다. 하지만 심장이 쿵쿵 뛰어 멈춘 순간, 유리조각이 우박처럼 떨어지며 내 얼굴을 긁는다. 거리에서, 한 텔키가 내게 시선을 고정한 채 다시 나를 목표로 삼는다. 나는 그에게 다시는 기회를 주지 않고 커튼과 가판대 아래로 기어 몸을 숨긴다. 광장에 닿자 나는 팔을 뻗는다. 분수들 사이로 뛰어가는데, 내가 미처 깨닫기도 전에 물이 내 발 주변으로 출렁인다.

거품 같은 푸른 물결이 나를 양옆에서 때리고, 소용돌이치는 물속으로 밀어 넣는다. 깊지 않다. 바닥에서부터 60센티미터도 되지 않지만, 그 물은 납처럼 느껴진다. 나는 움직일 수도, 헤엄을 칠 수도, 숨을 쉴 수도 없다. 생각도 거의 제대로 할 수 없다. 나는 마음속으로 님프를 향해 비명을 지르며 아까의 그 불쌍한 적혈 남자를 생각한다. 자신의 두 발로 선 채로 익사 당했던 그 남자를. 내 머리가 돌바닥을 세게 때리고, 시야가 분명해지기 직전 순간적으로 *번쩍* 하는 별들이 보인다. 피부 전체가 전기에 감전된 기분이다. 내 주변의 물이 움직이며 다시 정상적인 상태로 돌아와서, 나는 분수의 수면을 뚫고 나온다. 공기가 다시 내 폐로 빨려 들어오고, 목과 코가 쓰라리지만 나는 신경 쓰지 않는다. *나는 살아 있다.*

작고 강한 손이 내 옷깃을 붙들고 나를 분수에서 끌어낸다. *지사*다. 내 발이 바닥을 딛자 우리는 함께 주저앉는다.

"가야 해."

나는 손으로 바닥을 짚고 기면서 외친다.

지사는 이미 가든 도어를 향해 앞장서 달리고 있다.

"통찰력 있기도 하지, 우리 언니!"

그 애는 어깨 너머로 외친다.

나는 그 애를 따라가면서 광장을 돌아본다. 흥분한 은혈 무리가 광장으로 쏟아지며, 가판대 사이를 탐욕스러운 늑대들처럼 훑는다. 적혈들 몇이 바닥에 몸을 웅크리고는 자비를 구한다. 그리고 내가 방금 막 탈출한 분수대에는, 오렌지 머리의 남자가 얼굴을 아래로 한 채 둥둥 떠 있다.

몸이 덜덜 떨리고, 우리가 문으로 가까이 가는 동안 내 신경을 타고 불이 붙는 듯하다. 지사는 내 손을 잡고, 우리는 함께 사람들 사이를 뚫고 나간다.

"집까지는 4.5킬로미터야. 필요한 건 구했어?"

지사가 중얼거린다.

고개를 젓는데, 부끄러움의 무게가 나를 덮친다. 시간이 없었다. 나는 보도가 나오기 전에 거리에 거의 가 보지도 못했다. *내가 할 수 있는 일이 없었다.*

지사는 작게 인상을 쓴 채로 고개를 숙인다.

"뭔가 방법을 찾아야 해."

지사의 목소리가 내 기분만큼이나 절박하다.

하지만 문이 우리를 가로막은 채, 시간이 흐를수록 가까워지고 있다. 공포가 나를 가득 채운다. 저 문을 지나가 버리면, 여기를 떠나 버리면, 나는 킬런을 정말로 잃게 될 것이다.

그리고 나는 그것이 그 애가 그 일을 한 이유라고 생각한다.

내가 멈추기도 전에, 미처 그 애를 붙들기도 전에, 아니면 그 애를 밀치기도 전에, 지사의 영리한 작은 손이 누군가의 가방으로 미끄러져 들어간다. 그냥 어떤 아무나가 아니라, 도망치고 있는 은혈의 가방으로. 납 같은 회색빛 눈에 냉정한 코, 그리고 네모지고 단단한 어깨를 한, "나를 방해하지 마!" 하고 소리를 지르는 은혈. 지사는 바늘과 실의 예술가일지는 몰라도, 소매치기는 아니다. 그가 무슨 일이 일어난 것인지 깨닫는 데는 1초면 충분하다. 그러고 나서 누군가가 지사를 바닥으로 내리누른다.

똑같은 은혈이다. 같은 사람이 둘이 있다. *쌍둥이인가?*

"은혈들의 주머니를 털기 시작하기 현명한 때는 아니지."

쌍둥이가 합창하듯 말한다. 그러고 나서 그들은 셋으로, 넷, 다섯, 여섯, 군중이 되어 우리를 둘러싼다. *자기 복제. 클로너(cloner)다.*

그들 때문에 내 머리가 빙빙 돈다.

"얜 그냥 아무 해도 안 끼쳤잖아요, 얜 그저 멍청한 꼬마⋯⋯."

"난 그냥 멍청한 꼬맹이에요!"

지사가 자신을 붙들고 있는 한 명을 차려고 애쓰며 외친다.

그들은 공포스러운 소리로 함께 낄낄 댄다.

나는 지사에게 달려가 그 애를 풀어 주려고 하지만, 그들 중 하나가 나를 바닥으로 밀친다. 단단한 돌이 하늘에서부터 떨어져 내 폐를 때리고, 나는 숨을 제대로 쉴 수 없는 채로 무기력하게 또 다른 쌍둥이가 내 배 위에 발을 얹고 나를 바닥으로 누르는 모습을 바라본다.

"제발요……."

나는 간신히 말하지만, 아무도 더 이상 내 말은 듣지 않는다. 모든 카메라가 우리를 보기 위해 도는 동안, 머릿속에서 윙윙거리는 소리가 점점 강해진다. 나는 다시 한 번 전기가 쯔뺏하는 느낌을 받는데, 이번에는 내 여동생에 대한 공포 때문이다.

오늘 아침 일찍 우리를 들여보내 주었던 보안 요원 하나가 한 손에 총을 든 채로 성큼성큼 다가온다.

"이게 다 무슨 일입니까?"

그가 똑같은 모습의 은혈들을 둘러보며 으르렁거린다.

"얘는 도둑입니다."

하나가 내 동생을 흔들며 말한다. 자랑스럽게도, 그 애는 비명도 지르지 않는다.

보안 요원이 지사를 알아보고, 잠깐 그의 단호한 얼굴에 주름이 진다.

"너도 법을 알잖아, 얘야."

지사가 고개를 숙인다.

"저도 법을 알아요."

나는 할 수 있는 한 저항하며 다음에 올 일을 막아 보려고 애를 쓴다. 폭도들에 의해서 근처의 화면에 금이 가고 깨지며 유리가 부서진다. 그것조차 그 보안 요원이 내 여동생을 붙들고, 그 애를 땅으로 누르는 일을 전혀 막지 못한다.

혼란스러운 소음에 일조하듯 내 목소리가 소리를 지른다.

"나였어요! 내 생각이었어요! 날 혼내세요!"

하지만 그들은 들은 척도 안 한다. 신경도 안 쓴다.

보안 요원이 동생을 내 옆에 누이는 것을 나는 지켜볼 수밖에 없다. 그가 총을 아래로 해서, 그 애의 바느질하는 손의 뼈를 산산이 부수는 동안 그 애의 눈이 내 눈과 마주친다.

제5장

내가 어디에 숨든 킬런은 나를 찾을 수 있기에, 나는 계속 움직인다. 지사에게 저지른 일에서, 킬런을 실망시키고 모든 것을 파괴한 일에서 달아날 수 있는 것처럼 나는 달린다. 하지만 나는 지사를 우리 집 문 앞에 데려다 놓을 때에 어머니의 눈에 떠오른 표정에서조차 달아날 수 없다. 나는 어머니의 얼굴에 무기력한 그림자가 스치는 것을 보았고, 아버지께서 직접 그 모습을 보러 휠체어를 끌고 오시기도 전에 달아났다. 나는 두 분 모두를 마주칠 수도 없었다. 나는 겁쟁이다.

그래서 나는 생각할 수도 없을 때까지 달린다. 모든 나쁜 기억이 사라질 때까지, 오직 내 근육이 불타는 것만 느낄 수 있을 때까지 달린다. 심지어 뺨 위를 흐르는 눈물이 비라고 나 자신에게 중얼대기까지 한다.

마침내 숨을 쉬기 위해 속도를 늦추고 보니, 나는 마을 밖에 서 있다. 북쪽으로 가는 끔찍한 도로를 따라 몇 킬로미터 이동한 상태이다. 도로가 굽이진 곳 근처에 나무 사이를 뚫고 빛이 어른거리는 것이, 오래된 길 위에 있는 많은 여관 중 하나인 것 같다. 매년 여름이면 여관들은 왕가 사람들을 따라온 하인들과 한때의 일을 노린 노동자들로 북적인다. 그들은 스틸츠에 살지도, 내 얼굴을 알지도 못하는 사람들이니 소매치기하기에 딱 좋은 먹잇감이다. 나는 매년 여름이면 그들을 소매치기한다. 킬런이 항상 나와 함께 와서, 내가 작업하는 모습을 미소 지은 채 바라보며 음료수를 마시고는 했다. *앞으로 그의 미소를 더 이상 볼 수 없으리라.*

술에 취해 행복에 젖은 남자들 몇 명이 휘청거리며 여관에서 나오자, 떠들썩한 웃음소리가 공기를 울린다. 동전이 가득한 그들의 지갑이 그날의 일당으로 꽉 찬 채 무겁게 울린다. *신처럼 차려입은 괴물들의 시중을 들고 그들에게 미소 지으며 절한 대가로 받은 은혈들의 돈.*

나는 내가 가장 사랑하는 사람들에게 오늘 너무 많은 해를 끼쳤고 너무 많은 상처를 주었다. 나는 적어도 용기를 내서 돌아서서 집으로 가서 그들 모두를 마주해야 했다. 하지만 대신 나는 여관 그늘 아래에 자리를 잡고 어둠 속에 남기로 결정한다.

다른 이에게 상처를 입히는 것은 내가 유일하게 잘하는 분야인 모양이다.

내 코트 주머니를 채우는 데 그렇게 오랜 시간이 걸리지도 않는다. 술 취한 사람들은 몇 분마다 계속 나오고, 나는 그들 근처로 가서 미소를 띤 채 손을 숨기고 지나간다. 아무도 내가 다시 사라지는 것을 알아차리지도, 신경 쓰지도 않는다. 나는 그림자이고, 아무도 그림자를 기억하지 못하는 법이다.

자정이 오고 밤이 깊어가는 동안 나는 여전히 거기 서서 기다린다. 머리 위의 달이 밝게 빛나며 내가 얼마나 오래 거기 있었는지 알려 준다. *하나만 더.* 나는 스스로에게 말한다. *하나만 더 하고 가자.* 지난 한 시간 동안 나는 계속 그 말을 스스로에게 반복하는 중이다.

다음 손님이 나올 때 나는 아무 생각도 없다. 그의 눈은 하늘을 향하고 있어서, 나를 의식도 하지 않는다. 팔을 뻗어서 그의 동전 지갑의 줄에 손가락을 거는 것은 지나치리만큼 쉽다. 지금까지 어떤 것도 쉽지 않다는 것을 깨달았어야 했지만, 성난 군중과 지사의 공허한 눈이 나를 슬픔에 젖은 바보로 만들었다.

그의 손이 내 손목으로 오더니 나를 그늘에서 앞쪽으로 끌어낸다. 내 손목에 닿은 그의 손은 단단하고 이상하리만치 뜨겁다. 나는 저항하려고, 빠져나가 달아나려고 하지만 그는 너무 강하다. 그가 돌아서서 불타는 눈으로 나를 마주한 순간, 오늘 아침에 느꼈던 것과 같은 공포가 내 안에 피어오른다. 하지만 나는 그가 내릴 어떤 벌이라도 환영이다. 나는 벌 받아 마땅하다.

"도둑이로군."

그렇게 말하는 그의 목소리에는 이상한 놀라움이 서려 있다.

나는 웃음을 터뜨리고 싶은 욕구를 누르며, 그를 향해 눈을 깜빡인다. 저항할 힘조차 없다.

"맞아요."

그가 나를 뚫어져라 바라보며, 내 얼굴에서 낡은 부츠에 이르기까지 모든 것을 예리하게 살핀다. 어쩐지 초조한 마음에 나는 몸을 움찔한다. 한참이 흐른 후, 그가 깊은 한숨을 쉬더니 나를 놓아 준다. 뻣뻣하게 경직된 채, 나는 오직 그를 바라볼 뿐이다. 그가 공기를 뚫고 은화 하나를 던지고, 나는 굳은 중에도 간신히 그 동전을 잡아챈다. *테트라크다. 테트라크 은화 하나는 크라운 하나랑 맞먹는 가치가 있다.* 내 주머니에 가득 찬 훔친 동전들 전부보다도 더 많은 값어치이다.

"그 정도면 네가 곤경을 헤쳐 나가도록 돕기 충분할 것이다."

내가 반응을 보이기도 전에 그가 말한다. 여관의 불빛에 비친 그의 눈은 따뜻한 적금색으로 빛난다. 사람들을 평가하며 지내 온 나의 시간들은 심지어 지금조차 나를 실망시키지 않는다. 하인의 것이라기에는 그의 검은 머리카락은 너무 반지르르하고, 피부는 지나치게 창백하다. 하지만 그의 체격만큼은 훌륭해서, 나무꾼만큼이나 넓은 어깨와 강한 다리를 가진 듯 보인다. 나보다 고작 한두 살 많을까 싶을 정도고 너무 어려 보인다. 짐작해 보건대 19살이나 20살 이상일 리가 없을 거라는 확신이 든다.

나를 그냥 놓아 주고 그런 선물까지 준 것에 대한 감사의 뜻으로 그의 발에 입이라도 맞출 수 있겠지만, 내 호기심이 나를 앞선다. 늘 그렇다.

"왜?"

그 말은 딱딱하고 날카롭게 튀어나온다. 오늘 같은 날에, 내가 달리 어떤 태도를 가질 수 있을까?

그 질문이 그 애를 돌려 세운다. 그 애는 어깨를 으쓱한다.

"나보다는 너에게 그게 더 필요하잖은가."

그 애의 얼굴에 그 동전을 도로 던지고, 나도 내 자신을 잘 돌볼 수 있다고 말하고 싶지만 내 안의 일부는 잘 알고 있다. *오늘 아무런 교훈도 못 배웠나?*

"고마워."

나는 앙다문 이 사이로 내뱉는다.

어쨌든 그 애는 내 어쩔 수 없는 감사에 웃음을 터뜨린다.

"<u>스스로를 다치게 하지 마라.</u>"

그러고 나서 그 애는 몸을 움직여, 한 걸음 더 가까이 다가온다. *내가 만나 본 중에 가장 이상한 사람이다.*

"너는 마을에 살지, 그렇지?"

"그래."

나는 나를 가리키며 대답한다. 바래 가는 머리카락, 더러운 옷, 패배에 젖은 눈을 보면, 내가 달리 어떤 사람으로 보일 수 있겠는가? 그 애는 나와는 너무나 명확하게 대조적인 모습으로 서 있다. 그 애의 셔츠는 훌륭하고 깨끗하며, 그 애의 신발은 부드럽고 빛을 발하는 가죽으로 되어 있다. 그 애는 내 시선을 느낀 듯 자신의 옷깃을 만지작거린다. 내가 그 애를 불편하게 만든 모양이다.

달빛 아래 창백해 보이는 얼굴로, 그 애가 내게 시선을 휙 던진다. 그 애는 갑자기 방향을 바꾼 듯 내게 묻는다.

"너는 그 사실이 즐겁나? 거기 사는 것이?"

그 질문에 나는 소리 내어 웃고 만다. 하지만 그 애는 즐거워 보이지 않는다.

"즐거운 사람이 있긴 있어?"

나는 마침내 대꾸한다. 도대체 이 녀석이 무슨 장난을 치려는 것 인지 궁금하다.

하지만 매끄럽게 반박하는 대신에, 킬런이 종종 그렇듯 갑작스럽 게, 그 애는 침묵에 잠긴다. 어두운 표정이 그 애의 얼굴을 스친다.

"돌아가려는 건가?"

그 애가 갑자기, 길 아래를 가리키며 묻는다.

"왜, 어둠이 무섭니?"

나는 가슴 앞으로 팔짱을 끼며 느릿느릿 발한다. 하지만 내 속 깊 은 곳 어딘가에서, 좀 더 무서워해야 하는 건 아닌지 의구심이 든다. 그 애는 강하고 빠르며, 나는 여기 혼자 서 있다.

그 애의 미소가 돌아오고, 그 미소가 주는 편안함에 문득 내 마음 이 동요한다.

"아니, 하지만 나는 네가 오늘 밤의 남은 시간 동안에는 네 손을 자신의 몸에 붙이고 있을 것이라 확신하고 싶군. 저 선술집에 있는 사람들 절반을 자기 집이나 가정에서 쫓겨나게 하고 싶은 것은 아니 겠지? 그나저나, 나는 칼이다."

그 애가 악수하려고 손을 내밀며 덧붙인다.

그 애의 피부가 주던 열기가 떠올라, 나는 그 애의 손을 잡지 않는 다. 대신에 나는 재빨리 길을 따라 이동한다. 내 발걸음은 조용하고 빠르다.

"메어 배로우야."

나는 어깨 너머로 칼에게 외친다. 칼은 긴 다리로 금세 나를 따라 잡는다.

"그래서 너는 항상 이렇게 유쾌한가?"

그가 나를 쿡 찌르는데, 무슨 까닭인지 꼭 내가 평가를 받는 듯한 기분이 든다. 하지만 손에 쥔 차가운 은화 덕분에 칼이 주머니에 무엇을 더 가지고 있을지에 생각이 미쳐 나는 침착함을 유지한다. 팔리에게 줄 은혈의 은화. 얼마나 어울리는가.

"네 주인은 네게 테트라크 은화를 줄 정도로 급료를 높이 주나 보구나."

나는 그 주제가 그 애를 겁주길 바라면서 대꾸한다. 그 말은 아름답게 먹혀들어서, 그 애는 한 발 물러선다.

"나는 훌륭한 직업을 갖고 있다."

그 애가 설명한다.

"우리 중 누군가는 그렇지."

"하지만 너는······."

"17살이야. 징병되기 전까지 아직 시간이 약간은 있거든."

나는 칼의 말을 마무리한다.

그 애가 눈을 가늘게 뜨고, 입술은 단호한 선으로 다문다. 딱딱한 뭔가가 그 애의 목소리를 떨게 하고, 그 애의 말을 날카롭게 만든다.

"얼마나 많은 시간이?"

"매일 적어지고 있지."

그 말을 소리 내어 하는 것만으로도 내 안 어딘가가 아파온다. 그리고 킬런에게는 나보다 더 적은 시간이 남아 있다.

그 애의 말은 죽어 사라지고, 우리가 함께 숲을 통과해 걷는 동안 그 애는 나를 관찰하며 다시 뚫어져라 바라본다. *생각에 잠긴 채.* 그 애는 나보다는 자신에게 말하듯 중얼거린다.

"그리고 직업이 없단 말이지. 징병을 피할 길이 너에게 전혀 없다는 말이로군."

칼이 느끼는 혼란스러움이 나를 당황하게 한다.

"아마도 네가 온 곳은 여러 가지 일들이 다른 모양이야?"

"그래서 너는 훔치는 건가."

훔친다.

"그게 내가 세일 잘할 수 있는 일이야."

그 말이 내 입술에서 떨어져 나온다. 다시, 나는 상처를 주는 일이 내가 유일하게 잘하는 일이라는 것에 생각이 미친다.

"내 여동생은 그래도 직업이 있어."

그 말이 내가 기억을 떠올리기도 전에 빠져나온다. 아니, 더 이상 아니야. 이제는 더 이상 지사도 직업이 없잖아. 바로 너 때문에.

칼은 내가 단어를 고르기 위해 고군분투하는 동안 나를 바로잡을 수 있을지 아닐지 궁금해 하는 얼굴로 나를 지켜본다. 나는 그저 얼굴을 똑바로 들고, 완벽히 낯선 사람 앞에서 완전히 무너지지 않기 위해서 최선을 다한다. 하지만 내가 숨기려고 하는 것을 그 애가 알아차렸음이 틀림없다.

"너도 오늘 홀에 있었나? 폭동이 끔찍했지."

그 애는 이미 대답을 알고 있을 것이다.

"그랬지."

그 말을 뱉는데 이미 목이 멘다.

"너……."

그 애는 가장 조용하고 침착한 방식으로 압박한다. 그것은 마치 댐에 난 구멍을 찌르는 것 같아서, 그 다음은 그냥 쏟아져 나오고 만다. 그러고 싶었다고 한들 멈출 수 없었을 것이다.

나는 팔리나 진홍의 군대, 심지어 킬런에 대해서도 말하지 않는다. 그저 내 여동생이 나를 그랜드 가든에 들여보내 주었고, 우리가 살아남기 위해 필요한 돈을 훔치도록 나를 도왔다는 것만 말한다. 그 다음 지사가 저지른 실수와 그 애의 부상, 그것이 우리에게 어떤 의미인지도 말한다. 내가 가족에게 어떤 일을 저지른 것인지. 내가 한 일, 어머니를 실망시키고, 아버지를 당혹시키고, 내가 나의 사회라고 부르는 사람들에게서 물건을 훔친 일. 어둠만이 나를 둘러싸고 있는 이 길 위에 서서, 나는 내가 얼마나 끔찍한 기분인지 낯선 이에게 털어놓는다. 내가 횡설수설하는 순간에조차, 그 애는 어떤 질문도 하지 않는다. 그 애는 그저 귀를 기울인다.

"그게 내가 할 수 있는 최선이야."

나는 내 목소리가 완전히 가기 전에 다시 한 번 말한다.

다음 순간, 눈 옆으로 은색이 반짝인다. 그 애가 또 다른 동전을 쥐고 있다. 달빛 아래, 나는 그저 금속에 찍힌 왕의 불타오르는 왕관 모양만을 간신히 볼 수 있다. 그 애가 그 동전을 내 손에 누르듯 쥐어 줄 때, 나는 또 한 번 그 애의 열기가 느껴질 거라고 예상하지만 그 애의 손길은 차갑게 사라진다.

네 동정은 바라지 않아. 나는 소리 지르고 싶지만, 그것은 멍청한

83

일일 것이다. 그 동전이면 지사가 더 이상 할 수 없는 것들을 살 수 있다.

"네 일은 진심으로 유감이다, 메어. 이런 식의 일은 일어나면 안 되는 건데."

나는 얼굴을 찡그릴 기력조차 없다.

"나보다 더 팍팍한 삶도 있어. 나한테 유감을 느낄 필요 없어."

마을 끝에서 그 애와는 헤어지고, 나는 스틸츠 안을 홀로 걷는다. 진흙과 그늘은 뭔가 칼을 불편하게 만드는지, 내가 뒤를 돌아보고 그 이상한 하인에게 고마움을 표할 기회를 잡기도 전에 그 애는 사라지고 없다.

우리 집은 조용하고 어둡지만, 심지어 그래서 더, 나는 두려움에 몸을 떤다. 아침은 백 년이나 남은 것 같고, 내가 멍청하고 이기적이며 아마도 조금 더 행복했을 또 다른 삶 역시 멀리 있어 보인다. 이제 나는 징병될 친구와 부러진 뼈를 가진 여동생 외에는 아무것도 없다.

"그런 식으로 어머니를 걱정하게 만들면 안 되지."

지주 중 하나의 뒤에서 아버지의 목소리가 나를 향해 우르릉 울린다. 내가 기억하는 한 최근 몇 년이 넘도록 아버지를 땅 위에서 본 적이 없다.

내 목소리는 놀람과 공포로 찍찍 거린다.

"아빠? 뭐하세요? 어떻게……?"

아빠는 어깨 위를 엄지손가락으로 가리켜 보이신다. 집에서 내려와 댕글거리고 있는 도르래 장치가 보인다. 처음으로, 아빠가 그걸 사용하셨다.

"전력이 나갔단다. 내가 좀 둘러봐야겠다고 생각했지."

아빠가 언제나처럼 걸걸한 목소리로 대답하신다. 아빠는 휠체어를 밀고 나를 지나, 땅으로 파이프 연결되어 있는 정리 상자 앞에 멈추신다. 모든 집마다 계속 불을 켤 수 있도록 전력을 통제하는 상자가 하나씩 있다.

아빠는 쌕쌕거리며 숨을 쉬고, 매번 숨을 쉴 때마다 아빠의 가슴이 딸깍거린다. 어쩌면 지사는 이제는 아빠를 좋아할 수 있을지도 모른다. 그 애의 손이 금속으로 엉망진창이 되고, 그 손이 원래 어땠어야 했는지에 대한 생각들로 그 애의 머릿속이 찢어지고 고통스러울 지금에서야.

"그냥 제가 구해 온 전력 딱지들을 쓰지 그러세요?"

대답으로, 아빠는 셔츠에서 배급표를 꺼내서 상자에 보급하신다. 보통 때라면 그 물건은 점화되며 생명을 되찾고는 하는데, 아무 일도 일어나지 않는다. *고장이다.*

"소용없군."

아빠는 한숨을 쉬며 휠체어에 도로 앉으신다. 우리는 둘 다 할 말을 잊은 채 움직이고 싶지도, 위층으로 돌아가고 싶지도 않은 마음으로 상자를 뚫어져라 바라본다. 아마 엄마는 분명히 지사의 일로 한탄하며 잃어버린 꿈들로 눈물을 쏟고 계셨을 테고, 그동안 내 여동생은 엄마와 함께 울지는 않으려고 애쓰고 있었을 것이다. 그리고 아빠는 그런 집에서 버티기 힘들어서, 마치 내가 그랬듯 집에서 도망치셨다.

아빠는 그 망할 물건을 때리면 갑자기 그놈이 우리에게 빛과 온기와 희망을 돌려주기라도 할 거라는 듯이 상자를 치신다. 아빠의 행동은 점점 어쩔 줄 모르는 상태로, 절망적으로 변해 가고, 아빠는 분노를 토해내신다. 나나 지사 때문이 아니라 이 세계 때문에. 오래 전 아빠는 우리들보고 개미라고 하셨다. 은빛 태양의 빛에 불타는 붉은 개미들. 다른 이들의 위대함이 우리를 파괴하고, 우리는 분명히 존재하는 권리를 찾기 위한 싸움조차 잃어버린다. 그저 우리가 특별하지 않기 때문에. 우리는 그들처럼, 우리의 제한된 상상력을 넘어서는 능력과 힘을 가진 존재로 진화하지 않았다. 우리는 변하지 않았다. 스스로의 신체에 고여 있다. *우리를 둘러싼 세상은 변했는데 우리는 그대로 남아 있다.*

다음 순간 분노가 내 안에도 치솟아, 나는 팔리를, 킬런을, 징병제와 내가 생각해 낼 수 있는 모든 사소한 것들을 저주한다. 금속 상자를 만져 보니 차갑다. 전력이 통할 때 오는 열기를 오랫동안 잃었던 모양이다. 하지만 기계장치 내부의 깊숙한 곳에는 여전히 진동이 남아 있는 채로, 다시 스위치가 켜지기를 기다리고 있다. 나는 전기를 되찾는 것에 몰두한다. 그것을 다시 돌리면 적어도 작은 한 가지나마 잘못되지 않고 올바르게 되고 있다는 사실을 증명할 수 있을 것만 같다. 날카로운 무언가가 내 손가락 끝에 부딪혀서, 나는 덜컥 놀란다. 노출된 선이었든가 결함이 있는 스위치였던 모양이다. 마치 작은 구멍처럼, 꼭 신경을 바늘로 찌르는 것 같은 느낌인데, 전혀 통증이 느껴지진 않는다.

우리 위에서, 현관 등이 윙윙거리며 생명을 되찾는다.

"뭐, 별일이네."

아빠가 중얼거리신다.

아빠는 진흙 속에서 빙글 휠체어 바퀴를 돌려 도르래 쪽을 향하신다. 우리가 집이라 부르는 장소를 우리 둘 다 그토록 두려워하고 있는 이유를 화제로 올리기 꺼리는 마음으로, 나는 아빠의 뒤를 조용히 따른다.

"더 이상 도망가기 없다."

아빠는 장치에 당신의 몸을 잠금장치로 고정시키며 속삭이듯 말씀하신다.

"더 이상 도망가기 없어요."

나는 아빠에게보다는 나 자신에게 다짐하며 그 말에 동의한다.

장치는 부담스러운듯 끽끽 소리를 내며 아빠를 현관으로 실어 올린다. 사다리를 이용한 내가 더 빠르기에, 나는 꼭대기에서 아빠를 기다렸다가 아빠가 장치에서 몸을 떼어내는 것을 아무 말 없이 돕는다.

"망할 물건 같으니."

마지막 버클을 풀어낼 때 아빠가 툴툴거리신다.

"아빠가 집 밖으로 나선 걸 아시면 엄마가 좋아하실 거예요."

아빠는 나를 날카롭게 올려다보더니, 내 손을 움켜잡으신다. 이제는 장신구를 고치거나 아이들을 위해 장난감을 깎아 주시거나 하는 일 외에는 거의 아무것도 하시지 않음에도 아빠의 손은 여전히 거칠고 굳은살이 박여 딱딱하다. 마치 전방에서 방금 막 돌아오신 것처

87

럼. *전쟁은 결코 사라지지 않는다.*

"네 어머니에게는 말하지 마."

"하지만······."

"아무 일도 아닌 것처럼 보인다는 거 안다, 하지만 충분한 의미가 있다는 것도. 네 엄마는 이걸 긴 여행에 작은 걸음을 하나쯤 내딛었다고 생각할 테지, 안 그러냐? 먼저, 밤에 집을 나오기 시작하고, 그러다 낮에도 나오고, 그러다가 20년 전에 그랬던 것처럼 네 엄마랑 시장 주변을 돌아다니기도 하는 거지. 그러고 나면 삶이 원래 그랬던 것처럼 돌아가고 말이야."

말하는 사이, 낮고 침착한 목소리를 유지하려 애쓰는 아빠의 눈이 점점 짙어진다.

"난 결코 나아지지 않을 거다, 메어. 난 결코 더 나은 기분을 느낄 수 없을 거야. 난 네 엄마가 그걸 소망하도록 내버려 둘 수 없어. 그런 일이 결코 일어나지 않을 거라는 걸 내가 모른다고 하더라도 말이야. 이해하겠니?"

너무 잘요, 아빠.

희망이란 놈이 내게 무슨 일을 했는지 떠올린 아빠의 태도가 부드러워진다.

"모든 일들이 좀 더 달랐더라면 하고 생각한단다."

"우리 모두 그렇죠."

그림자가 져 있음에도 불구하고, 다락에 올라가자 지사의 부러진 손이 똑똑히 눈에 들어온다. 대개 그 애는 얇은 담요 아래에 둥글게 공처럼 몸을 말고 자는데, 지금 지사는 똑바로 누워 옷 더미 위에 부상당한 부위를 얹은 채 등을 대고 누워 있다. 딴에는 돕겠다고 내가 빈약한 시도를 해 둔 것을 엄마가 개선시켜, 지사에게 부목을 대 주셨다. 붕대 역시 새것이다. 그 애의 불쌍한 손이 온통 멍으로 검게 물들어 있다는 것을 알아차리는 데는 불빛도 필요 없다. 제대로 잠들지 못한 지사의 몸이 들썩이지만 그 애의 팔은 여전히 뻣뻣하다. 잠들어 있음에도, 다친 곳이 아픈 것이다.

그 애에게 팔을 뻗고 싶지만, 이렇게 끔찍한 사고가 일어난 날을 도대체 어떻게 보상해 줄 수 있단 말인가?

나는 쉐이드 오빠의 편지를 모두 모아 두는 작은 상자에서 오빠의 편지를 꺼낸다. 적어도, 편지를 읽으면 진정이 좀 될 것이다. 종이 위에 갇힌 오빠의 농담, 오빠의 말, 오빠의 목소리는 항상 나를 진정시킨다. 하지만 편지를 다시 훑어보는데, 두려운 감각이 내 위장에 차오른다.

"새벽은 적혈처럼 붉게 타올라……."

나는 편지를 읽는다. 거기에 그 말이 있다, 너무나 명백하게. 비디오에서 팔리가 했던 말이, 진홍의 군대가 모여서 울부짖었던 말이, 내 오빠의 손에 의해 쓰여 있다. 그 구절은 무시하기에는 너무 강하고, 지워 버리기엔 너무 독특하다. 그리고 다음 문장은 이렇다.

"매일 태양이 더 강하게 일어나네……."

오빠는 영리하고 현실적이다. 오빠는 일출이나 새벽 동 트는 것이나, 재치 있는 어구를 늘어놓는 것에 관심 있는 사람이 아니다. 일어난다는 말이 머릿속에 메아리친다. 내 기억 속 팔리의 목소리가 아니라, 오빠의 목소리가 머릿속에서 말을 건다. 새벽은 적혈처럼 붉

게 타오르니, 일어나라.

어떻게 알았는지는 모르겠지만, 오빠는 알고 있었다. 몇 주 전에, 폭탄이 터지기도 전에, 팔리의 방송이 있기 전에, 쉐이드 오빠는 진홍의 군대에 대해 알고 있었고, 그 사실을 우리에게 말하려고 했던 것이다. *하지만 왜?*

왜냐하면 오빠가 그들 일원이기 때문에.

제6장

새벽에 문이 쾅 하고 열리는 소리가 들리지만 나는 놀라지 않는다. 1년에 한두 번 정도뿐이기는 해도 보안 검색은 흔한 일이다. 이번은 올해의 세 번째 보안 검색이 되겠지만.

"이리 와, 지."

그 애가 아기 침대 밖으로 나와서 사다리를 내려가는 것을 도우며 나는 웅얼거린다. 지사는 상태 좋은 팔 쪽에 의지한 채로 위태롭게 움직인다. 엄마가 우리를 아래층에서 기다리고 계신다. 엄마는 팔을 지사에게 두르시지만, 눈은 나를 향하고 계신다. 놀랍게도, 엄마는 화나 보이지도, 심지어 내게 실망한 것처럼 보이지도 않는다. 대신 엄마의 시선은 부드럽다.

옆구리에 총을 찬 두 명의 보안 요원들이 문 옆에서 기다리고 있다. 마을 초소 근처에서 본 적이 있는 사람들인데, 오늘은 한 명이 더 있다. 가슴 위로 삼색 왕관 배지를 찬 붉은 옷의 젊은 여자다. 왕실 하녀잖아, 왕에게 봉사하는 적혈. 그 깨달음과 동시에, 이해가 가기 시작한다. 이건 통상적인 보안 검색이 아니다.

"압수 수색에 따르겠습니다."

이 일이 일어날 때마다 매번 해야만 하는 그 말을 아버지가 투덜투덜 뱉으신다. 하지만 갈라져서 우리 집을 낱낱이 파헤치는 대신에, 보안 요원들은 움직이지 않고 가만히 서 있다.

젊은 여자가 한 발짝 앞으로 나와서, 섬뜩하게도 나를 지명해서 말한다.

"메어 배로우, 당신은 서머튼으로 호출되었습니다."

지사의 멀쩡한 팔이 내 팔을 감싼다. 마치 그렇게 하면 그 애가 나를 저지할 수 있기라도 한 것처럼.

"뭐, 뭐라고요?"

나는 간신히 더듬거리며 말을 한다.

"당신은 서머튼으로 호출되었습니다."

그녀는 같은 말을 반복하며 문 쪽을 가리켜 보인다.

"우리가 동반하겠습니다. 자, 가죠."

호출이라니. 적혈에게. 살면서 그런 류의 일에 대해서 들어 본 역사가 없다. 아니 왜 하필 나란 말인가? 내가 이런 일을 당할 만한 뭘 저질렀기에?

두 번째로 생각이 미친 것은, 내가 범죄자이며 팔리와의 관계 때문에 나 역시 테러리스트로 규정된 거라는 쪽이다. 신경이 곤두서고 온 근육이 긴장으로 팽팽해진다. 요원들이 문을 가로막고 있다고 해도, 달아나야만 한다. 창문으로 달아나는 데 성공할 수 있다면, *기적일 것이다.*

"안심하세요, 어제 일들은 전부 진정되었답니다."

내 공포를 오해한 여자가 싱긋 웃음 지으며 말한다.

"태양의 홀과 시장은 이제 잘 통제되고 있답니다. *자, 가시죠.*"

놀랍게도, 보안 요원들이 총을 단단히 쥐고 있음에도 그녀는 미소를 짓는다. 혈관을 타고 한기가 든다.

보안 요원의 요청을 거절하는 것, 왕실의 호출을 거부하는 것은 죽음을 의미하리라. 심지어 그 죽음이 나에게만 적용되는 것도 아닐 것이다.

"알겠어요."

나는 지사의 손에서 내 손을 풀어내며 웅얼거린다. 지사는 나를 붙잡으려고 하지만, 우리 어머니가 그 애를 뒤로 잡아당긴다.

"나중에 볼 수 있지?"

그 질문에 대한 대답은 알 수 없다. 아빠의 따뜻한 손이 내 팔을 부드럽게 어루만지는 것이 느껴진다. *아빠가 작별 인사를 하고 계신다.* 떨어지지 않은 눈물이 엄마의 눈에 가득 차오르고, 지사는 내 최후의 순간을 기억하기 위해서 눈도 깜빡이지 않으려고 애쓴다. *지사에게 남길 수 있는 어떤 것도 준비하지 못했는데.* 하지만 더 머무르거나 울음을 터뜨리기도 전에, 보안 요원 하나가 내 팔을 잡고 밖으로 끌어낸다.

비록 거의 속삭임에 가깝긴 했지만, 말들이 내 입술 밖으로 불쑥 튀어나간다.

"사랑해요."

그러고 나서 문이 내 뒤로 쾅 하고 닫히며, 내 집과 내 삶에서 나는 쫓겨난다.

그들은 나를 재촉해서 시장이 있는 광장으로 향하는 길을 따라 마을을 가로지른다. 우리는 불 꺼진 킬런의 집 옆을 지나친다. 보통 때라면 그 애는 지금쯤이면 일어났을 것이다. 아침 일찍부터 하루를 시작해서는 밖이 아직 차가울 때 벌써 강으로 반쯤 가는 길이었겠지만, 그런 날들은 이제 가고 없다. 그 애가 아마도 반나절쯤은 더 자리라는 것, 징병 직전에 할 수 있는 최소한의 위안을 즐기리라는 것을 짐작할 수 있다. 내 안의 일부가 킬런을 향해 작별 인사를 외치고 싶어 하지만, 나는 그러지 않는다. 나중에 그 애는 코를 킁킁 거리며 나를 보러 올 테고, 지사가 무슨 일이 일어난 건지 말해 줄 것이다. 팔리가 오늘 나를 보기 기대하고 있을 거라는 생각에, 소리 없이 웃음이 터진다. 그 애는 실망하게 될 것이다.

광장에는 빛나는 검정색 수송 차량이 우리를 기다리고 있다. 바퀴 네 개, 유리로 된 창을 갖춘 그 녀석은 나를 연료로 잡아먹을 준비가 된 야수처럼 보이는 곡선형의 물건이다. 또 다른 요원이 운전석에 앉아 있다가 우리가 다가가자 엔진을 점화한다. 녀석은 이른 아침의 공기 속으로 검은 연기를 뿜어낸다. 그들은 아무 설명도 없이 나를 뒷좌석에 밀어 넣고, 하녀가 내 옆에 미끄러지듯 타자마자 수송 차량은 바로 출발한다. 차는 내가 감히 상상해 본 적도 없는 속도로 길을 따라 질주한다. *이걸 타 보는 처음이자 마지막 경험이 되겠구나.*

무슨 일이 일어나고 있는 것인지, 내가 저지른 범죄에 대해 어떤 처벌을 받게 될 것인지에 대해서 물어보고 싶지만, 아무도 내 말에 귀 기울이지 않을 거라는 사실을 안다. 그래서 나는 그저 창문을 바라보며, 익숙한 북쪽 길을 따라 달려 숲으로 들어가는 사이에 마을이 사라지는 모습을 지켜본다. 길은 어제처럼 그렇게 붐비지는 않는다. 길 위에 간간히 보안 요원들이 보인다. 홀은 통제되고 있다고 아까 하녀가 말했다. 아마 이 상황을 두고 한 말일 거라는 짐작이 간다.

숲 쪽에서부터 떠오르는 태양 빛을 받아서 다이아몬드 유리 벽이 앞쪽에서 빛나고 있다. 눈을 찡그리고 싶지만, 나는 가만히 버틴다. 여기서는 눈을 항상 똑바로 뜨고 있어야 하리라.

문은 검정색 제복을 입은 사람들로 기어가다시피 한다. 모든 보안 요원들이 들어가려고 하는 여행자들을 확인하고 또 확인한다. 우리가 서서히 멈춰 서자, 하녀는 나를 차량 밖으로 끌어내서는 줄에 서서 문을 통과한다. 아무도 제지하거나, 심지어 신분증을 요구하며 귀찮게 하지도 않는다. 그녀는 이곳에서 아주 익숙한 존재인 것이 틀림없다.

우리가 안으로 들어가자, 그녀가 나를 슬쩍 돌아본다.

"난 앤이에요, 참. 하지만 우린 대체로 여기서는 성을 사용하지요. 윌시라고 불러요."

윌시. 익숙하게 들리는 이름이다. 바랜 머리카락 색과 햇볕에 그을린 피부로 볼 때, 결론은 단 하나다.

"출신이 혹시……."

"스틸츠예요, 당신이랑 같죠. 당신 오빠 트래미를 알아요, 브리는 몰랐다면 좋았겠지만. 완전 남의 마음이나 아프게 하는 사람이지,

그 녀석."

브리 오빠는 떠나기 전까지 마을 전체에 명성이 자자했다. 한번은 자신은 다른 사람들만큼 징병이 두렵지 않다면서, 살기등등한 여자애들 한 부대를 뒤에 남기고 가는 것이 더 위험한 일이기 때문이라고 한 적도 있었다.

"당신에 대해서는 잘 모르지만요. 하지만 곧 잘 알게 될 거예요."

그 말에 도저히 발끈하지 않을 수가 없다.

"그게 대체 무슨 뜻이에요?"

"내 말은, 당신은 앞으로 여기서 오랜 시간 일하게 될 거라는 뜻이에요. 당신을 고용한 사람이 누군지도 모르고, 그 사람들이 할 일에 대해 뭘 설명해 줬는지도 모르지만, 벌써 시간이 지나가고 있다고요. 침대 시트를 갈고 접시를 닦는 것만이 전부가 아니에요. 보지 않고도 봐야 하고, 듣지 않고도 들어야 하죠. 우리는 여기서는 그저 물건이나 다름없어요. 그들을 모시기 위해 존재하는 살아 있는 조각상이죠."

그녀는 혼자 한숨을 쉬더니 돌아서서는 문 옆으로 들어가도록 세워진 작은 문을 비틀어 연다.

"지금은 특히, 이 진홍의 군대 일 때문에요. 적혈로 살아서 좋은 적은 딱히 없지만, 지금은 정말로 때가 나빠요."

그녀가 문을 지나, 겉보기에는 두꺼운 벽 안으로 들어가는 것처럼 걸어간다. 그녀가 층계참을 따라 내려가고 있다는 것을 깨닫는 데는, 반쯤 어둠 속으로 사라지는 그녀의 모습을 보면서도 시간이 조금 걸린다.

"일이라고요?"

나는 반복한다.

"무슨 일? 이게 다 뭐예요?"

그녀는 계단에 선 채 돌아서서, 나를 향해 눈알만 굴린다. 그러더니 세상에서 제일 명백한 얘기라도 한다는 듯이 말한다.

"당신은 하녀직을 채우기 위해서 호출된 거예요."

일을 한다. *직업을 갖고.* 나는 그 생각에 거의 넘어질 뻔 한다.

칼. 그 애는 자신이 좋은 직업을 갖고 있다고 말했다. 그리고 이제 그 애는 내게도 똑같은 일을 할 수 있도록 끈을 이어 준 것이다. 어쩌면 그 애와 함께 일할 수 있을지도 모른다. 이것의 의미가 무엇인지를 깨닫자 이 새로운 국면에 심장이 펄떡 뛰어오른다. *죽지 않아도 된다, 심지어 싸우지 않아도 된다. 난 일을 할 거고, 나는 살아갈 것이다. 그리고 칼을 다시 만나게 되면, 킬런에게도 똑같은 일을 해 달라고 그 애를 설득할 수도 있을 것이다.*

"그만 가죠, 당신 손까지 잡아줄 시간은 없다고요!"

그녀의 뒤를 재빨리 따라가며, 나는 놀라울 정도로 어두운 터널을 내려간다. 간신히 볼 수 있을 정도로만 빛나는 작은 불만이 벽에서 반짝인다. 머리 위로는 파이프들이 지나가는데, 물과 전기가 지나가며 웅웅거리는 소리가 들린다.

"우리 어디로 가는 거죠?"

나는 마침내 숨을 내쉰다.

나를 향해 혼란스러운 얼굴로 돌아보는 월시에게서 거의 경악에 가까운 감정을 읽을 수 있다.

"태양의 홀이죠, 물론."

잠시, 나는 내 심장이 거의 멈추는 것을 느낄 수 있다.

"뭐, 뭐라고요? 궁, 정말로 궁으로요?"

그녀는 자신의 제복에 달린 배지를 두드린다. 흐릿한 불빛에 왕관이 윙크를 한다.

"당신은 이제 전하를 모시는 겁니다."

그들은 나를 위해서 제복을 준비해 두었다. 하지만 나는 그 사실을 제대로 인지하지도 못한다. 나를 둘러싼 환경에 너무 놀란 상태다. 왕을 위한 집, 이 잊힌 대저택의 그을린 돌과 번쩍이는 모자이크 바닥에. 다른 하녀들은 붉은 제복의 행렬을 이루며 내 뒤에서 부산하게 움직이고 있다. 칼을 찾아 감사를 표하고 싶어서 그들의 얼굴을 살피지만, 그는 나타나지 않는다.

월시가 내 옆에 머무르며 충고를 속삭인다.

"아무 말도 하지 마요. 아무 것도 듣지 말고요. 아무에게도 어떤 말도 하지 말아요, 그래서 그 사람들도 당신에게 아무 말도 하지 않도록."

나는 간신히 그 말들을 이해한다. 지난 이틀간의 경험이 내 기력을 너무나 깎아 먹었다. 인생이 너무도 가볍게 댐의 수문을 열고 우여곡절의 회오리바람 속에 나를 빠트려 익사시키려는 것 같다는 생각이 든다.

"하필이면 바쁜 날에 왔네요, 아마도 앞으로 볼 수 있는 날들 중에서도 최악일 거예요."

"배랑 비행선들을 봤어요. 은혈들이 몇 주 동안 상류 쪽으로 이동하는 것을요. 평소보다 훨씬 많은 수였죠, 이런 시기라고 쳐도."

내가 말한다.

월시는 바쁘게 움직이며 내 손에 번쩍이는 잔들이 담긴 쟁반을 들려 준다. 분명 이것들이면 나와 킬런의 자유를 살 수 있을 것이다. 하지만 홀은 모든 문과 창문마다 보안 요원이 있다. 내 모든 기술을 다 동원해도 그 많은 요원들을 통과할 수는 없을 것이다.

"오늘은 무슨 일이 있나요?"

나는 멍청하게 묻는다. 어두운 머리카락 한 움큼이 눈 위로 떨어진다. 내가 이마 위로 넘기려고 하기도 전에, 월시가 내 머리를 뒤로 넘기고 작은 핀을 재빨리 꽂아 준다. 그녀의 움직임은 빠르고 정확하다.

"멍청한 질문인가요?"

"아니, 나 역시 무슨 일인지 몰랐어요, 우리가 준비를 시작하기 전까지는요. 어쨌든 엘라라 왕비님께서 뽑히신 이후로는 20년간은 이런 행사가 없었거든요."

그녀가 말을 어찌나 빨리 하는지 단어끼리 서로 뭉개질 정도다.

"오늘은 '퀸스트라이얼'이에요. '하이 하우스'의, 그러니까 대단한 은혈 가문들의 따님들이 모두 왕자님께 선을 보이러 오는 거랍니다. 오늘 밤에는 큰 축제가 열려요, 하지만 지금은 그들은 '스파이럴 가든'에서 참가 준비를 하고 있지요, 자신들이 선택되길 바라면서요. 그 아가씨들 중 한 명이 다음 대의 왕비님이 될 텐데, 그 때문에 아가씨들은 기회를 잡기 위해 서로를 철썩 후려갈겨야 하는 처지죠."

공작새 한 무리의 이미지가 내 머리를 스친다.

"그래서, 뭔가요, 그 아가씨들은 빙글빙글 돌다가 몇 마디 좀 속닥거리고, 속눈썹을 깜빡대는 건가요?"

하지만 월시는 머리를 흔들면서 나를 향해 콧방귀를 낀다.

"전혀 아니에요."

다음 순간 그녀의 눈이 반짝거린다.

"당신은 시중을 드는 일 담당이잖아요, 그러니 무슨 일이 벌어지는지 스스로 확인할 수 있겠네요."

곡선 형태의 나무와 흐르는 유리로 만들어진 문이 앞을 가로막는다. 하인 하나가 문이 열리도록 잡고 버티고 선 채, 붉은 제복이 줄을 서서 들어가도록 해 준다. 다음은 내 차례다.

"같이 안 가요?"

내 목소리에 섞인 절망이 느껴진다. 월시에게 함께 있어 달라고 거의 애걸한다. 하지만 그녀는 나를 홀로 남겨둔 채 뒤로 물러선다. 계속 멈춰 서 있다가 하인들의 유기적인 흐름을 망가뜨리기 전에, 나는 간신히 앞으로 몸을 움직여서 그녀가 스파이럴 가든이라고 부른 곳의 태양빛 아래로 나선다.

처음에는 우리 마을에 있는 것과 같은 또 다른 경기장 가운데에 있다는 생각이 든다. 공간은 커다란 그릇으로 들어가듯 아래쪽으로 둥글게 휘어 있지만, 돌로 된 의자들 대신, 테이블과 두툼한 천을 씌운 편안한 의자들이 나선을 이루고 있는 테라스마다 가득하다. 식물들과 분수들이 계단을 따라 이어지고, 테라스들은 특별석들로 나누어져 있다. 그것들은 돌로 된 조각상이 둥글게 둘러싸고 있는 풀로

덮인 원 모양의 바닥까지 이어진다. 내 앞으로는 붉은색과 검정색의 비단이 가득 찬 네모난 경기장이 있다. 아주 단단한 철로 만들어져 있는 네 개의 의자가 아래를 굽어보고 있다.

대체 이게 뭐하는 장소야?

또 다른 적혈들의 지시에 따라서, 나는 정신없이 빠르게 일한다. 나는 부엌 담당 하녀인데, 그 말인즉, 청소하고, 요리사들을 돕고, 그리고 현재는, 다가올 이벤트에 대비해 경기장을 준비해야 한다는 뜻이다. 왜 왕가의 사람들에게 경기장이 필요한지 나는 도통 알 수가 없다. 우리 마을에서 경기장이란 오직 위업 때나 쓰이는 것으로 은혈끼리 붙는 것을 지켜볼 때나 사용되는 건데, 여기에는 경기장이 왜 필요한 걸까? 여기는 궁인데. 이 바닥들은 결코 피로 얼룩질 일이 없을 텐데. 하지만 경기장이 아니라 해도 이곳은 나에게 끔찍한 예감만 자꾸 들게 한다. 머리털이 곤두서는 감각이 돌아오면서, 피부 아래에서 맥박이 요동을 친다. 내가 일을 마치고 하인들의 출입구로 돌아가려고 할 때, 퀸스트라이얼이 막 시작된다.

다른 하인들은 이미 거의 안 보인다. 얇은 커튼으로 둘러싼 높은 단 쪽으로 사라진 모양이다. 나는 재빨리 그들 뒤를 따라서 줄에 서지만, 막 다른 문 한 쌍이 벌컥 열린다. 정확하게 왕실 특별석과 하인들 출입구 사이의 문이다.

시작하려고 해.

그랜드 가든 때로 기억이 되돌아간다. 자신들을 인간이라고 부르고 아름답고 잔혹한 존재들에 대한 기억으로. 화려하게 치장한, 자만심 강한 족속들, 단호한 눈에 기분이 나쁜 사람들. 이 은혈들도, 월

101

시의 표현에 따르자면 일명 하이 하우스의 사람들도 전혀 다르지 않을 것이다. *이들은 아마 더할 것이다.*

은혈들이 우르르 들어오고, 차게 시린 우아함으로 스파이럴 가든에 색색의 무리들이 퍼져 나간다. 서로 다른 가문들이나 하우스들은 쉽게 구별할 수 있다. 그들은 모두 각각 같은 색의 옷들을 입고 있다. 보라, 녹색, 검정, 노랑, 무지갯빛이 자신들의 가족 특별석으로 움직인다. 나는 금방 그들을 셀 수조차 없게 된다. *도대체 얼마나 많은 가문들이 여기 와 있는 거지?* 점점 더 많은 이들이 합류하고, 몇몇은 이야기를 멈추고, 다른 이들은 서로를 단단하게 끌어안는다. 이게 저 사람들에게는 *파티*인 거구나. 나는 깨닫는다. 대부분은 아마 왕비로 뽑히는 일에 거의 희망이 없을 테니, 이 일이 그저 하나의 휴가인 것이다.

하지만 그들 중 일부는 즐기는 기분으로 보이지 않는다. 검정색 비단 옷을 차려입은 은색 머리카락의 가족이 집중적인 침묵 속에서 왕실 특별석의 오른쪽 옆 자리에 앉는다. 그 가문의 원로는 끝이 뾰족한 수염에 검정색 눈을 하고 있다. 더 아래로, 남청색과 하얀색 옷을 입은 가문이 함께 모여 투덜거린다. 놀랍게도, 나는 그들 중 한 명을 알고 있다. 샘슨 메란더스, 바로 며칠 전에 경기장에서 보았던 바로 그 위스퍼다. 다른 사람들과 달리, 그는 아래쪽을 어둡게 응시한다. 뭔가 다른 곳에 주의를 기울이고 있다. 나는 스스로 그와 우연히 마주치거나 그의 치명적인 능력 앞에 노출되지 말자고 다짐한다.

하지만 이상하게도, 왕자와 결혼할 만한 나이대의 어떤 소녀도 보이지 않는다. 아마도 그들은 다른 곳에서 준비를 하고 있는 중인가

보다. 왕관을 따낼 기회를 열망하며 기다리는 중이겠지.

가끔 누군가 자신들의 테이블에 있는 네모난 금속 단추를 누르면, 불이 깜빡여 하녀를 필요로 하는 사람이 있음을 알린다. 누구든 그 문에서 가장 가까이 있는 사람이 달려가고, 나머지 우리는 발을 끌며 걷다가 자신의 차례가 오기를 기다린다. 당연하게도 내가 바로 옆에 있는 문으로 움직이는 순간, 끔찍한 검은 눈의 원로가 그의 테이블 위의 단추를 때린다.

내 발에 축복 있기를, 내 발은 결코 나를 실망시키지 않는다. 나는 붐비는 군중 사이를 스치듯 지나며 이리 저리 방랑하는 몸들 사이로 심장이 가슴을 두드리도록 춤추듯 이동한다. 이 사람들에게서 뭔가를 훔치는 대신, 나는 그들의 시중을 든다. 지난주의 메어 배로우는 이 새로운 버전의 자신에게 웃어야 할지 울어야 할지 몰랐으리라. *하지만 그 애는 멍청한 계집애였지, 그리고 이제 나는 대가를 치르는 거야.*

"부르셨나요?"

나는 서비스를 요청한 원로를 마주하고 말한다. 머릿속으로는 나 자신을 저주한다.

아무 말도 하지 않는 것이 첫 번째 규칙이건만, 나는 벌써 그것을 깨뜨렸다.

하지만 그는 눈치도 채지 못한 듯 자신이 들고 있는 빈 잔을 가볍게 내민다. 얼굴에는 지루한 표정이 떠올라 있다.

"그분들이 아주 우릴 갖고 놀려나 보구나, 프톨레무스."

그가 자신의 옆에 있는 근육질의 젊은 남자에게 툴툴거린다. 이름이 프톨레무스로 불릴 정도라니, 운이 없는 사람임이 틀림없다.

"힘을 과시하는 거예요, 아버지."

프톨레무스가 자신의 잔을 기울이며 대답한다. 그는 잔을 내게로 내밀고, 나는 망설임 없이 그 잔을 받는다.

"자신들이 그럴 수 있기 때문에 우릴 기다리게 만드는 거라고요."

그분들이란 아직까지도 나타나지 않고 있는 왕실 사람들이다. 하지만 이 은혈들이 그들을 두고 이토록 경멸감을 드러내는 것을 보니 당혹스럽다. 우리 적혈들이야 왕과 귀족들을 할 수만 있다면 교묘하게 모욕하지만, 내가 생각하기에 그거야말로 우리들의 특권이 아닌가 싶은데. 이 사람들은 단 하루도 생존으로 고통 받은 적이 없지 않나. 도대체 무슨 문제가 있을 수 있는 걸까.

그곳에 머무르며 더 듣고 싶지만, 나조차도 그것이 규칙 위반이라는 것을 알고 있다. 나는 돌아서서 계단참을 올라 그들의 특별석을 빠져나온다. 밝은 색깔의 꽃 뒤에 숨겨진 개수대가 있다. 아마도 그들의 음료를 채워 주기 위해서 이곳을 벗어나는 지역으로까지는 돌아가지 않아도 되는 것 같다. 첫 번째 금요일의 위업의 시작을 알릴 때랑 비슷하게 공간을 떠나갈 듯하게 채우는 금속성의 날카로운 소리가 들린 것이 바로 그때다. 몇 번 찍찍 거리더니, 왕의 입장을 알리는 것이 틀림없는 자랑스러운 곡이 들린다. 주변의 모든 하이 하우스들이 마지못해서든 아니든 일어나 선다. 나는 프톨레무스가 자신의 아버지에게 무언가를 다시 투덜거리는 것을 알아차린다.

꽃 뒤에 숨은 이곳은 지켜보기 딱 좋은 자리다. 나는 왕의 특별석과 같은 높이에서 그 조금 뒤에 있다. 메어 배로우가, 왕에게서 고작 몇 미터 떨어져 있다니. 우리 가족이 알면 무슨 생각을 하려나, 킬런은 또 어떻고? 이 남자가 우리를 죽음으로 밀어 넣는데, 나는 기꺼이 그의 하녀가 되었다. 토할 거 같다.

왕은 힘차게 들어온다. 어깨는 뻣뻣하고 쭉 뻗었다. 동전 위에서나 방송에서 볼 수 있는 모습과는 달리 좀 더 살이 찐 모습이라는 걸 뒤에서조차 알 수 있다. 또한 키가 좀 더 크다. 그의 제복은 검정과 붉은색이고, 군복 스타일이다. 그가 적혈들이 죽어 나가는 최전방 전선에 단 하루도 가 본 적 없으리라고 의심치 않지만 말이다. 배지와 메달들이 그의 가슴에서 번쩍대는데, 자신이 결코 한 적 없는 일에 대한 증거품이다. 그 많은 보안 요원들이 주변을 둘러싸고 있음에도 불구하고 그는 심지어 매끄러운 검까지 차고 있다. 그의 머리에 얹힌 왕관은 낯이 익은데, 적금과 흑철이 꼬인 모양으로 만들어져 있다. 각각의 지점마다 구부러진 불꽃이 폭발한다. 부분 부분 회색이 덩어리진, 잉크처럼 새까만 머리카락에 꼭 불이라도 붙을 것만 같아 보인다. 버너(burner)라니, 이 얼마나 왕에게 들어맞는 표현인가. 그의 아버지가 그랬듯, 그리고 그 아버지의 아버지가 그랬듯 말이다. 파괴적이고 강력한 불과 열의 지배자. 한때 우리의 왕들은 활활 타오르는 손길 그대로 자신의 반대자들을 불태우고는 했다. 이 왕은 적혈들을 더 이상 태우지는 않지만, 그는 여전히 우리를 전쟁과 파괴로, 죽음으로 몰아넣고 있다. 그의 이름은 내가 학교 교실에 앉아 있던 어린 소녀였던 때 이래로 배워 온 것 중의 하나다. 마치 배움이 나를 다른 곳으로 데려가 줄 수나 있을 듯이, 여전히 나는 배우고 싶다. *티베리아스 캘로어 6세, 노르타의 왕, 북쪽의 화염.* 한

번에 발음하기도 쉽지 않다. 할 수만 있다면 그 이름 위에 침을 뱉어 버리고 싶다.

왕비가 그의 뒤를 따라, 관중에게 고개를 끄덕인다. 왕의 옷이 어둡고 엄격한 스타일이라면, 왕비의 남색과 흰색이 섞인 옷은 공기처럼 가볍다. 그녀는 오직 샘슨의 가문을 향해서만 절을 하고, 나는 그녀가 그들과 똑같은 색의 옷을 입었음을 깨닫는다. 가족적 유사성으로 보건대 그녀는 그 가문 출신인 것이 틀림없다. 똑같은 아주 옅은 금발머리에, 푸른 눈, 찌르는 듯한 미소는 왕비를 거친 고양잇과의 포식 동물처럼 보이게 한다.

왕실 사람들이 겁을 주려는 것처럼 보일지라도, 그들 뒤를 따르는 보안 요원들에 비할 바는 아니다. 진흙탕에서 태어난 나 같은 적혈조차 그들이 누구인지 알고 있다. 모두가 '감시병'들이 어떻게 보이는지 알고, 아무도 그들과 마주치고 싶어 하지 않는다. 그들은 모든 방송 때마다 왕의 옆을 지키고, 왕이 연설을 하거나 명령을 내릴 때도 항상 옆에 있다. 늘 그렇듯, 그들의 제복은 불꽃처럼 보이고 붉은색과 주홍빛의 중간쯤 되는 색으로 빛난다. 그들의 눈은 무시무시한 검정 가면 뒤에서 번쩍거린다. 그들은 각각 끝에 번쩍이는 은색 총검이 달린 검정색 라이플을 메고 있다. 그 총검으로는 뼈도 자를 수 있다. 그들의 기술은 심지어 그들의 외모보다도 더 소름끼친다. 그들은 서로 다른 은혈 가문들 출신의 우수한 전사들이며, 어린 시절부터 훈련을 거쳐 왕과 그의 가족들을 위해 자신들의 삶을 바치겠노라 맹세한 사람들이다. 그들을 보니 몸이 떨린다. 하지만 하이 하우스들은 전혀 두려워하는 것 같지 않다.

어딘가 특별석 깊은 곳에서 고함이 시작된다.

"진홍의 군대에게 죽음을!"

누군가가 외치자 다른 사람들도 재빨리 맞장구를 친다. 이제 먼 일이지만 어제의 사건이 떠오르자 한기가 밀려온다. 이 군중들이 얼마나 재빨리 학살자로 변했던가…….

소음에 창백해진 왕은 심기가 불편해 보인다. 그는 이런 류의 폭발에는 익숙치 않은지 거의 으르렁대다시피 소리 지른다.

"진홍의 군대, 그리고 우리의 적들을, 처리하는 중이오!"

티베리아스가 우르릉거리자, 그의 목소리가 군중들 가운데로 퍼져 나간다. 채찍이라도 휘두른 것처럼 사람들 사이로 침묵이 내려앉는다.

"하지만 우리는 그 문제를 이야기하러 여기에 온 것이 아니오. 오늘 우리는 전통에 명예를 표할 것이며, 어떤 적혈 악마도 그것을 방해하지 못할 것이오. 이제 퀸스트라이얼 의식을 치르겠소. 우리의 가장 고귀한 아들과 결혼할 가장 재능 있는 딸의 탄생을 볼 것이오. 이 의식으로 우리는 하이 하우스들을 묶을 힘을 찾을 것이오! 그리고 최후의 날까지 우리 은혈들이 지배하기 위한 권력을, 우리의 적들을 국경에서, 또한 나라 안에서 패배시킬 권력을 되찾을 것이오!"

"힘을!"

군중이 왕을 향해 으르렁댄다. 섬뜩하다.

"권력을!"

"이 이상을 실천할 때가 다시 왔소, 그리고 내 두 아들은 모두 우리의 가장 확고한 전통을 존중하고 있소."

그가 손을 흔들자 두 형체가 앞으로 나서 그의 아버지 옆에 선다. 얼굴은 볼 수 없지만, 둘 다 왕처럼 키가 크고 검은 머리카락이다. 그들은 예식용 군복을 입고 있다.

"캘로어와 메란더스 하우스의 메이븐 왕자, 나의 아내 엘라라 왕비의 아들이오."

나머지 한쪽에 비해 좀 더 창백하고 얄상한 체격의 둘째 왕자는 손을 들어 근엄하게 인사한다. 그가 왼쪽 오른쪽으로 몸을 돌리는 바람에 나는 잠깐 그의 얼굴을 흘깃 본다. 제왕다운 심각한 얼굴을 하고 있다고는 해도, 17살 이상으로 보이지는 않는다. 날카로운 외양과 푸른 눈, 그의 미소는 불도 일러 버릴 수 있을 것 같다. 그는 이 화려한 행사를 경멸하고 있다. 나 역시 그에게 동의하는 바다.

"그리고 캘로어와 제이코스 하우스의 왕세자이며, 나의 전 아내인 코리앤 왕비의 아들이자, 노르타 왕국과 '불타는 왕관'의 상속자인 티베리아스 7세요."

그 이름이 가진 순전한 불합리에 웃음이 터지는 바람에 나는 미소를 지으며 손을 흔들고 있는 젊은 남자를 알아보지 못한다. 마침내 나는 눈을 들어, 내가 미래의 왕에게 이토록 가까이 있었노라고 가족들에게 말해 줘야겠다는 생각을 한다. 하지만 내가 기대했던 것 이상이 거기 있다.

손에 들고 있던 유리잔이 떨어져, 물이 찬 개수대 안으로 아무 해를 입지 않고 안착한다.

저 미소를, 저 눈을 알고 있다. 고작 지난밤에 그토록 내 눈에 인상 깊게 남았던 그 눈이다. 그가 나에게 이 일을 줬다, 그가 징병에서 나를 구했다. 그는 우리 중 하나였다. *어떻게 이런 일이 있을 수 가 있지?*

다음 순간, 그가 완전히 돌아서서 모두를 향해 손을 흔든다. 오해의 소지는 전혀 없다.

왕세자는 칼이다.

제7장

위장이 텅 빈 것 같은 느낌과 함께 나는 하인들의 대기석으로 돌아온다. 내가 그 전에 느꼈던 모든 행복감은 완전히 사라졌다. 도저히 몸을 돌려 그곳으로 돌아가서, 그가 그토록 훌륭한 의상에 리본과 메달을 잔뜩 달고는 내가 완전히 혐오하는 왕실 분위기를 풍기면서 서 있는 모습을 바라볼 자신이 없다. 윌시처럼, 그도 불타는 왕관 배지를 달고 있지만, 그의 것은 어두운 흑옥과 다이아몬드, 그리고 루비로 만들어져 있다. 그것은 그의 어두운 검정색 제복 위에서 대조적으로 반짝거린다. 어젯밤 입었던 칙칙한 옷은 흔적도 없다. 아마 나 같은 서민 틈에 스며들 때에 입곤 하는 옷이리라. 이제 그는 어느 모로 보나 왕의 후계자처럼, 뼛속부터 타고 난 은혈처럼 보인다. 믿을 수 있는 사람이라고 생각했는데.

머리는 여전히 빙빙 돌고 있지만, 다른 하녀들이 길을 내주어, 나는 줄 뒤로 발을 끌며 느릿느릿 걸어간다. 칼이 내게 이 일을 줬어, 그 애가 나를 *구했잖아*, 내 가족도 구했고. 그리고 그 애는 그들의 일원이지. 단순히 그들 중 하나인 것보다 더 나쁘다. 왕자. *왕자*라니. 이 크고 흉물스러운 나선형 돌덩어리에 있는 모든 사람들 하나하나가 다 그를 보러 와 있다.

"그대들 모두가 내 아들과 왕국에 경의를 표하러 와 주었으니, 나 또한 그대들에게 경의를 표하는 바요."

티베리아스 왕이 내는 굵은 목소리가 내 생각이 마치 유리라도 되는 양 깨부수며 들어온다. 그는 팔을 들어서 사람들로 가득한 특별석 쪽을 가리켜 보인다. 있는 힘껏 애를 써서 왕에게만 시선을 고정시켜 보려고 해도, 나는 어쩔 수 없이 칼을 힐끔거리고 있다. 그는 미소를 짓고 있지만, 눈은 웃고 있지 않다.

"나는 그대들이 통치할 권리를 존중하오. 미래의 왕, 내 아들의 아들은, 그가 나의 것이 되었듯 그대들의 은혈이 될 것이오. 누가 권리를 요구할 것인가?"

은빛 머리카락의 원로가 응답하듯 부르짖는다.

"저는 퀸스트라이얼을 요구합니다!"

나선을 넘어 모든 다른 하우스들의 리더들이 하나가 되어 소리 지른다.

"퀸스트라이얼을 요구합니다!"

내가 이해할 수 없는 어떤 전통을 지키는 듯, 그 소리가 사방에 메아리친다.

티베리아스가 미소를 지으며 고개를 끄덕인다.

"그렇다면 퀸스트라이얼은 시작되었소. 프로보스 경, 부탁하네."

내가 추정하기로 프로보스 하우스라 생각되는 쪽으로 시선을 돌리며 왕이 즉각 몸을 튼다. 나선의 나머지 사람들이 그의 시선을 따르자, 그들의 눈동자가 검정색 줄이 간 금색 옷을 입은 가문에 꽂힌다. 흰머리 몇 가닥이 섞인 회색 머리카락의 좀 더 나이든 남자가 앞으로 나선다. 입고 있는 이상한 옷 때문에 그는 꼭 찌르려고 대기 중인 말벌 같다. 그가 손을 홱 잡아당기는데, 앞으로 무슨 일이 일어나려는 건지 알 수가 없다.

갑자기, 하인들의 대기석이 덜컹거리며 양쪽으로 움직인다. 보이지 않는 길을 따라 단이 미끄러지는 바람에 나는 그만 벌떡 뛰어오르다 내 옆에 선 다른 하녀를 거의 때릴 뻔 한다. 스파이럴 가든의 나머지 사람들이 빙글빙글 도는 걸 보니, 심장이 목구멍 밖으로 튀어나올 것 같다. 프로보스 경은 텔키이다. 정신의 힘만으로 아무것도 쓰지 않고 구조물을 미리 지어진 길을 따라 움직인다.

모든 구조가 그의 명령을 따라 정원의 바닥이 거대한 원으로 넓어질 때까지 이동한다. 낮은 층의 테라스들은 뒤로 물러나며 더 높은 층의 테라스들과 조정되고, 나선 모양은 하늘을 향해 열린 거대한 원통 형태가 된다. 테라스들이 움직이는 동안 바닥은 낮아지다가 가장 낮은 층의 특별석 아래로 거의 6미터쯤 낮아지고 나서야 멈춘다. 분수는 폭포로 바뀌어서, 원통 모양의 꼭대기에서부터 바닥에까지 물을 쏟아내고, 그곳에는 곧 깊고 좁은 웅덩이들이 생긴다. 우리가 선 단은 미끄러져서 왕의 특별석 위쪽에 가서 멈춘다. 그 덕에 저 멀리 아래쪽의 바닥을 포함해서 모든 것이 잘 보이는 자리가 된다.

이 모든 것, 프로보스 경이 스파이럴 가든을 무언가 좀 더 불길한 것으로 바꾸는 데까지 걸린 시간은 고작 1분도 되지 않는다.

하지만 프로보스 경이 자리에 다시 앉는데도 변화는 여전히 끝나지 않는다. 전기가 웅웅거리는 소리가 도처에서 탁탁 거리는 소리가 날 때까지 커진다. 내 팔의 털들이 온통 곤두선다. 보라색과 흰색이 뒤섞인 빛이 정원 바닥 근처를 밝게 비추는데, 돌의 어딘가 보이지 않는 작은 지점에서 에너지가 스파크를 튀긴다. 어떤 은혈도 프로보스가 경기장을 만들 때처럼 제어하려고 나서지 않는다. 나는 이유를 깨닫는다. 이것은 어떤 은혈들이 한 일이 아니라 기술의, 전기력의 경이인 것이다. *천둥이 없는 번개.* 빛의 기둥들은 십자형으로 교차하고, 서로를 가로지르며 눈부시고 멋진 그물을 엮어낸다. 그저 보는 것만으로도 눈이 아프다. 꼭 머리 속으로 날카로운 고통의 단검을 밀어 넣는 것 같다. 어떻게 다른 사람들은 이걸 견디고 있는 것인지 전혀 모르겠다.

은혈들은 자신들이 통제할 수 없는 뭔가에 대한 강한 호기심으로 감동받은 것처럼 보인다. 우리 적혈들로 말할 것 같으면, 완전한 경외심에 다들 입을 떡 벌리고 있다.

전기가 팽창하며 맥을 이루자, 그물은 결정화되기 시작한다. 다음 순간, 시작되었던 것처럼 갑작스레 소음이 멈춘다. 번개가 얼어붙고 공중에서 굳더니, 바닥과 우리 사이에 명확한 보라색 보호막을 형성한다. 저 아래에 나타나게 될 것이 무엇이든 간에 우리와 그것 사이에 저렇게 전기로 만들어진 보호막이 필요할 정도의 일이 도대체 무엇인지 궁금해서, 마음이 거칠게 내달린다. 곰이나 늑대 한 무리나 어떤 숲의 야생 동물들도 아닐 것이다. 거대한 고양이라든가 바다 상어 또는 용들 같은 신화 속의 생명체라 할지라도, 이토록 많은 은 혈들이 위에 버티고 있는 곳에 해를 끼치지는 못할 것이다. 그리고 퀸스트라이얼에 야수가 있을 이유가 뭐란 말인가. 이건 여왕을 고르는 의식이지, 싸우는 괴물을 뽑으려는 것이 아닐 텐데.

마음 속 질문에 대답이라도 하듯 조각상들이 원을 이룬 바닥이, 지금은 원형 바닥의 작은 중심이 된 그 부분이 크게 열린다. 머리가 생각하기도 전에, 내 눈으로 좀 더 잘 보고 싶은 마음에 나는 몸을 앞으로 내민다. 다른 하녀들도 나와 함께 우글우글 모여 이 공간이 낳으려고 하는 공포린 대체 무엇인가 보려고 애를 쓴다.

내가 본 중에 가장 조그만 소녀가 어둠 속에서 나타난다.

갈색 비단과 붉은 보석으로 장식한 하우스가 자신들의 딸을 향해 박수를 치며 환호를 올린다.

"로어, 램보스 하우스입니다."

가족들은 그녀를 세상에 소개하며 외친다.

14살도 안 되어 보이는 소녀는 가족들을 향해 미소 짓는다. 조각 상들과 대조되어 체구는 더 작아 보이지만, 손만은 이상할 정도로 크다. 소녀의 나머지 부분들은 거센 바람만 불어와도 획 날려가 버릴 것만 같다. 그 애는 조각상들의 고리를 향해 돌아서지만, 계속해서 위쪽을 향해 미소를 짓고 있다. 그 애의 시선이 칼에게, 그러니까 내 말은 왕자에게 꽂힌다. 자신의 사슴 같은 눈망울이나 가끔씩 획 뒤집어지는 벌꿀 색 금발 머리칼로 그를 꼬여 보려고 하는 것 같다. 요컨대, 저 애는 멍청해 보인다. 그 애가 단단한 석조 조각상으로 다

114

가가서 단 한 번의 간단한 손길로 돌로 된 머리를 터뜨리기 전까지는 그렇다.

램보스 하우스가 다시 말한다.

"스트롱암입니다."

아래쪽에서는 조그만 로어가 조각상들 사이를 누빈다. 그녀는 그것들을 먼지 더미로 분쇄하며 태풍처럼 아래층을 파괴하는 중이다. 그 애의 발아래의 땅에는 금이 쩍쩍 간다. 조그만 인간 형태를 하고 있는 지진과도 같다. 자신이 가는 길에 있는 것은 무엇이든 모두 부숴 버리는 지진.

그러니까 이건 재주를 겨루는 미인 대회로구나.

한 소녀의 미모와 화려함을, 더불어 힘을 공개적으로 진열하는 전시장, 그중에서도 폭력적인 종류의 것. *가장 재능 있는 딸.* 이것은 힘을 전시하는 자리이다. 왕자에게 가장 강력한 소녀를 짝지어서 그들의 자손들이 그들 중에서도 가장 강력할 수 있도록 하기 위해서. 그리고 이런 행사가 수백 년 동안 지속되어 온 것이다.

칼의 분홍색 손가락 안에 숨은 힘을 생각하니 온몸이 떨린다.

램보스 소녀가 자신의 유기적인 파괴의 연출을 마무리하고 아래쪽의 단으로 물러나는 동안 칼은 예의바르게 박수를 친다. 램보스 하우스는 그녀가 퇴장하는 동안 환호한다.

다음은 벨르 하우스의 헤론이다. 우리 지역 총독의 딸이다. 그녀는 키가 크고, 자신과 이름이 같은 새랑 비슷한 얼굴을 하고 있다.('heron'은 왜가리를 의미한다 ─옮긴이) 그녀가 바닥을 다시 되돌리는 동안, 파괴되었던 대지는 그녀의 주변에서 모양을 바꾼다.

"그린워든(greenwarden)입니다."

그녀의 가족들이 외친다. *그리니구나.* 그녀의 지시에 따라, 나무들이 눈 한 번 깜빡임에 키가 쑥쑥 자라나고, 나무 꼭대기가 전기 보호막을 부딪히며 긁는다. 가지가 부딪히는 곳에서 불꽃이 일어, 신선한 이파리에 불이 붙는다. 다음 소녀인 오사노스 하우스의 님프가, 갑작스러운 상황에 위로 올라온다. 폭포 분수를 이용해서, 그녀는 급류의 태풍을 만들어 내어 조용한 숲의 화재를 제압하고, 검게 탄 나무들과 그을린 대지만이 남는다.

몇 시간처럼 느껴지는 동안 이 모든 일이 계속 반복된다. 각각의 여자애들은 자신의 가치를 보이기 위해 올라오고, 서로 경기장을 점점 더 파괴할 수 있음을 증명한다. 하지만 그 애들은 어떤 일에도 대처할 훈련을 받은 아이들이다. 소녀들의 나이와 외모는 다양하지만 그 애들은 모두가 눈부시다. 한 소녀는 고작 12살도 안 되어 보이는데, 걸어다니는 폭탄이라도 되는 양 자신이 만지는 모든 것을 폭발시킨다.

"오블리비언(oblivion)입니다."

그 애의 가족이 그녀의 능력이 무엇인지 설명하며 외친다. 그 애가 마지막 남은 하얀 조각상을 말살하는 동안, 전기로 된 보호막은 더욱 단단함을 유지한다. 보호막이 그 애가 낸 불을 막느라 쉿쉿 소리를 내고, 그 소음은 내 귀에 날카로운 고통을 남긴다.

님프와 그리니, 스위프트, 스트롱암, 텔키 그리고 백 개는 되는 듯한 다른 종류의 은혈들이 자기 재주를 저 보호막 아래에서 펼치는 모습을 보고 있자니, 그놈의 전기와 은혈들, 그리고 외침들로 머릿속이 흐릿해진다. 여자애들이 자기들 피부를 돌처럼 만들거나 유리로 된 벽 저편에서 괴성을 지르는 일 같은, 살면서 결코 일어나리라고는 꿈도 꿔 보지 않은 일들이 내 눈 앞에서 벌어진다. 은혈들은 내가 계속 두려워해 온 것보다 훨씬 더 거대하고 강력하고, 내가 결코 존재하는지도 몰랐던 힘을 갖고 있다. 어떻게 이런 존재들이 실재할 수 있단 말인가.

이 멀리까지 와서 갑자기 경기장으로 돌아와서는, 은혈들이 우리에게는 없는 모든 것을 선보이는 것을 보고 있다니.

생명체를 제어할 수 있는 능력을 가진 아니모스(animos)가 천 마리쯤 되는 비둘기들을 하늘에서 불러오자, 그 경이로움에 경탄하는 마음도 든다. 새들이 머리부터 전기 보호막에 다이빙을 하며, 피와 날개와 치명적인 전기로 이루어진 작은 구름으로 계속 뛰어들자, 내 경탄은 혐오로 바뀐다. 보호막이 완전히 새것처럼 다시 빛날 때까지 그 위에 남은 새들의 잔해를 불태운다. 저 냉혈한 아니모스가 자신이 있던 자리로 서서히 내려가는 동안에 박수를 치는 소리에 나는 거의 토할 뻔 한다.

제발 마지막이길 바라는 또 다른 소녀가 이제는 먼지라고 불러야 할 경기장으로 들어선다.

"에반젤린, 사모스 하우스입니다."

은색 머리카락을 한 가족의 원로가 큰 소리로 외친다. 그는 혼자 말하지만, 그의 목소리는 스파이럴 가든을 가로질러 메아리친다.

관찰이 유리한 이 자리에서 보니, 왕과 왕비가 조금 빳빳하게 몸을 세워 앉는 것을 알 수 있다. 에반젤린은 벌써 그들의 관심을 산

것이다. 그 태도와는 분명하게 대비되게, 칼은 자신의 손을 내려다본다.

다른 여자애들은 비단 드레스를 입거나 몇몇만 좀 이상한 번쩍거리는 갑옷을 걸쳤는데, 에반젤린은 검정색 가죽으로 된 의상을 입고 올라온다. 재킷과 바지와 부츠에는 단단한 은이 징 박혀 있다. 아니다, 은이 아니다. 철이다. 은은 저렇게 윤기 없지도 않고, 저토록 단단하지도 않다. 그녀의 하우스는 환호하며 모두가 일어선다. 그녀는 프톨레무스와 원로의 가문에 속해 있지만, 다른 가문들, 다른 가족들도 그녀에게 환호를 보낸다. 그들은 그녀가 여왕이 되길 원하는 것이다. *그녀는 유명인이다.* 그녀는 눈썹에 손가락 두 개를 대고 거수경례를 한다. 처음은 가족을 향해서, 그리고 그 다음번은 왕의 특별석을 향해서이다. 그들은 노골적으로 이 에반젤린에 대한 편애를 드러내며 그 제스처에 답례한다.

아마도 이것은 내가 예상했던 것보다 더 위업과 유사한 것 같다. 적혈들에게 우리가 어디 서 있는지를 보여 주는 것 대신에, 이 행사는 왕이 그의 과업들, 자신들이 얼마나 강력하고 어디에 *그들이* 서 있어야 하는지를 보여 주는 자리인 것이다. *계급 위의 계급이라는 것을.*

품평회에 어찌나 빠져 있었던지 다시 내가 서빙을 할 차례라는 것도 깨닫지 못하고 있었다. 다른 누군가가 나를 올바른 방향으로 몰고 가기 전에, 나는 가야 할 특별석 쪽으로 출발한다. 사모스 원로가 말하는 소리가 간신히 들린다.

"마그네트론(magnetron)입니다."

그렇게 말했다고 생각은 되지만, 그게 무슨 의미인지는 모르겠다.

한때는 열린 보도였을 좁은 복도를 따라서 움직여서, 은혈이 필요로 하는 서비스를 찾아 내려간다. 그 특별석은 맨 아래층이지만, 나는 재빨라서 그들에게 내려가는 데 거의 시간이 들지 않는다. 현란한 노란색 비단과 끔찍한 깃털로 장식한 옷을 차려입은 유난히 뚱뚱한 집단이 있는데, 그들은 모두가 거대한 케이크를 즐기고 있다. 접시들과 빈 컵들이 상자에 잔뜩 버려져 있고, 나는 곧장 그것들을 치우는 작업에 착수한다. 내 손은 빠르고 훈련되어 있다. 여전히 바닥에 서 있는 에반젤린의 모습을 보여 주는 비디오 스크린이 특별석 안을 꽝꽝 울린다.

"이게 다 무슨 익살극이야. 사모스네 여자애가 다 이긴 거나 다름없잖아."

뚱뚱한 노란 새 한 마리가 얼굴을 찡그리며 투덜거린다.

신기하네. 쟤는 그중에서도 제일 약해 보이는데.

나는 접시들을 쌓는 와중에도 스크린에 시선을 두고, 에반젤린이 다 망가진 바닥 위를 가로질러 걸어가는 모습을 지켜본다. 그 애가 작업을 할 만한 어떤 것들, 자신이 할 수 있는 것을 선보일 만한 어떤 것들도 남아 있지 않은 것처럼 보이는데, 그 애는 신경 쓰지 않는 듯하다. 그녀의 히죽거리는 웃음은 조금 끔찍한데, 꼭 그 애가 자신 스스로의 위대함을 거의 확신하고 있는 듯한 느낌이다. *내가 보기에는 그렇게 위대해 보이지 않는데 말이야.*

다음 순간, 그 애의 재킷에 붙어 있던 철로 된 징이 움직인다. 그것들은 공기 중으로 떠올라서, 각각이 단단하고 둥근 금속 총알이 된다. 그러더니 그 조각들은 마치 총에서 쏜 것처럼, 에반젤린에게서 폭발적으로 쏟아져 나와서는 먼지와 벽과 심지어는 전기 보호막에까지 파고 들어간다.

그녀는 금속을 제어할 수 있는 거였어.

몇몇 특별석에서 그녀를 향해 박수를 보내지만, 그녀는 아직 시작도 안 한 듯하다. 신음 소리와 철커덕 하는 소리가 스파이럴 가든의 구조물 아래 어딘가 깊은 곳에서부터 우리를 향해 울린다. 심지어 뚱뚱한 가족들조차 먹는 것을 멈추고 당황한 얼굴로 주변을 둘러본다. 그들은 혼란스러운 한편 호기심이 드는 표정이지만, 나는 내 발 아래 깊은 곳에서 진동을 느낄 수 있다. 두려운 느낌이 든다.

대지가 갈라지는 듯한 소음과 함께, 저 아래 깊은 곳에서부터 경기장의 바닥을 금속관이 가르며 올라온다. 관들은 벽들을 뚫고 튀어나와서 회색과 은색 금속이 꼬여 생긴 왕관처럼 에반젤린을 둘러싼다. 그녀는 소리 내어 웃는 것처럼 보이지만, 금속이 내는 으드득 소리가 귀를 멀게 할 듯해서 그 애가 내는 소리는 묻힌다. 전기 보호막에서 불꽃들이 떨어지자 그녀는 조각을 움직여 자신을 보호하고, 불꽃들은 그녀의 땀방울 하나 건드리지 못한다. 마침내 그녀는 금속조각들을 끔찍하게 박살낸다. 그녀는 눈을 하늘 쪽으로, 위쪽의 특별석 쪽으로 향한다. 입은 크게 벌리고 있어서, 작고 날카로운 이가 보인다. *그녀는 배고파 보인다.*

그 일은 느리게 시작된다. 균형에 조금씩 미묘한 변화가 시작되어 이내 특별석 전체가 흔들린다. 접시들이 바닥으로 떨어져 부서지고, 유리잔들은 앞으로 구르고 전기 보호막 위로 굴러 떨어지는 것들은 산산조각이 난다. 에반젤린은 우리가 있는 특별석을 앞으로 꺼내는 중이다. 특별석을 앞으로 당겨서 우리를 뾰족한 끝부분으로 만든다. 내 주변의 은혈들은 찍찍 대다가 허우적대고, 그들의 박수는 공포로 변질된다. 그들이 유일한 대상은 아니다. 맨 밑줄의 모든 특별석이 우리처럼 움직이고 있다. 저 멀리 아래에서는 에반젤린이 손으로 방향을 가리키고 있는데, 집중하느라 눈썹을 잔뜩 찌푸리고 있다. 링위에 오른 은혈 싸움꾼들처럼 그녀는 세상을 향해 자신이 무얼 해낼 수 있는지 보여 주고 싶은 것이다.

그것이 깃털이 뒤덮인 옷과 살덩어리로 만들어진 노란 공이 나를 덮쳐 다른 나머지 은제 식기들처럼 난간 너머로 내동댕이친 순간 내 머릿속에 떠오른 생각이다.

떨어지는 순간 내 눈에 보이는 것은 온통 보라색인 전기 보호막이 나를 향해 올라오는 모습이다. 공기를 불태우며 전기가 내는 쉿쉿 소리가 들린다. 이해할 시간도 거의 없이 나는 그저 저 보라색 유리가 나를 산 채로 요리해서 나는 이 붉은색 제복을 입은 채로 감전사하겠구나 하고 깨닫는다. 은혈들이 걱정할 거라고는 내 시체를 깨끗하게 치울 누군가가 올 때까지 기다려야 된다는 사실뿐이리라.

보호막에 부딪히는 순간 머리가 쾅 울리고 별이 보인다. 아니, 별이 아니다. *스파크다.* 보호막이 자신의 역할을 다하느라 나를 전기의 힘으로 바짝 구우려는 것이다. 제복이 불타올라 검게 타고 그을리고, 내 피부에도 같은 일이 일어날 것은 뻔하다. *시체에서 환상적인 냄새가 나겠는걸.* 하지만 어쨌든 아무 느낌도 없다. *너무 심각한 통증이라서 아무것도 느낄 수 없는 수준인 게 틀림없다.*

하지만 느낌이 있긴 있다. 내 몸 위아래로 내달리며 모든 신경에 불을 붙이는 스파크의 열기를 느낄 수 있다. 그럼에도 나쁜 기분은 아니다. 사실 오히려 나는, 음, *살아 있다*는 기분마저 든다. 마치 내가 그간 눈먼 채로 살아오다가 이제 와서 눈을 번쩍 뜬 것 같은 느낌. 무언가가 내 피부 아래에서 움직이는데, 분명 그냥 스파크는 아니다. 나는 손을 내려보고, 팔을, 나를 타고 오르며 매끄럽게 이동하는 번개를 경이로움에 찬 채로 바라본다. 옷은 불타서 까맣게 변했지만, 내 피부는 그대로다. 보호막은 계속 나를 죽이려 드는데, 그러지 못한다.

모든 것이 이상하다.

내가 살아 있다.

보호막은 검은 연기를 내며 쪼개지고 금이 가기 시작한다. 스파크가 더 밝고 거세지지만, 약해지고 있다. 나는 스스로 일어나려고, 발로 서 보려고 하지만 보호막이 내 아래에서 산산이 부서지는 바람에 나는 또 다시 떨어져서 데굴데굴 구른다.

어쨌든 나는 삐죽삐죽한 금속으로 뒤덮이지 않은 먼지 더미 위로 간신히 안착한다. 분명히 멍이 들고 근육 여기저기가 아프지만, 특별히 잘려 나간 곳은 없다. 내 제복은 그렇게 운이 따르질 못해서, 까맣게 탄 쓰레기가 된 채로 간신히 모양을 유지 중이다.

제복이 더 떨어져 나가려고 하는 느낌에 나는 내 발로 서려고 애를 쓴다. 우리 위로, 스파이럴 가든 전체가 속삭거리고 숨을 헉 하고 들이키는 소리가 메아리친다. 모두의 시선이 나에게 꽂히는 것을 느낄 수 있다. 불에 탄 적혈 소녀. 인간 전기 봉.

에반젤린이 눈을 크게 뜬 채 나를 바라본다. 그녀는 화가 나고 혼란스러우며 겁에 질린 모습이다.

나 때문에. 왜인지, 그녀는 나를 겁내고 있다.

"안녕."

나는 멍청하게도 말을 건다.

에반젤린은 금속 조각의 폭풍으로 대답을 대신한다. 조각들은 모두가 날카롭고 치명적이며, 공기를 뚫고 내 심장을 정확히 노리고 있다.

생각할 겨를도 없이 나는 손을 앞으로 막듯이 내밀며 이 최악의 상황에서 나 자신을 구할 수 있기를 바란다. 날카로운 칼날들이 손바닥에 한 무리 잡히는 대신에, 나는 뭔가 좀 다른 기분을 느낀다. 아까의 스파크처럼, 내 신경들이 노래하고, 내부의 불꽃이 되살아난다. 내 안에서, 눈 뒤에서, 피부 아래에서 그것은 내가 나 자신보다 더 잘 느낄 때까지 움직인다. 다음 순간 그것은 내 안에서 터져 나온다. 순수한 힘과 에너지다.

빛의 분출, 아니, 번개가 내 손에서부터 폭발적으로 터지며 금속들 사이로 눈부시게 빛난다. 금속 조각들은 비명을 지르고 연기를 내다가 열기와 함께 폭발한다. 번개가 먼 벽에 부딪히며 폭발하는 동시에 조각들은 무해하게 바닥 위로 떨어져 내린다. 1미터도 넘는 거대한 연기 나는 구멍이 남는데, 간신히 에반젤린을 비켰다.

그녀의 입이 경악으로 툭 벌어진다. 방금 일어난 일이 도대체 뭔지 알 수 없는 채 손을 내려다보는 내 표정 역시 딱 똑같은 얼굴일 거라고 확신한다. 저 높은 위에서, 가장 강력한 은혈들 백 명이 똑같은 것을 궁금하게 여기고 있으리라. 나는 나를 주시하고 있는 모두를 올려다본다.

심지어 왕조차 그의 특별석 끝에 몸을 기대고 있다. 그의 불타는 왕관이 하늘을 배경으로 비친다. 칼은 그의 오른쪽 옆에서 커다래진 눈으로 나를 응시하고 있다.

"감시병."

위협이 가득한 왕의 목소리는 면도날처럼 날카롭다. 갑자기, 붉은 주황색 제복들의 감시병들이 거의 모든 특별석에서부터 일제히 등장한다. 그 특수 보안 요원들은 또 다른 말을, 또 다른 명령을 기다리고 있다.

내가 좋은 도둑인 건 도망갈 때를 알기 때문이다. 그리고 지금이 바로 그런 때 중 하나다.

왕이 말을 꺼내기도 전에, 나는 경직되어 있는 에반젤린을 뒤로 밀치고 여전히 열려 있는 바닥의 출입구를 향해서 발부터 먼저 미끄러져 재빨리 달아난다.

"저 애를 잡아!"

반쯤 어두운 아래쪽 공간으로 떨어지는데 내 뒤로 소리가 메아리친다. 에반젤린이 선보인 금속 쇼가 천장에 여러 구멍을 만든 탓에, 나는 여전히 스파이럴 가든을 올려다볼 수 있다. 실망스럽게도 그 때문에 꼭 구조물이 피를 흘리는 것처럼 보인다. 그 사이 제복을 입은 감시병들이 자신들이 있던 특별석에서 뛰쳐나와 그들 전부가 나를 쫓는다.

생각할 틈이 없다, 할 수 있는 건 그저 달아나는 일뿐.

경기장 아래의 대기실은 어둡고 텅 빈 복도와 연결되어 있다. 네모난 검정색 카메라가 내가 있는 힘껏 이 복도에서 또 다른 복도로 내달리는 동안 나를 지켜본다. 나는 감시병들이 그리 멀지 않은 뒤에서 나를 사냥하듯 쫓고 있음을 느낄 수 있다. *달려.* 머릿속에서 반복한다. *달려, 달려, 달려.*

문이든 창문이든 뭐라도 지금 도움이 될 만한 것을 찾아야만 한다. 만약에 밖으로 나갈 수 있다면, 어쩌면 시장으로 뛰어들 수 있다면, 나에게도 기회가 올지도 모른다. *어쩌면.*

처음 나타난 계단을 오르자 긴 거울로 된 복도로 연결된다. 하지만 카메라들은 커다란 검정색 벌레라도 되는 양 천장 구석마다 앉아 있다.

머리 위로 나를 바닥으로 쓰러뜨리려는 총성이 폭발한다. 불꽃같은 색의 옷을 입은 두 명의 감시병들이 유리를 깨고 등장해서 나에게로 돌진한다. *저 사람들도 그냥 보안 요원이랑 똑같아.* 나는 스스로에게 속삭인다. *네가 누군지도 모르는 그저 윙윙대는 보안 요원들. 저 사람들은 네가 뭘 할 수 있는지 몰라.*

나도 내가 뭘 할 수 있을지 모르겠다.

그들은 아마 내가 달아나리라고 예상할 테지만, 나는 반대로 그들을 급습한다. 그들의 총은 크고 강력하지만, 덩치가 크다. 그들이 총을 잡고 쏘거나 찌르거나 아니면 그 둘 다를 하기도 전에 나는 매끄러운 대리석 바닥에 무릎을 미끄러뜨리며 두 거인 사이를 부드럽게 빠져나간다. 그들 중 하나가 나를 향해 소리를 지르는데, 그의 목소리는 유리로 된 태풍 속에서 또 다른 거울을 폭발시킨다. 즉시 그들은 방향을 바꾸려고 하지만, 나는 이미 둘의 사이를 빠져나와 다시 달리고 있다.

마침내 창문을 발견하는 순간, 기도와 욕설이 동시에 나온다. 나는 거대한 다이아몬드 유리 패널 앞에서 미끄러지며 멈춘다. 창밖으로 어마어마한 숲이 보인다. 바로 저기에, 바로 반대편에, 도저히 통과할 수 없는 벽 너머에 그곳이 있다.

좋아, 손들아, 지금이 너희들이 할 일을 해야 할 바로 그때란다. 당연히 아무 일도 일어나지 않는다. 필요한 순간에는 아무 일도 일어나지 않는다.

열기의 폭풍이 나를 때려 놀라게 한다. 돌아서서 다가오는 붉은 주황색 벽을 보니 감시병들이 나를 발견했음을 알 수 있다. 하지만 벽은 뜨겁고, 꺼질 것 같지만, 거의 빈 데가 없다. 불. 그리고 똑바로 나를 향해 다가온다.

스스로의 곤경에 웃음이 터진 내 목소리는 희미하고, 약하고, 패배한 느낌이다.

"아, 이런."

나는 달리려고 돌아서지만 검정색 천으로 된 넓은 벽에 부딪힌다. 단단한 팔이 나를 감싸고, 나는 꿈틀거리며 달아나려고 해 보지만 팔은 나를 꼭 붙들고 있다. *감전시켜, 전기를 켜라고.* 나는 머릿속으로 비명을 지른다. 하지만 아무 일도 일어나지 않는다. 기적은 다시는 나를 구해 주지 않는다.

열이 오르며 폐에서부터 공기를 위협적으로 빼앗는다. 나는 오늘 전기에서 살아남았다. 내 행운이 불에서도 이어지리라고 기대되진 않는다.

하지만 연기는 날 죽일 것이다. 두껍고 검은 연기가 점점 강해지자 나는 숨이 막힌다. 시야가 빙빙 돌고 눈꺼풀이 무거워진다. 발자국 소리, 외치는 소리, 그리고 불이 내지르는 비명이 들린 다음, 세계가 어두워진다.

"미안하다."

칼의 목소리가 말한다. 꿈인 것 같다는 생각이 든다.

제8장

나는 현관에 서서, 엄마가 브리 오빠에게 작별 인사를 하는 모습을 지켜보고 있다. 엄마는 눈물을 흘리며 오빠를 세게 끌어안고는 갓 자른 머리카락을 쓰다듬는다. 쉐이드 오빠와 트래미 오빠가 엄마의 다리가 풀릴 때를 대비해서 엄마를 붙들 준비를 하고 있다. 쉐이드와 트래미 오빠 역시 가장 나이 많은 형이 떠나는 모습을 보면 울고 싶을 텐데도, 엄마를 생각해서 울지 않는다. 내 옆의 아빠는 아무 말도 하지 않는다. 군인을 뚫어지게 노려보는 것만으로 만족하신다. 강철로 된 판과 방탄 천으로 만들어진 갑옷을 입었지만, 그럼에도 우리 오빠 옆에 서니 그 군인은 작아 보인다. 브리 오빠는 그 남자를 잡아먹을 듯이 굴 수도 있지만, 그러지 않는다. 그 군인이 오빠의 팔을 움켜쥐고 우리에게서 멀리 끌고 갈 때도 아무 것도 하지 않는다. 그림자가 따라와 소름끼치는 어두운 날개로 브리 오빠의 뒤를 유령처럼 쫓는다. 주변의 세계가 빙글빙글 돌고, 다음 순간 나는 떨어지고 있다.

나는 1년 후로 떨어진다. 우리 집 아래의 질척질척한 진흙탕 속에 내 발이 푹 파묻힌다. 이제 엄마는 트래미 오빠를 붙잡고 군인에게 사정하는 중이다. 쉐이드 오빠가 엄마를 끌어내리려고 한다. 어디선가 지사가 자신이 제일 좋아하는 오빠를 향해 울음을 터뜨린다. 아빠와 나는 침묵을 지킨 채, 눈물을 아껴 둔다. 그림자가 돌아와 이번에는 내 주위를 빙빙 돌며 하늘과 태양을 완전히 가린다. 나는 눈을 있는 힘껏 꼭 감고 그림자가 제발 나를 혼자 내버려 두기를 바란다.

눈을 다시 떴을 때, 나는 쉐이드 오빠의 품 안에 있다. 나는 할 수 있는 한 세게 오빠를 끌어안는다. 오빠는 아직 머리를 자르지 않아서, 뺨까지 내려오는 오빠의 갈색 머리카락이 내 머리 위쪽을 간지럽힌다. 내 몸을 오빠 가슴에 파묻다가 나는 움찔한다. 귀가 찌르는 듯이 아파서 몸을 뒤로 빼는데, 오빠의 셔츠 위로 붉은 피가 떨어져 있는 것이 보인다. 지사와 나는 또 한 번 우리의 귀를 뚫었다. 쉐이드 오빠가 우리에게 남겨준 조그만 기념품으로. 내가 모든 걸 언제나 실수하듯, 이번에도 귀를 뚫을 때에 뭔가 실수를 한 모양이라고 생각한다. 이번에는 보기도 전에 그림자를 느낄 수 있다.

그림자는 기억의 행진 속으로, 아직도 완전히 다 낫지 않은 생생한 모든 상처들 속으로 나를 끌고 들어간다. 기억들 중 일부는 심지어 꿈이다. 아니, 그것들은 악몽이다. 내 가장 끔찍한 악몽들.

새로운 세계가 내 주위로 연기와 재로 된 그늘진 대륙을 형성하며 재구성된다. 초크. 한 번도 가 본 적도 없는 곳이지만 상상할 수 있을 정도로 충분히 얘기를 들어 왔다. 땅은 평평하고, 천 번은 떨어졌을 폭탄들로 인해 생긴 커다란 구멍들이 여기 저기 찍혀 있다. 군인들은 더러운 붉은 제복을 입고 서로서로 웅크리고 있는데 마치 상처를 채우고 있는 피 같다. 나는 그들 사이를 둥실 둥실 날아서 내가 아는 얼굴들, 연기와 파편에 잃어버린 내 오빠들을 찾아 헤맨다.

브리 오빠가 먼저 나타난다. 진흙 웅덩이 속에서 푸른 옷을 입은 레이크랜즈 군인과 몸싸움을 벌이고 있다. 오빠를 도와주고 싶지만 오빠가 시야에서 사라질 때까지 나는 계속 둥실 둥실 떠 간다. 트래미 오빠가 그 다음 나타난다. 오빠는 상처 입은 군인 위로 몸을 구부리고, 피가 흐르는 상처를 지혈하며 그를 죽음으로부터 구하려고 애쓰고 있다. 지사와 꼭 닮은 오빠의 부드러운 이목구비가 고통으로 일그러져 있다. 고통과 절망으로 가득 찬 그 비명 소리를 결코 잊지 못하리라. 브리 오빠와 마찬가지로 나는 그를 도울 수가 없다.

쉐이드 오빠는 심지어 가장 용감한 전사들을 넘어 줄 맨 앞에서 기다리고 있다. 오빠는 폭탄이나 총, 반대편에서 기다리고 있는 레이크랜즈 군대에 대한 어떤 방비도 없이 산등성이 제일 높은 곳에 서 있다. 오빠는 심지어 나를 향해서 뻔뻔스럽게 미소까지 날린다. 오빠의 발 밑이 폭발하여 오빠가 불과 재 기둥이 되어 부서져 내리는 동안 내가 할 수 있는 건 그저 지켜보는 것뿐이다.

"그만!"

나는 한때 내 오빠였던 연기에 닿으려고 하며 간신히 비명을 지른다.

재는 모양을 만들더니, 다시 그림자를 형성한다. 그림자는 기억의 물결이 나를 다시 한 번 집어삼킬 때까지 완전히 어둠으로 에워싼다. 지사의 손. 킬런의 징병. 아빠가 반송장으로 집에 돌아오신 것. 그 기억들이 함께 뭉개지며 눈이 아플 정도로 너무나 밝은 색으로 나를 감싼다. *뭔가 잘못되었어.* 기억은 마치 내가 내 삶을 거꾸로 돌려 보듯이 해를 거슬러 올라간다. 다음 순간 내가 기억하는 것 자체가 불가능한 사건들이 흘러나온다. 말을 배우고, 걷고, 엄마가 어린 오빠들을 야단치는 동안 오빠들이 내 옆을 지나가는 모습. *이건 불가능하다.*

"불가능하지."

그림자가 내게 말한다. 그 목소리는 꽤 날카로워서 나는 두개골이 깨질까 봐 두렵다. 무릎을 꿇으며 쓰러지는데, 콘크리트 비슷한 게 느껴진다.

그러고 나서 모든 것이 사라진다. 오빠들, 부모님, 동생, 기억, 악몽이 한꺼번에 다. 콘크리트와 철로 된 기둥들이 내 주변을 둘러싸고 있다. 감옥이다.

나는 일어서려고 애를 쓰며 사물들의 초점이 잡히는 동안 한 손으로 아픈 머리를 누른다. 기둥 너머에서 누군가 나를 보고 있다. 그 사람의 머리 위에서 왕관이 빛난다.

"절을 해야겠지만, 넘어질 것 같아요."

엘라라 왕비에게 말을 거는 순간, 즉시 도로 그 말을 집어넣고만 싶다. 그녀는 은혈이니 나는 이런 식으로 말을 걸면 안 된다. 그녀는 나를 형구에 채우고 내 배급을 빼앗고 나를 벌주고 내 가족도 벌줄 수 있다. 안 돼. 나는 커져 가는 공포감을 깨닫는다. *저 여자는 왕비*

잖아. 나를 죽일 수도 있어. 우리 모두를 죽일 수 있어.

하지만 그녀는 불쾌하게 여기는 것 같지가 않다. 대신, 그녀는 히죽 미소를 짓는다. 그녀와 눈이 마주친 순간 메스꺼움의 파도가 불쑥 나를 덮쳐, 나는 다시 한 번 몸을 구부린다.

"그건 좀 절하는 것처럼 보이는구나."

내 고통을 즐기며 그녀가 부드럽게 말한다.

바로 토하고 싶은 욕구와 맞서며, 나는 감옥 기둥을 잡기 위해서 팔을 뻗는다. 내 주먹이 차가운 강철 주위를 꼭 쥔다.

"내게 무슨 짓을 한 거예요?"

"별로 뭘 한 건 아니야. 하지만 이건……."

그녀가 기둥 사이로 손을 내밀어서 내 관자놀이를 건드린다. 그녀의 손가락 아래에서 고통은 세 배가 된다. 나는 기둥에 몸을 기댄 채 무너져 내린다. 도무지 기둥을 잡고 버틸 정도로 의식을 붙들고 있을 수가 없다.

"이건 네가 어떤 멍청한 짓을 하는 걸 막아 줄 순 있지."

눈물이 눈을 찌르지만 나는 어떻게든 떨쳐 버린다.

"내 두 발로 똑바로 서는 일 같은 거 말인가요?"

나는 간신히 내뱉는다. 아직도 고통스러워서 간신히 생각을, 적어도 예의바르게 굴어야 한다는 생각을 간신히 할 수 있다. 늦기 전에 나는 가까스로 욕지기를 밀어 넣는다. *제발, 메어 배로우, 네 혀 좀 잘 간수해.*

"감전사고 비슷한 것 말이란다."

그녀가 화난 듯 톡 쏘아붙인다.

고통이 빠져나가며, 금속 의자에 몸을 맡길 정도의 힘이 돌아온다. 머리를 차가운 돌 벽에 대자, 그녀가 방금 한 말이 이해가 된다. *감전사고.*

기억이 번쩍 돌아오며, 날카로운 조각들로 맞춰진다. 에반젤린, 전기 보호막, 불꽃, 그리고 나. *불가능해.*

"넌 은혈이 아니야. 네 부모는 적혈이고, 너도 적혈이고, 네 피는 붉지."

왕비는 내 감옥의 철창 앞을 어슬렁거리며 중얼거린다.

"넌 기적이란다, 메어 배로우, 불가능이지. 나조차 이해할 수 없는 무언가. 난 너희 모두를 지켜보았어."

"그게 당신이었어요? 당신이 내 정신 속으로 들어왔다고? 내 기억 속으로? 내 악몽 속으로?"

나는 머리를 감싸 안고 싶은 충동에 거의 꽥 소리를 지른다.

"누군가의 공포를 알면, 그 사람을 다 아는 거란다."

그녀는 어떤 멍청한 생명체라도 보듯 나를 향해 눈을 깜빡인다.

"그리고 난 우리가 처리하려고 하는 것이 도대체 무엇인지 알아야만 했어."

"난 '것'이 아니에요."

"네가 무엇인지는 충분히 봤어. 하지만 한 가지에는 감사하렴, 작은 번개 소녀야."

그녀는 비웃으며 얼굴을 철창 가까이에 들이댄다. 갑자기 다리가 멈추고, 잘못 앉기라도 한 듯이 모든 감각이 사라진다. 꼭 *마비라도 된 것처럼.* 공포가 가슴에 차오르고, 나는 발가락조차 움직일 수 없다는 것을 깨닫는다. 아빠는 늘 이런 기분이셨겠구나. 부서지고 쓸모 없다는 생각. 하지만 어쨌든 나는 발을 움직이고, 다리를 움직여서 내 발과 다리가 철창 앞으로 나를 행진시킨다. 반대쪽에서는 왕비가 나를 보고 있다. 그녀는 내 걸음에 맞춰 눈을 깜빡이고 있다.

왕비는 위스퍼야, 나를 가지고 놀고 있어. 내가 충분히 가까워지자, 그녀는 내 얼굴을 손으로 쥔다. 머릿속에서 배가 되는 고통에 나는 소리를 지른다. 지금으로서는 징병이라는 간단한 죽음을 오히려 바랄 지경이다.

"넌 수백의 은혈들 앞에서 일을 저질렀어. 질문을 던질 사람들, 힘을 가진 사람들 앞에서."

왕비는 내 귀에 쉿 소리를 내고, 그녀의 아플 정도로 달콤한 숨이 내 얼굴을 흘러내린다.

"그것이 지금 네 목숨이 붙어 있는 단 한 가지 이유란다."

손을 꽉 쥐고, 다시 한 번 번개가 돌아오기를 바라지만, 잘 되지 않는다. 내가 뭘 하려는지 알아챈 왕비가 입을 벌리고 크게 웃는다. 별들이 눈 뒤에서 폭발하고 나는 또다시 시력을 잃지만, 그녀를 감싸고 있는 비단이 부스럭거리는 소리로 그녀가 갔다는 것을 알 수 있다. 왕비는 나를 감방 안에 말 그대로 혼자 산 채로 남겨두고 떠나고, 그녀의 드레스자락이 모퉁이를 지나 사라지는 것을 보자마자 정확히 시야가 다시 돌아온다. 토하고 싶은 기분에 저항하며 나는 간신히 등을 의자에 기댄다.

근육에서부터 시작해서 뼛속까지 파고드는 탈진이 나를 물결처럼 덮는다. 난 고작 인간일 뿐이고, 인간이란 오늘 같은 날들에 대처

하도록 설계되어 있지가 않다. 손목에 아무것도 없다는 사실을 깨닫고 나는 깜짝 놀란다. 붉은 띠가 사라져 있다. 누가 가져간 것이다. 그게 무슨 의미지? 눈물이 다시 눈을 찌르고, 떨어질 것처럼 위협하지만 나는 울지 않을 것이다. 아직 그 정도의 자존심은 남아 있다.

나는 눈물에는 저항하지만 질문에는 꺾이고 만다. 내 가슴 속에서 자라는 의심에는 저항할 수가 없다.

내게 대체 무슨 일이 일어나고 있는 거지?

난 뭐지?

눈을 뜨자 철창 반대편에서 나를 응시하고 있는 보안 요원이 보인다. 그의 은색 단추가 흐린 불빛에서 빛나지만, 그의 대머리가 발하는 환한 빛에 비할 정도는 아니다.

"당신들은 우리 가족들에게 내가 어디에 있는지 정도는 말해줘야 된다고요."

나는 앉은 채 몸을 쭉 펴며 불쑥 말한다. *적어도 사랑한다고는 말했잖아.* 가족과 함께 보낸 마지막 순간을 회상해 본다.

"나는 당신을 위층으로 데려가는 것 외에는 아무 것도 해선 안 됩니다."

그가 대답하는데, 그다지 톡 쏘는 말투는 아니다. 요원은 차분한 종류의 사람이다.

"옷을 갈아입어요."

반쯤 불에 탄 채로 몸에 매달려 있는 옷을 여전히 걸치고 있다는 것에 갑자기 생각이 미친다. 요원이 철창 근처에 놓인 깨끗한 옷 더

미를 가리킨다. 그는 약간의 프라이버시 보장이라도 허락하겠다는 듯한 몸짓으로 등을 보이고 돌아선다.

옷은 평범하지만 좋은 것으로, 내가 그간 입어 본 중에 가장 부드럽다. 긴 팔의 하얀색 셔츠와 검정색 바지는 둘 다 양쪽 옆에 각각 하나의 은색 줄무늬가 있다. 역시 상태가 좋은 신발이 한 켤레 있는데 무릎까지 올라오는 윤기 나는 검정색 부츠다. 놀랍게도 옷에는 어떤 붉은색 실도 보이지 않는다. 하지만 왜인지, 나는 모른다. *내 무식은 일종의 테마가 되고 있다.*

"다 됐어요."

나는 다리에 마지막 부츠 한 쪽을 끼우며 툴툴거린다. 부츠가 딱 맞게 들어가자, 요원이 돌아선다. 열쇠가 쨍그랑대는 소리도 들리지 않고, 아니, 그 전에 자물쇠조차 안 보인다. 그가 도대체 문도 없는 우리에서 나를 어떻게 꺼내려는 계획인지 짐작이 안 된다.

하지만 어떤 숨겨진 문을 여는 대신에, 그의 손이 홱 잡아채는 동작을 하니 금속으로 된 봉이 휘면서 열린다. 당연한 일이다. 간수라면 당연하게도……

"마그네트론입니다, 그래요."

그가 손을 흔들어 보이며 말한다.

"그리고 혹시 당신이 궁금할까 봐 말하는데, 당신이 거의 튀겨 버릴 뻔 했던 여자애는 내 사촌입니다."

나는 폐에 든 공기에 질식할 것 같은 상태로, 어떻게 반응해야 할지를 모른다.

"미안해요."

거의 질문처럼 들리는 대답이다.

"그 앨 놓친 거나 사과하시죠."

농담기라고는 하나도 없이 그가 대꾸한다.

"에반젤린은 쌍년이거든요."

"가족 특성인가요?"

뇌보다 더 빠른 내 입이 움직인다. 나는 내가 방금 한 말을 깨닫고 헉 소리를 낸다.

그는 충분히 그럴 권리를 다 갖고 있음에도 그 말을 내뱉은 것에 대해 나를 후려치지 않는다. 대신 그 요원의 얼굴에 미소의 그늘이 살짝 스친다.

"제대로 본 것 같군요. 난 루카스 사모스입니다. 날 따라와요."

그렇게 말하는 그의 검은 눈은 부드럽다.

어쨌든 나에게 다른 선택의 여지가 없는 것을 알기에 나는 더는 묻지 않는다.

그는 내가 감옥에서 나오도록 이끈 뒤 구불구불한 계단 위, 적어도 12명은 되는 보안 요원들에게로 안내한다. 말 한 마디 없이 그들은 나를 잘 훈련된 형태로 둘러싸고 그들을 따르도록 압박한다. 루카스는 내 옆에 서서 다른 이들과 맞춰서 행진한다. 그들은 손에 모두 총을 들고 있는데, 전투에 임할 준비가 된 것 같다. 무언가가 그들이 나를 방어하기 위해서 뿐만이 아니라 다른 모든 사람들을 지키기 위해서 와 있다는 듯한 냄새를 풍긴다.

더 아름다운 위층에 도착해서 보니, 유리 벽들이 이상하게 검다. 물들인 거구나. 나는 지사가 태양의 홀에 대해 나에게 해 주었던 이야기를 기억해 낸다. 다이아몬드 유리는 보여서는 안 될 것을 감추어야 할 때는 요구에 따라 어두워질 수 있다. 나는 명백하게도 그 카테고리에 분류될 대상일 것이다.

창문의 변화가 기계 장치가 아니라 어떤 붉은 머리의 요원에 의해서 일어난다는 것을 깨닫고 나는 깜짝 놀란다. 우리가 지나는 모든 벽에 그녀가 손을 흔들자, 빛을 차단하는 그녀의 어떤 힘에 의해서 유리가 얇은 막으로 가려진다.

"그녀는 쉐도우죠, 빛을 구부리는 사람이지요."

내 놀란 반응을 알아차린 루카스가 속삭인다.

여기에도 역시 키메리들은 있다. 내 뼈를 타고 흐르는 그 전기적인 응시를 느끼자, 피부에 뭔가가 기어가는 느낌이 든다. 대개 그렇게 많은 전기의 무게 아래에 있으면 머리에 통증이 오곤 했는데, 지금은 고통이 없다. 이 보호막 안의 무언가가 나를 변화시켰다. 아니면 어쩌면 그토록 오래 내 자신이 가두어 놓았던 어떤 부분을 해방시켜 드러낸 건지도 모르겠다. *난 뭐지?* 하는 메아리가 머릿속에 다시 울리고, 이번에는 전보다 더 심각하다.

우리가 엄청나게 거대한 문 한 쌍을 통과하고 나니 그 전기적인 감각이 사라진다. *눈들은 여기서는 나를 볼 수 없어.*

안쪽의 공간은 우리 집 기둥을 포함해서 집 전체를 열 번은 아우르고도 남을 정도다. 그리고 정확하게 바로 내 맞은편에 불타는 듯한 시선으로 나를 노려보는 이는, 다이아몬드 유리를 조각해서 불길 모양을 새긴 왕좌에 앉아 있는 왕이다. 한낮의 빛이 가득 들어오고 있던 그의 뒤창이 재빨리 검게 바뀐다. 어쩌면 그것이 내가 마지막으로 흘깃이나마 해를 볼 수 있는 순간이었으리라.

루카스와 다른 요원들은 나를 앞으로 데려가지만, 그들은 길게 머무르지 않는다. 그저 뒤쪽을 흘깃 바라보는 것만으로, 루카스는 다른 사람들을 내보낸다.

왕은 내 앞에 앉아 있고, 왕비는 그의 왼쪽에, 왕자들은 그의 오른쪽에 서 있다. 나는 칼을 바라보지 않고 있지만, 그가 분명히 얼이 빠진 채로 나를 보고 있으리라는 것은 알겠다. 나는 시선을 새 부츠에 둔 채로 공포가 내 몸을 지배하지 않도록 발끝에 의식적으로 집중한다.

"무릎을 꿇어라."

중얼거리듯 말하는 왕비의 목소리는 벨벳처럼 부드럽다.

나는 무릎을 *꿇어야만* 하겠지만, 내 자존심이 그렇게 두질 않는다. 여기서조차, 은혈들 앞에서도, 왕의 앞에서도 내 무릎은 구부러지지 않으리라.

"꿇지 않겠습니다."

나는 올려다볼 힘을 내며 말한다.

"감옥은 즐거웠느냐, 소녀여?"

티베리아스가 말하자 그의 왕다운 목소리는 방을 메운다. 그의 말에 든 위협은 낮의 빛만큼 명백하지만, 나는 여전히 서 있다. 그가 마치 나를 풀어야 할 실험이라는 듯 바라보며 고개를 갸웃한다.

"제게 뭘 바라시는 건가요?"

나는 간신히 말을 내뱉는다.

왕비가 왕을 향해 몸을 아래로 기울인다.

"말씀드렸지 않아요, 저 애는 하나부터 열까지 적혈이고⋯⋯."

하지만 왕은 파리에게나 할 법한 태도로 손을 획 저어서 그녀를 물리친다. 그녀는 입술을 오므리고 뒤로 물러나며 양손을 꼭 맞잡는다. *제대로 한방 먹었네.*

"내가 네게 바라는 것은 불가능하다."

티베리아스가 딱 자른다. 그가 노려보는 시선은 부글부글 끓는 것이, 마치 그렇게 나를 태워 버리려고 하는 것 같다.

왕비가 한 말이 생각난다.

"뭐, 전하께서 저를 죽이지 못하시는 건 전혀 유감이 아닌데요."

왕이 빙그레 웃는다.

"네가 *빠르다*고들 하진 않던데."

안심이 물밀듯 밀려온다. 죽음이 여기서 나를 기다리고 있는 것은 아니구나. 아직은 아니다.

왕은 페이지마다 글이 잔뜩 쓰여 있는 종이 한 뭉치를 아래로 던진다. 맨 앞장에는 이름, 생년월일, 부모와 같은 일반적인 정보와 함께 분명 내 피가 틀림없는 갈색 얼룩이 묻어 있다. 사진도 거기 있다. 신분증에 있는 사진이다. 나는 사진을 찍기 위해서 긴 줄을 기다리는 데 진력이 나서 지루해 하는 그 눈동자를 내려다본다. 그 사진 속으로 뛰어들 수만 있다면, 그저 징병과 주린 배만이 유일한 문제였던 소녀로 돌아갈 수 있다면.

"메어 몰리 배로우, 신력기원(New Era, NE) 302년 11월 17일에 다니엘과 루스 배로우 사이에서 태어남."

티베리아스가 내 삶을 한 꺼풀 벗겨내며 기억을 더듬어 낭송한다.

"너는 직업이 없고, 돌아오는 너의 생일에 징병될 예정이지. 학교에는 결석이 잦았고, 학업 성적은 낮으며 대부분의 도시라면 감옥에 들어갈 만한 범법 행위들을 줄줄이 저질렀더군. 도둑질, 밀수, 체포 불응, 더 많지만 이 정도만 언급하지. 너는 너의 마을과 나의 왕국에 있어서, 가난하고, 버릇없고, 부도덕하고 우둔하며, 모두의 질을 떨어뜨리는, 쓰디쓰며 없애기는 힘든 병충해다."

그의 직설적인 말들이 주는 충격이 가라앉을 때까지 시간이 걸리지만, 정작 와 닿고 나자, 나는 논쟁하지 않는다. 그의 말이 전적으로 옳다.

"그럼에도 불구하고……."

그는 계속 말하며 일어선다. 이토록 가까운 거리에서는 그의 왕관이 죽음을 암시하는 것처럼 날카롭다는 것을 알 수 있다. 뾰족한 끝으로 누군가를 죽일 수도 있겠다.

"너는 또한 무언가 다른 것이기도 하다. 내가 가늠할 수 없는 어떤 것. 너는 적혈인 동시에 은혈이고, 너 스스로는 이해할 수도 없을 치명적인 결과를 가진 특성이기도 하지. 그러니 내가 너를 어째야 할까?"

지금 왕이 나에게 물은 건가?

"그냥 절 보내주실 수도 있죠. 아무 말도 안 할게요."

왕비의 날카로운 웃음소리가 내 말을 가로막는다.

"그럼 하이 하우스들은 어쩌고? 그들도 너처럼 침묵을 지킬까? 그들이 빨간 하녀복을 입고 있던 작은 번개 소녀에 대해서 잊어버릴 것 같니?"

그럴 리가. 아무도 그러지 않을 것이다.

"제 충고를 기억하시죠, 티베리아스. 그리고 그 방법은 우리 문제들을 둘 다 해결해 줄 거예요."

칼이 주먹을 꼭 쥐는 것을 보아하니, 그것은 나쁜 충고, 분명히 내게는 나쁜 충고였음이 틀림없다. 칼의 그 움직임이 내 시선을 끌어서, 나는 마침내 그를 온전히 바라본다. 그는 고요하고 절제심이 강한 모습으로 조용하게 있는데, 그가 그렇게 되도록 훈련 받았음이 분명하다. 하지만 그의 눈 뒤에서는 불꽃이 타오르고 있다. 잠시 동안 그의 눈과 내 눈이 마주치지만, 나는 소리쳐 날 구해 달라고 그에게 외치기 전에 시선을 돌린다.

"물론이오, 엘라라."

왕이 자신의 아내에게 고개를 끄덕이며 말한다.

"우리는 너를 죽일 수 없다, 메어 배로우."

여전히 나의 생사는 어떻게 될지 알 수가 없다.

"그래서 우리는 너를 지켜보고, 보호하고 또한 이해하려 노력할 수 있을 만큼 잘 볼 수 있는 곳에 너를 숨겨 두려고 한다."

그의 눈이 어슴푸레 빛나는 모습을 보니 꼭 내 자신이 이제부터 걸신들린 듯 먹으려고 하는 식사가 된 것처럼 느껴진다.

"아버지!"

칼이 부르짖는 순간, 그의 동생, 더 창백하고 호리호리한 쪽의 왕자가 칼의 팔을 붙들고 그가 더 항의하려는 것을 막는다. 그에게는 어떤 진정 효과가 있어서, 칼은 한 발 물러선다.

티베리아스는 자신의 아들을 무시하고 계속 말한다.

"너는 더 이상 스틸츠 마을에 사는 적혈의 딸아이인 메어 배로우가 아니다."

"그럼 제가 누구인데요?"

그렇게 묻는 내 목소리는 그들이 내게 저지를 수 있는 온갖 끔찍한 것에 대한 생각과 공포로 떨린다.

"너의 아버지는 에단 타이타노스로, 그는 '철의 군대'의 장군이었으며 네가 아기였을 때에 죽었다. 적혈인 군인 하나가 너를 데려다가 자신의 자식으로 더러움 속에서 키웠고, 너에게는 결코 진정한 혈통에 대해서 알려 주지 않은 것이지. 너는 너 자신이 아무 것도 아니라고 믿으며 자랐으나, 이제 우연한 기회에 감사하게도, 모든 것을 다시 되찾았다. 너는 은혈이며, 이제는 사라진 하이 하우스의 레이디이자 위대한 힘을 가진 귀족으로, 언젠가는 노르타의 왕자비가 될 것이다."

그러지 않으려고 애는 써 보았지만, 나는 비명을 지르지 않을 수가 없다.

"은혈에, 왕자비라고요?"

내 눈은 스스로를 배반하고, 칼의 모습을 좇는다. *왕자비는 왕자랑 결혼해야만 하는 거잖아.*

"너는 내 아들 메이븐과 결혼할 것이며, 그 일을 행함에 있어서 발가락 하나도 선 밖으로 밟아서는 안 될 것이다."

내 턱이 바닥을 치는 소리가 들리는 듯하다. 끔찍하고 당혹스러운 소리가 내가 뭔가 할 말을 찾는 사이에 내 입을 빠져나가지만, 솔직히 나는 할 말을 잃는다. 내 앞에 선 더 어린 쪽의 왕자가 똑같이 당혹스러운 모습으로 딱 내가 하고 싶은 그대로 시끄럽게 충격으로 인한 식식거리는 소리를 낸다. 이번에는 그를 저지하는 것은 칼의 차례가 되지만, 그럼에도 칼의 눈은 내게 꽂혀 있다.

어린 왕자가 간신히 말을 찾는다.

"이해가 안 갑니다."

그가 어깨로 형을 밀치면서 불쑥 내뱉는다. 그는 자신의 아버지에게로 재빨리 몇 발짝 다가선다.

"저 애가…… 어째서……?"

보통의 경우라면 내가 불쾌해야 맞는 거겠지만, 지금으로서는 그의 의구심에 동의하는 바이다.

"조용히 해라."

그의 어머니가 딱 자른다.

"순종해야지."

그가 왕비를 바라보는 모습은 어느 모로 보나, 딱 부모에게 대항하는 어린 아들 같은 모습이다. 하지만 자기 어머니의 얼굴이 굳어지자, 왕자는 왕비의 분노와 힘에 대해 나만큼이나 잘 아는 듯 뒤로 물러선다.

내 목소리는 희미하고, 거의 들리지 않는다.

"이건 좀…… 너무해 보입니다."

이 상황을 설명할 만한 다른 방법이 없다.

"전하께서도 저를 레이디로, 더군다나 왕자비로는 만들고 싶지 않으실 텐데요."

티베리아스의 얼굴이 엄숙한 미소로 인해 금이 간다. 왕비처럼 그의 치아 역시 눈이 멀 정도로 하얗다.

"아, 하지만 나는 그걸 원한단다, 얘야. 제대로 된 발달이라고는 없었던 네 초라한 삶에 있어서 처음으로, 너도 목적이란 걸 갖게 되었구나."

얼굴을 정면으로 후려치는 듯하게 느껴지는 공격이다.

"테러리스트 그룹이든 자유 전사든, 아니면 그놈의 짜증스럽고 멍청한 적혈 바보들이 뭐라고 자신들을 부르든 간에, 아무튼 그놈들이 평등의 이름하에 아무 데나 폭탄을 날리는 이 시기 부적절한 반란의 초기 단계에 있어서, 자 보렴, 우리가 여기까지 왔구나."

"진홍의 군대요."

팔리. 쉐이드 오빠. 그 이름들이 내 머릿속을 스치는 동시에, 나는 엘라라 왕비가 내 머릿속에는 상관하지 않기만을 빈다.

"그들이 폭탄을……."

"수도에 심었지, 그래."

왕이 어깨를 으쓱하더니 목을 긁는다.

그늘 속에서 보낸 오랜 시간 동안 나는 많은 것을 배워 왔다. 누가 돈을 가장 많이 지니고 있을지, 누가 나를 알아차리지 못할지, 그리고 거짓말쟁이란 어떻게 보이는지. *왕은 거짓말쟁이야.* 무리해서 어깨를 한 번 더 으쓱거리는 그의 모습을 바라보며 나는 깨닫는다. 그는 진홍의 군대를 무시하는 것처럼 보이려고 애를 쓰지만, 그다지 잘 되지 않는다. 무언가가 왕으로 하여금 팔리를, 진홍의 군대를 두려워하도록 만든 것이다. 몇 번의 폭발보다 훨씬 더 큰 무언가가.

"그리고 너."

왕이 앞으로 몸을 기울이며 계속 말한다.

"너는 아마 더 이상 그런 일이 일어나지 않게 막도록 우리를 도울 수 있을 것이다."

그토록 겁먹지만 않았던들, 나는 큰 소리로 웃었을 것이다.

"그러니까 제가 결혼을…… 죄송해요, 저기, 저 왕자님 이름이 뭐랬죠?"

내가 추정하기로는 은혈식의 얼굴 붉힘일 거라고 생각되는 모습으로 그의 볼이 창백해진다. 결국, 그들의 피는 은색이 아닌가.

"내 이름은 메이븐이다."

그렇게 말하는 그의 음성은 조용하고 부드럽다. 칼과 두 사람의 아버지처럼, 그의 머리카락도 윤기 나는 검정색이지만, 유사성은 거기서 끝이다. 두 사람이 몸집이 크고 근육질인 반면, 메이븐은 호리호리하며 맑은 물 같은 눈을 가지고 있다.

"그리고 저는 여전히 이해할 수 없습니다."

"아버님께서 말씀하시려는 바는 그녀가 우리에게 기회를 상징한다는 것이다."

칼이 끼어들어서 설명한다. 동생과는 다르게, 칼의 목소리는 강하고 권위가 있다. 그건 왕의 목소리다.

"만약 적혈들이 그녀를 보면, 혈통으로는 은혈이지만 천성은 적혈이면서 우리와 함께 있는 저 애를 본다면, 그들은 분명 위안을 받을 거다. 마치 오래된 동화 이야기처럼 평범한 사람이 왕자비가 되는 거지. 저 애는 그들의 영웅이 될 거야. 그들은 테러리스트가 아니라 저 애에게 기대를 걸게 되겠지."

그러고 나서, 더 부드러운 어조로, 하지만 다른 어떤 것보다 중요할 말을 한다.

"저 애는 국민의 관심을 다른 쪽으로 끌 수 있다."

하지만 이것은 동화 이야기도, 심지어 좋은 꿈조차 아니다. 이것은 악몽이다. 나는 남은 생 동안 갇힌 채로 내가 아닌 다른 어떤 사람인 척 하며 살게 되었다. 그들 중 한 사람이 되어서. 꼭두각시 인형으로. 사람들이 계속 행복하고, 조용하고, 짓밟힌 채 살아가도록 만드는 쇼.

"만약 우리가 이야기를 제대로 꾸밀 수만 있다면, 하이 하우스들 역시 만족하겠지. 그대는 전쟁 영웅의 잃어버린 딸이다. 그대가 얼마나 더 대단한 영광을 누리게 해 줄 수 있겠나?"

나는 조용한 애원을 담아 그의 눈을 바라본다. 그는 나를 한 번 도왔으니, 어쩌면 한 번 더 나를 도울 수 있을지도 모른다. 하지만 칼은 그의 머리를 이쪽에서 저쪽으로 젖히며 느리게 흔든다. 그는 여기서는 나를 도울 수 없어.

"이것은 요청이 아니다, 레이디 타이타노스."

티베리아스가 말한다. 그는 나의 새로운 이름, 나의 새로운 *지위*를 사용해서 나를 칭한다.

"그대는 이 일을 성사시킬 것이며, 올바르게 해낼 것이다."

엘라라 왕비가 창백한 눈을 내게 돌린다.

"너는 왕실의 신부를 맞는 전통에 따라서 이곳에서 살게 될 거란다. 매일 매일 내 재량에 의해 스케줄이 나올 것이며, 너는 가능한 너를…… (그녀는 적절한 단어를 찾느라 입술을 깨문다.) 적절하게 만들어 줄 모든 것을, 어떤 것이라도 배우게 될 것이다."

이게 다 무슨 말인지 알고 싶지도 않다.

"우리는 너를 세심하게 살필 거야. 이제부터 넌 칼날 위를 살게 될 거란다. 잘못된 걸음 하나, 잘못된 말 한마디면 넌 그 대가를 치르게 될 것이야."

왕과 왕비가 내 몸뚱이에 둘둘 감은 사슬을 실제로 느낄 수 있는 것처럼, 목구멍이 단단하게 조인다.

"내 삶은 어쩌고요?"

"무슨 삶? 얘야, 넌 기적 속으로 나동그라진 거라고."

왕비가 까르르 웃는다.

칼은 마치 왕비의 웃음소리가 그에게 고통을 주기라도 하는 것처럼 잠시 동안 눈을 힘껏 꾹 감는다.

"저 애의 말은 자신의 가족을 의미한 겁니다. 메어…… 저 여자애도 가족이 있습니다."

지사, 엄마, 아빠, 오빠들, 킬런…… 빼앗긴 삶.

"아, 그거. 내 생각에는 그들에게 수당을 좀 지급할 수 있지 않을까 싶군. *조용하게 입을 다무는 대가로.*"

왕이 의자로 털썩 주저앉으며 씩씩거린다.

"제 오빠들도 전쟁터에서 그만 집으로 돌아왔으면 좋겠어요."

처음으로, 나는 내가 무언가 제대로 된 말을 꺼낸 것 같은 기분이 든다.

"그리고 제 친구, 킬런 워렌도요. 그 친구도 군대로 데려가지 말아주세요."

티베리아스는 내 말에 생각해 볼 것도 없다는 듯이 즉시 대꾸한다. 몇 안 되는 적혈 병사들쯤이야 그에게는 아무 것도 아닌 것이다.

"좋다."

그 말은 사면이라기보다는 죽음의 문장에 더 가깝게 들린다.

제9장

레이디 메리어나 타이타노스. 레이디 노라 놀 타이타노스와 철의
군대의 장군인 에단 타이타노스 경 사이에서 태어났다. 타이타노스
하우스의 상속인. 메리어나 타이타노스. 타이타노스.

다가올 맹공격에 대비해서 적혈 하녀들이 나를 준비시키는 동안,
내 머릿속에 새로운 이름이 메아리친다. 세 명의 소녀들은 재빠르고
효율적으로 움직이는데, 서로가 서로에게 아무 말도 하지 않는다.
그들은 나에게 어떤 질문도 하지 않는다. 엄청나게 물어보고 싶은
것이 마땅할 텐데도 말이다. *아무 말도 하지 마.* 나도 기억한다. 그들
은 나에게 말을 하는 것이 허락되지 않았으며, 분명 나에 대해서 다
른 어떤 누구에게도 이야기 하지 않도록 경고를 받았을 것이다. 심
지어 아주 이상한 것들, 적혈의 특징들을 그들이 발견해 낼 거라고
나는 확신한다.

엄청난 고뇌의 시간이 지나는 동안, 그들은 나를 *적절하게* 만들려고 애를 쓴다. 나를 씻기고, 꾸미고, 내가 생각하기에는 아주 멍청해 보이는 것들로 나를 *칠하기*까지 한다. 화장은 정말 최악인데, 특히 내 피부에 덧바른 두꺼운 하얀색 반죽 같은 것이 그중에서도 최고다. 그들은 그걸 세 통이나 가지고 와서는 반짝이는 젖은 가루와 함께 내 얼굴, 목, 쇄골, 그리고 팔에 덧바른다. 거울을 통해서 보면 그 가루는 내 몸을 거머리처럼 흐르며 따뜻한 느낌을 주는데, 마치 가루가 내 피부를 열로 덮고 있는 것만 같다. 한숨과 함께, 나는 그것이 내 자연적인 피부색, 즉 내 피부 위의 붉은 홍조, 바로 붉은색 피를 감추기 위한 거라는 사실을 깨닫는다. 나는 은혈인 척 하고 있으니까. 그리고 그들이 내 얼굴 분장을 마치고 나자, 나는 정말로 그들 중 하나인 것처럼 보인다. 새로운 창백한 피부와 어두운 눈동자와 입술을 보니, 나는 차갑고 잔혹한, 살아 있는 면도칼처럼 보인다. 나는 은혈로 보인다. 아름다워 보인다. 그리고 그 사실이 끔찍하다.

이 일이 얼마나 길게 지속되려나? 왕자와 약혼이라니. 내 스스로 생각하기에도, 그건 정말 미친 소리처럼 들린다. 왜냐면, 정말로 미친 짓이니까. 제대로 정신이 박힌 은혈이라면 어떤 사람도 너랑 결혼하지 않을 테니까. 노르타의 왕자를 그냥 내버려 둬. 반란을 진정시키지도 말고, 네 정체성을 숨기지도 말고, 아무 것도 하지 마.

그럼 왜 이걸 하고 있지?

하녀들이 나를 옷 안으로 밀어 넣고 조이는데, 꼭 장례식 의상을 차려 입은 시체가 된 것 같은 기분이다. 이것이 사실에서 그다지 멀지 않은 생각이라는 것도 안다. 적혈 소녀들은 결코 은혈 왕자님과 결혼하지 않는다. 나는 결코 왕관을 써 보지도, 왕좌에 앉아 보지도 못하리라. 분명히 무슨 일인가 일어날 테고, 아마도 사고 같은 것일 테지. 거짓말이 나를 일으켰고, 언젠가 또 다른 거짓말이 나를 때려 눕힐 것이다.

드레스는 비단과 순수한 레이스로 만들어진 것으로, 짙은 색조의 보랏빛 위에 은빛이 튄 것 같은 천이다. 모든 하우스가 색이 있지. 나는 가문들이 이루던 무지갯빛을 생각해 낸다. 내 이름인 타이타노스의 색이 아마도 보라색과 은색인 모양이다.

하녀들 중 하나가 내 귀걸이에 손을 뻗어서 내 예전 삶이 남긴 마지막 소그만 흔적을 떼어 내려고 하는 순간, 공포의 파도가 나를 관통한다.

"그것들은 만지지 마!"

그 소녀는 뒤로 뛰다시피 물러나 재빨리 눈을 깜빡거리고, 다른 소녀들은 내 외침에 얼어붙는다.

"미안, 난……."

은혈이라면 사과하지 않았을 텐데. 나는 목청을 가다듬고 마음을 가라앉힌다.

"귀걸이들은 내버려 둬."

내 목소리는 강하고, 단호하며, 위풍당당하게 들린다.

"다른 것들은 전부 바꿔도 좋지만, 귀걸이만은 내버려 두거라."

각각 하나가 오빠들을 상징하는 싸구려 금속 조각 세 개만은 어디에도 가지 않으리라.

"색이 그대랑 잘 어울리는군."

하녀들이 똑같은 모습으로 절을 하며 몸을 구부리는 것을 보고 나는 빙그르르 돌아선다. 그리고 그들을 바라보고 서 있는 사람은, 칼이다. 화장을 해서 얼굴을 붉히는 모습을 가릴 수 있는 것이 갑자기 기쁘게 느껴진다.

그가 빠르게 손으로 가벼운 동작을 해 보이자, 하녀들은 마치 쥐가 고양이로부터 달아나듯이 종종걸음으로 방에서 물러난다.

"제가 이런 왕실 행사에 대해서 새로 배우고 있는 참이기는 하지만, 왕자님께서 여기 계셔도 되는지 잘 모르겠군요. 제 방에요."

스스로 모을 수 있는 온갖 무시를 다 끌어 모아 목소리에 실으려고 애쓰며 말한다. 결국 따지고 보면, 내가 이 용서할 수 없는 진창에 빠진 것은 그의 잘못 아닌가.

그는 내게로 몇 걸음 걸어오고, 나는 본능적으로 뒤로 물러난다. 발로 내 드레스 끝자락을 밟는 바람에, 나는 움직임을 멈추거나 넘어지는 중에 하나를 골라야만 한다. 어느 쪽이 호감이 덜 가는지 모르겠다.

"사과를 하러 왔어, 청중이 있으면 정말로는 할 수 없는 것이라."

내 불편함을 알아차린 그가, 짧게 멈춰 선다. 나를 바라보는 그의 뺨 근육이 씰룩거리는 걸로 봐서는 아마도 고작 지난밤에 그를 소매치기 하려고 했던 불쌍한 여자애를 생각하는 것 같다. 나는 지금은 전혀 그녀처럼 보이지 않는다.

"너를 이런 일로 끌어들이게 되어서 미안하다, 메어."

"메리어나."

이 이름은 심지어 기분도 나쁘다.

"그게 제 이름입니다, 아시죠?"

"그렇다면 메어가 적절한 애칭으로도 쓰일 수 있을 테니 다행이로군."

"제 어떤 부분이든 적절하다고는 생각지 않는데요."

칼의 눈이 나를 훑고, 그의 응시 아래에 내 피부가 달아오른다.

"루카스를 어떻게 생각하지?"

그가 마침내 그렇게 말하며, 친절하게도 뒤로 물러선다.

그 사모스 보안 요원이라면, 내가 이곳에서 만난 최초의 괜찮은 은혈이다.

"그럭저럭 괜찮은 사람 같아요."

만약 그 요원이 내게 친절하게 대해 줬다는 내색을 한다면, 아마 왕비는 그를 멀리 보내 버릴 것이다.

"루카스는 좋은 사람이지. 그의 가족은 그가 친절한 것을 두고 약해서 그렇다고 생각하지."

덧붙이는 그의 눈이 조금 어두워진다. 마치 자신은 그런 기분을 잘 알기라도 한다는 듯이.

"어쨌든 그는 너를 잘 수행할 거고, 공정하게 대할 거야. 그 점은 보증할게."

참 사려 깊기도 하지. 그는 내게 친절한 간수를 붙여 주었다. 하지만 나는 혀를 깨문다. 그의 자비에 무너지는 것은 결코 어떤 도움도 되지 않을 것이다.

"감사합니다, 저하."

불꽃이 그의 눈에 돌아오더니, 그의 입술이 히죽히죽 능글맞게 웃는다.

"그대도 내 이름이 칼이란 것을 알 텐데."

"그리고 왕자님께서는 제 이름을 아시고요, 그렇지 않나요?"

나는 쓰디쓰게 대꾸한다.

"왕자님께서는 제 출신도 아시죠."

부끄럽다는 듯이 그는 거의 보이지 않게 고개를 끄덕인다.

"그들을 잘 돌봐주셔야만 해요."

내 가족들. 눈앞을 떠다니는 가족들의 얼굴은 벌써 저 멀리 사라진다.

"그들 모두를요, 하실 수 있는 만큼 오래요."

"물론 그럴 것이다."

그가 우리 사이의 거리를 좁히며 내 앞으로 성큼 다가온다.

"미안하다."

그가 다시 말한다. 그 단어가 내 머릿속에 다시 메아리치며, 기억을 불러온다.

불의 벽. 숨이 막히게 하던 연기. 미안하다, 미안하다, 미안하다.

지난번에 나를 붙잡았던 것은 칼이었다, 이 끔찍한 곳에서 달아나지 못하게 나를 붙든 사람이 그였던 것이다.

"제가 달아날 수 있었던 유일한 기회에서 저를 붙잡은 게 미안하시다는 건가요?"

"그대의 말은 그대가 감시병, 보안 요원, 벽, 숲을 통과해서 그대의 마을까지 돌아가서 왕비께서 그대를 직접 추격할 때까지 기다리고 있었다면 어땠을까 하는 뜻인가?"

내 비난을 쉽게 받아넘기며 그가 응수한다.

"그대를 멈추는 것이 그대와 그대의 가족 모두에게 최선의 방법이었어."

"저는 성공했었을 수도 있어요. 왕자님은 저를 모르시잖아요."

"대신 왕비께서는 당신이 원하시는 작은 번개 소녀를 찾기 위해서라면 세계도 반으로 찢어 버릴 수 있는 분이라는 건 알지."

"저를 그렇게 부르지 마요."

그 별명은 여전히 익숙해지려고 애쓰고 있는 가짜 이름보다도 더 찌르는 기분이 든다. 작은 번개 소녀.

"그건 왕자님 어머니께서 저를 부르시는 말이라고요."

그가 쓸쓸하게 소리 내어 웃는다.

"왕비께서는 내 어머니가 아니야. 그분은 메이븐의 어머님이시지만, 내 어머님은 아니시지."

그의 턱이 단단해지는 모습으로 볼 때, 이 문제를 더는 반복하지 말아야겠다는 생각이 든다.

"아."

그게 내가 할 수 있는 유일한 대답이다. 내 목소리는 무척 작다. 그 소리는 빠르게 사라져서 아치형의 천장에 희미한 메아리만을 남긴다. 나는 고개를 기울여서 이 방에 들어온 이래 처음으로 나의 새로운 방을 둘러본다. 방은 내가 그간 본 어떤 곳보다도 더 훌륭한 곳으로, 대리석과 유리, 비단과 깃털로 꾸며져 있다. 빛이 변하더니, 황혼의 주황색 빛으로 움직인다. 밤이 오고 있다. 그리고 그와 함께, 내 삶의 마지막 시간도.

"오늘 아침에 일어날 때에 저는 어떤 사람이었어요."

나는 그에게라기보다는 나 자신에게 하는 말을 중얼거린다.

"그런데 저는 지금 영원히 그 사람과는 다른 사람이 되려고 해요."

"그대는 이 일을 해낼 수 있어."

그가 나를 향해 한 걸음 내딛었다는 것을, 피부에 오싹하게 와닿는 그의 열기가 방을 채우는 느낌을 통해 알 수 있다. 하지만 나는 올려다보지 않는다. 올려다보지 않을 것이다.

"어떻게 아세요?"

"왜냐하면 그대는 *해내야만* 하니까."

그가 입술을 깨물고, 눈으로는 나를 좇는다.

"이 세계는 아름다운 만큼 위험하기도 하지. 유용하지 않은 사람들, 실수를 하는 사람들, 그런 사람들은 제거되기도 해. *그대 역시 제거될 수 있어.*"

그리고 그렇게 될 터이다. 하지만 그것은 내가 직면한 유일한 위협은 아니다.

"그럼 제가 일을 망치는 순간이 제 마지막이 되는 건가요?"

그는 아무 말도 하지 않지만, 나는 그의 눈에서 대답을 읽을 수 있다. 그래.

나는 손가락으로 허리에 찬 은색 벨트를 만지작거리다가 단단하게 조인다. 이것이 꿈이었다면 깨어났을 텐데, 그러지 않는다. *이 일이 정말로 일어난 거야.*

"저 어때요? 이건…… 어떻죠?"

나는 손을 들고, 그 지긋지긋한 것을 노려본다.

그 대답으로 칼은 미소를 짓는다.

"내가 보기에 그대는 그 능력을 곧 이해하게 될 거야."

다음 순간 그가 자신의 맨손을 든다. 낯선 기계 장치가 그의 손목에 달려 있는데, 끝 부분에 두 개의 금속이 달린 팔찌 비슷한 것이다. 금속 두 개가 부딪히며 스파크가 인다. 번쩍이며 사라지는 대신에, 불꽃은 빛나더니 붉은 화염으로 불타오르고, 열기의 폭풍을 전한다. *칼은 버너야, 열과 불을 조절할 수 있어.* 나는 생각한다. *이 사람은 왕자야, 그들 중에서도 가장 위험한 존재라고.*

하지만 스파크는 나타날 때처럼 만큼이나 재빠르게 사라지고, 그 뒤에 남은 것은 칼의 격려하는 미소와 방 어딘가에 숨어서 모든 것을 지켜보고 있는 카메라들이 내는 윙윙거리는 소리뿐이다.

마스크를 착용한 감시병들이 시야의 끝에 들어오며 내 새로운 지위에 대해 끊임없이 상기시킨다. 나는 거의 왕자비가 될 몸이며, 이 나라에서 두 번째 갈 신랑감 후보인 독신남과 약혼한 상태이다. 그리고 나는 거짓말 그 자체이다. 칼은 오래 전에 자리를 비우고, 나는 내 전담 보안 요원들과 함께 남아 있다. 루카스는 그렇게 나쁘지 않지만, 다른 나머지 사람들은 경직되어 있고 조용하며, 나와 눈을 마주치지 않는다. 보안 요원들은, 심지어 루카스조차도 내가 자신의 피부라는 감옥 속에 갇혀 있도록 지키는 관리인들이다. *결코 떨어져서는 안 되는 은색 커튼 뒤에 숨어 있는 붉은색.* 내가 실패하면, 심지어 조금만 미끄러져도, 나는 죽을 것이다. *그리고 내 실패에 다른 사람들도 함께 죽게 될 것이다.*

그들이 나를 연회로 안내하는 동안, 나는 왕비가 내게 주입시킨 이야기를 점검해 본다. 그녀가 궁정에 퍼뜨렸을 예쁘장한 스토리. 이야기는 간단하고, 외우기 쉽지만, 여전히 나를 민망하게 만든다.

나는 전선에서 태어났다. 부모님은 캠프의 공격 때에 돌아가셨다. 적혈 병사가 나를 허물어진 잔해에서 구해냈고, 언제나 딸을 원했던 자신의 아내에게 데려갔다. 그들은 나를 스틸츠라고 불리는 마을에서 키웠고, 나는 오늘 아침까지 내 출생이나 능력에 대해서는 무지한 채로 자랐다. 이제 나는 내가 있어야 할 곳에 돌아왔다.

그 생각을 하자 토할 것 같다. 내가 있어야 할 곳은 부모님과 지사와 킬런이 있는 우리 집이지, 이곳이 아니다.

감시병들이 미로 같은 복도를 통해서 궁전의 더 높은 층으로 길을 안내한다. 스파이럴 가든처럼, 구조물은 돌과 유리, 그리고 금속으로 된 곡선 형태로 느리게 아래로 하강한다. 모든 모퉁이마다 자리한 다이아몬드 유리를 통해서 시장, 강의 계곡, 그리고 그 뒤의 숲들이 숨이 멎을 것 같은 전망을 선사한다. 이 높이에서는 저 멀리 높이 솟아 있는 줄도 몰랐던 언덕들이 태양을 향해 그늘지는 것을 볼 수 있다.

"나머지 두 개의 층은 왕실 거주 구역입니다."

루카스가 출렁거리는 나선형 복도를 가리키면서 말한다. 태양빛이 불꽃 폭풍처럼 빛나면서, 빛으로 된 조각들을 아래의 우리를 향해 뿌린다.

"리프트가 우리를 아래 대연회장으로 데려다 줄 겁니다. 여기요."

루카스가 금속으로 된 벽 옆에 멈춰서 손을 뻗는다. 벽은 우리 모습을 멍청하게 비추다가, 그가 손을 흔들자 슬며시 움직인다.

감시병들은 우리를 창문도 없고 거슬릴 정도로 강한 빛이 비추는 상자 안으로 몰아넣는다. 당장이라도 이 거대한 금속관 비슷한 것에서 뛰쳐나가고 싶지만, 나는 억지로 숨을 쉬어 보려고 노력한다.

리프트가 갑자기 움직이는 순간 나는 1킬로미터도 넘게 뛰어 오르고, 내 맥박은 쿵쿵 달린다. 짧게 헉헉 숨을 쉬면서 나는 주변의 다른 사람들도 나처럼 행동하리라고 예상하며 공포로 놀라 크게 뜬 눈으로 주변을 둘러본다. 하지만 다른 누구도 우리가 들어 있는 이놈의 상자가 아래로 떨어지고 있다는 사실을 신경 쓰는 것처럼 보이지 않는다. 루가스만이 내 불안을 알아채고는, 하강 속도를 살짝 늦춰 준다.

"리프트라는 건 아래 위로 움직여서, 우리가 걸을 필요가 없게 해 주죠. 이곳은 매우 큽니다, 레이디 타이타노스."

그가 희미한 미소와 함께 중얼거린다.

떨어지는 동안 공포와 경이 사이에서 분열된 채로, 나는 루카스가 문을 열고 나서야 안도의 한숨을 내쉰다. 우리는 오늘 아침 내가 달아났던 거울로 된 방까지 한 줄로 서서 나간다. 깨진 거울들은 이미 다 수리되어서, 마치 아무 일도 일어나지 않았던 것만 같다.

엘라라 왕비가 모퉁이를 돌아 나타난다. 그녀를 호위하는 감시병들이 그 뒤를 따르고, 루카스는 재빨리 움직여서 절을 한다. 왕비는 검정과 붉은색과 은색이 섞인, 남편 쪽 색상의 옷을 입고 있다. 금빛 머리카락과 창백한 피부색으로 인해서, 그녀는 완벽하게 시체를 먹는 귀신처럼 보인다.

그녀는 내 팔을 움켜잡고는 우리가 걷는 동안 나를 잡아당긴다. 입술은 움직이지 않지만 나는 항상 똑같이, 내 머릿속에서 울리는 그녀의 목소리를 듣는다. 이번에는 아프지도, 구역질이 나지도 않지만 그 느낌은 여전히 토할 것 같고 이상하다. 나는 비명을 지르고 싶다. 그녀를 내 머릿속에서 할퀴어 내고 싶다. 하지만 그녀를 미워하는 것 외에는 할 수 있는 일이라고는 아무것도 없다.

타이타노스 가문은 망각 속으로 사라졌어. 그녀의 목소리는 어디에서나 들린다. *그들은 퀸스트라이얼에서 르롤란네 아이가 했던 것처럼 만져서 물건들을 폭파시킬 수 있었지.* 그 여자애가 누군지 떠올리려고 애쓰는 순간, 엘라라 왕비가 그녀의 이미지를 바로 내 머릿속에 투사시킨다. 번쩍하고 잠시 떠올렸을 뿐이지만, 나는 주황빛 의상을 입었던 어린 소녀가 마치 군대 폭탄이라도 되는 것처럼 돌을 가루로 만들던 장면을 볼 수 있다. *네 어머니, 노라 놀은 놀 하우스의 나머지 사람들처럼 스톰이었어. 스톰들은 어느 정도까지 날씨를 조절하지. 보통 있는 일은 아니지만, 그들의 연합은 결과적으로 전기를 조절하는 너의 독특한 능력을 만들어낸 거야. 누가 묻더라도, 그 이상은 대답하지 마라.*

저한테 정말로 바라는 게 뭐죠? 머릿속에서조차, 내 목소리는 떨고 있다.

그녀의 웃음소리가 내 두개골 안에서 울린다. 내가 얻을 수 있는 유일한 대답이다.

네가 되어야 하는 사람이 누구인지 잘 기억해, 잘 기억해야 해. 그녀가 내 질문은 무시한 채로 계속 말한다. *너는 적혈로 키워졌지만,*

161

혈통은 은혈인 척 해야 한다. 이제 머릿속은 적혈이지만, 마음으로
부터는 은혈인 거지.

공포의 떨림이 나를 관통한다.

이제부터 네 삶이 끝날 때까지, 너는 계속 거짓말을 해야만 해. 네
삶은 거기에 달려 있단다, 작은 번개 소녀야.

제10장

엘라라 왕비는 자신의 말을 숙고하도록 나를 복도 위에 남겨 두고 떠난다.

나는 그 동안 세상에는 은혈과 적혈, 부자와 가난뱅이, 왕과 노예들의 두 가지 구분만이 있다고 생각해 왔다. 하지만 내가 이해할 수 없는 것들이 그 사이에 더 많이 있고, 지금 내가 딱 그 가운데 존재하는 셈이다. 나는 저녁거리로 먹을 음식이 있다면 얼마나 좋을까 생각하며 자라 왔는데, 이제 나는 궁전 한가운데에 서서 산 채로 잡아먹힐 처지가 되었다.

*머릿속은 적혈, 마음으로부터는 은혈*이라는 말이 내게 딱 달라붙어서 내 행동의 반경을 결정한다. 나는 눈을 크게 뜨고 메어와 메리어나 모두가 결코 꿈꿔 본 적 없는 거대한 궁전을 받아들인다. 하지만 내 입은 확고하게 꾹 다물고 있다. 메리어나는 감명을 받은 상태

163

지만, 자신의 감정을 억제한다. 그녀는 차갑고 냉정하다.

무도회장의 끝에 있는 문들이 열리고, 내가 본 중에 가장 큰 방이 드러난다. 심지어 왕좌가 있던 방보다도 더 크다. 이 궁전의 순전한 크기에는 결코 익숙해질 수 없을 것만 같다. 나는 문을 통과해서 층계참에 발을 딛는다. 계단을 따라 바닥으로 내려서자, 그곳에는 모든 하우스들이 냉정한 기대 속에서 앞을 본 채로 앉아 있다. 다시, 그들은 자신들의 색을 입고 있다. 중얼거리는 소리 몇이 그들 사이로 퍼지는데, 아마도 그것은 나와 내가 벌이는 작은 쇼에 대한 이야기이리라. 티베리아스 왕과 엘라라 왕비가 바닥보다 몇십 센티미터쯤 더 높이 올려진 단 위에 서서 그들의 신하인 군중들을 마주하고 있다. *다른 사람들을 내려다 볼 수 있는 기회를 결코 놓치는 법이 없지. 자만심이 많은 데다 의식적이기까지 하다.* 힘이 있는 것처럼 보이는 것은 힘이 있는 것이다.

왕자들은 자신들의 부모에게 맞춘 붉은색과 검정색의 서로 다른 의상을 입고. 두 사람 모두 군대의 메달로 꾸미고 있다. 칼은 그의 아버지의 오른쪽에 서 있고, 그의 얼굴은 고요하고 무표정하다. 그가 만약 자신이 결혼할 상대가 누구인지 알고 있다고 한다면, 그는 별로 그 점에 기쁜 것 같지는 않다. 메이븐도 거기에, 자신의 어머니의 왼쪽에 서 있다. 그의 얼굴에는 감정의 구름 폭풍이 지나가고 있다. 동생 쪽은 칼만큼 자신의 감정을 감추는 데에 능숙하지 못한 모양이다.

적어도 내가 훌륭한 거짓말쟁이를 상대하지 않아도 되긴 하겠네.

"퀸스트라이얼의 권리는 항상 즐거운 행사였소. 우리의 위대한

왕국의 미래를 상징하는 동시에, 적들을 앞에 두고 우리가 강하게
묶여 있음을 알려주는 자리이므로."

왕이 군중을 향해 웅변한다. 그들은 아직은 방의 구석진 자리에
서서 그들 전체를 굽어보고 있는 나를 보지 않는다.

"하지만 그대들이 오늘 보았듯이, 퀸스트라이얼에서 우리는 그저
미래의 왕비 그 이상의 존재를 얻어 왔다오."

순종적인 미소를 띤 채 자신의 손으로 왕의 손을 움켜쥐고 있는
엘라라 왕비를 왕이 돌아본다. 사악한 악당에서 볼을 붉히는 왕비로
의 전환은 놀라울 지경이다.

"전쟁의 어둠에 대항할 밝은 희망이었던 우리의 지도자, 우리의
친구, 에단 타이타노스 장군을 우리 모두 기억하고 있습니다."

엘라라 왕비가 말한다.

사람들은 애정이나 슬픔 등을 드러내며 방 여기저기에서 웅성거
린다. 에반젤린의 잔인한 아버지인 사모스의 원로조차 그의 머리를
숙인다.

"그는 철의 군대를 승리로 이끌었고, 거의 일백 년 동안은 움직이
지 않았던 전선을 뒤로 밀어붙였습니다. 레이크랜즈 사람들은 그에
대한 공포에 시달렸고, 우리의 군인들은 그를 사랑했지요."

적혈의 군인 중의 어떤 한 사람이라도 과연 은혈 장군을 사랑했
을지에 대해서는 강하게 의심이 든다.

"레이크랜즈의 스파이들이 살금살금 선을 넘어 와서 평화에 대한
우리의 유일한 소망을 부수기 위해, 우리가 사랑했던 친구 에단을
살해했습니다. 그저 선량한 한 여인이었던 그의 아내, 레이디 노라

도 그와 함께 죽었습니다. 바로 그 16년 전의 운명적인 날에, 타이타노스 하우스는 사라졌지요. 그들이 우리에게서 친구들을 앗아갔습니다. 우리의 피가 흘렀습니다."

왕비가 자신의 눈가를 살짝 누르면서 내가 분명히 거짓임을, 일부러 흘리는 눈물임을 알고 있는 것을 훔치는 사이, 침묵이 방 위에 내려앉는다. 퀸스트라이얼의 참가자였던 몇몇 소녀들이 자신의 자리에서 꼼지락거린다. 그 애들은 죽은 장군에 대해서도, 또한 왕비에 대해서도 진정으로는 신경 쓰고 있지 않다. 이건 나에 관한 이야기, 어쨌든 아무도 알아차리지 못하는 사이에 왕관으로 쏙 미끄러져 들어간 적혈 소녀에 관한 이야기이다. 마술 트릭이나 마찬가지인데, 왕비는 숙련된 마술사이다.

왕비의 눈이 나를 찾아내어, 내가 있는 계단 꼭대기를 향해 불길 같은 시선을 던진다. 모두가 왕비의 시선을 따라 고개를 돌린다. 몇몇은 혼란스러운 얼굴이고, 나머지 다른 사람들은 아침의 소동으로 나를 알아보는 듯하다. 그리고 소수는 내 옷을 응시한다. 그들은 나보다도 더 타이타노스 하우스의 색을 잘 알고 있어서, 내가 누구인지 바로 알아차린 것이다. 아니면 적어도 내가 누구인 척하고 있는지를 알아차린 것이든가.

"오늘 아침 우리는 기적을 보았습니다. 우리는 한 적혈 소녀가 번개처럼 경기장으로 떨어져서는 그녀가 결코 가질 수 없는 힘을 휘두르는 모습을 목격했습니다."

좀 더 많은 중얼거리는 소리가 들리고, 몇몇 은혈들은 심지어 일어난다. 사모스 여자애는 몹시 화가 난 얼굴로 검정색 눈을 나에게 고정하고 있다.

"전하와 나는 그 소녀를 아주 광범위하게 면담했습니다. 어떻게 그녀가 그렇게 될 수 있었는지 알아보기 위해서요."

머릿속을 휘젓는 아주 재미있는 방식으로 진행된 면담이었지.

"그녀는 적혈이 아니었지만, 그래도 여전히 그녀의 존재는 기적입니다. 나의 친구들이여, 부디 우리에게 돌아온 에단 타이타노스의 딸인 레이디 메리어나 타이타노스를 환영해 주세요. 우리는 그녀를 잃었다가 이제 찾았습니다."

손을 까닥하여 그녀가 나를 가까이로 손짓해 부른다. 나는 그녀에게 복종한다.

아주 격식을 차리는 박수소리에 둘러싸인 채, 나는 발을 헛디디지 않도록 엄청나게 주의를 집중하며 계단을 내려간다. 하지만 수백의 궁금해하고 의심하며 지켜보는 시선들 속으로 낙하하는 동안, 내 발은 확고하고 내 얼굴은 고요하다. 나는 이 사람들 앞에 또 한 번 홀로 선다. 비단과 파우더에 겹겹이 싸인 채임에도 불구하고 결코 이토록 벌거벗은 느낌이었던 적이 없다. 그 모든 화장에 감사하는 마음이 든다. 화장은 그들과 진실된 내 자신이 누구인가에 대한 사이에서 내가 가진 방패이다. 나조차 이해할 수 없는 진실.

왕비는 군중들 앞쪽 줄의 빈자리를 손짓해 가리키고, 나는 지시를 따른다. 퀸스트라이얼에 참여했던 소녀들이 내가 왜 이곳에 있는지, 그리고 내가 왜 갑자기 그토록 중요한 대접을 받고 있는지 궁금해하며 나를 지켜본다. 하지만 그들은 호기심은 보이지만, 화를 내고 있지는 않다. 그들은 나를 동정하며 바라본다. 비극적인 내 이야기에 할 수 있는 한 동정을 표할 뿐이다. 에반젤린 사모스만 제외하고. 내가 마침내 내 자리에 착석하자(하필 그 자리는 그녀의 바로 왼쪽 옆자리다.) 그녀는 내 눈을 똑바로 노려본다. 지난번에 차고 나왔던 가죽 옷과 강철 징들은 사라졌다. 지금 그녀는 서로 맞물린 금속 고리들로 된 드레스를 입고 있다. 손가락을 세게 움켜쥐는 모습으로 보건대, 지금 그 애가 원하는 것이 말 그대로 자신의 손으로 내 목을 꽉 움켜쥐는 일일 거라는 건 의심의 여지가 없다.

"부모님의 운명에서부터 구출되어, 레이디 메리어나는 전선에서부터 빠져나와 이곳에서 15킬로미터도 떨어지지 않은 곳에 있는 적혈들의 마을로 오게 되었소."

왕이 내 이야기의 가장 대단한 전개 부분을 직접 소개하기 위해 왕비의 이야기를 넘겨받아 이어 말한다.

"적혈인 부모의 손에 길러져서, 그녀는 적혈 하인으로 일했던 것이오. 오늘 아침까지만 해도, 그녀는 자신이 그들 중 하나라고 믿고 있었다오."

숨이 막히는 듯 헉 하는 소리가 들리자 나는 이를 갈고 만다.

"메리어나는 진흙 속에 묻힌 진주 같은 존재요. 죽은 친구의 딸이 코앞에서, 바로 이 나의 궁전에서 일하고 있었다니. 하지만 이제 더 이상은 아니라오. 나의 무지에 속죄하는 의미에서, 그리고 또한 그녀의 아버지와 그녀의 하우스가 우리 왕국에 남긴 거대한 공헌을 되갚기 위해서, 나는 지금 이 순간 캘로어 하우스와 부활한 타이타노스 하우스 간의 결합을 공표하고 싶소."

또 다른 헉 하는 비명이, 이번에는 퀸스트라이얼에 참가했던 소녀들의 입에서 튀어나온다. *저 애들은 내가 자신들로부터 칼을 빼앗았다고 생각하는 거야. 내가 자기들의 경쟁자라고 생각하겠지.* 나는 눈을 들어 왕을 바라보며, 그 여자애들 중의 한 명이 나를 살해하기 전에 빨리 다음 내용을 계속해서 말하라고 조용하게 애원한다.

에반젤린의 차가운 금속이 날 파고드는 것을 거의 느낄 수가 있다. 그 애는 손가락들을 단단하게 깍지를 낀다. 모두의 앞에서 나를 껍질째 벗겨 버리고 싶은 욕구와 싸우느라 그 애의 관절이 하얘진다. 에반젤린의 옆 자리에서는 그 애의 음울한 아버지가 그 애를 진정시키듯 팔에 손을 올리고 있다.

메이븐이 앞으로 나서자, 방 안의 긴장이 확 사그라진다. 그 애는 잠시 더듬거리며 외운 말을 하기 전에 머뭇거리지만 곧 자신의 대사를 시작한다.

"레이디 메리어나."

떨지 않으려고 최선을 다하면서, 나는 일어서서 그와 마주한다.

"국왕이신 나의 아버지와 귀족 여러분들이 지켜보시는 가운데, 나는 그대에게 정중하게 청혼하고자 합니다. 나는 그대에게 나 자신을 드리고자 합니다, 메리어나 타이타노스. 받아 주시겠습니까?"

그가 말하는 동안, 내 가슴이 쿵닥쿵닥 뛴다. 그의 말이 질문처럼 들린다고 할지라도, 내게 선택의 여지가 없음은 잘 알고 있다. 외면해 버리고 싶은 내 마음이 얼마나 큰지와는 별개로, 내 눈은 메이븐에게 고정되어 있다. 그는 나를 격려하는 듯한 미소를 아주 조그맣게 지어 보인다. 문득 그를 위해서는 어떤 소녀가 왕자비로 정해져 있었을지 궁금해진다.

나는 누구를 골랐을까? 만약 이런 일이 일어나지 않았더라면, 만약 킬런의 스승님이 돌아가시지 않았더라면, 만약 지사의 손이 결코 부러지지 않았더라면, 만약 어떤 것도 전혀 바뀌지 않았더라면. 만약에. 그것은 세상에서 가장 최악인 단어이다.

징병. 생존. 내 재빠른 다리와 킬런의 성을 딴 녹색 눈의 아이들. 그런 미래가 전에는 그저 거의 불가능한 수준이었다면, 이제는 존재하지 않는 것이 되었다.

"저도 그대에게 저를 드립니다, 메이븐 캘로어."

나는 내 관의 마지막 못에 쾅쾅 망치질을 하며 말한다. 목소리가 떨리지만, 나는 멈추지 않는다.

"받아들이겠습니다."

그 말과 함께 내 남은 인생 위로 쾅 하고 문이 닫히며, 더는 돌이킬 수 없는 최후가 찾아온다. 나는 당장이라도 무너질 것 같지만 어떻게 간신히 자리로 우아하게 돌아와 앉는다.

메이븐도 슬그머니 그의 자리로 돌아가 앉는다. 스포트라이트 아래에서 탈출한 것에 감사하는 듯하다. 그의 어머니가 안심시키는 듯이 그의 팔을 톡톡 두드려 준다. 그녀는 메이븐을 향해 부드러운 미소를 짓는다. 은혈들조차 자신의 아이들을 사랑하는구나. 하지만 칼이 일어서자 그녀는 이내 다시 차가운 모습으로 돌아가고, 그녀의 미소는 길게 생각해 볼 틈도 없이 바로 사라진다.

그의 결정을 기다리는 그곳의 모든 여자애들이 숨을 들이키는 바람에 방 안의 공기가 고갈되는 것만 같다. 칼이 왕비를 고르는 데에 어떤 결정권도 없었으리라는 것은 의심의 여지가 없지만, 그는 분명 그의 역할을 잘 수행할 것이다. 메이븐이 그랬듯이, 내가 그러려고 애를 썼듯이. 그가 밝게 미소를 짓자 하얀 치아가 반짝거리고 몇몇 여자애들은 한숨을 쉰다. 하지만 그의 따뜻한 눈은 끔찍하리만치 침통하다.

"나는 특권과 권력과 힘을 가지고 태어난 내 아버지의 계승자요. 그대들은 내게 충성을 바칠 의무가 있으며, 나 역시 마찬가지로 그대들에게 내 삶을 헌신할 것이오. 그대들과 나의 왕국에 할 수 있는 한 최선을 다하여, 그 이상으로 봉사하는 것이 나의 의무요."

그는 그 연설을 미리 연습했겠지만, 지금 그가 내뿜는 열정은 진정이다.

"내게는 내가 그럴 만큼 희생할 수 있는 왕비가 필요하오. 명령과 정의, 그리고 균형을 유지해 줄 이가."

퀸스트라이얼에 참가했던 소녀들이 그의 다음 말을 듣고자 하는 열망에 앞으로 몸을 기울인다. 하지만 에반젤린은 움직이지 않는다. 가당찮다는 듯한 능글맞은 미소로 그 애의 얼굴이 비틀린다. 사모스 하우스 사람들은 똑같이 침착해 보인다. 그녀의 오빠인 프톨레무스는 심지어 하품을 참는 듯하다. *저 사람들은 누가 뽑힐지 이미 알고 있구나.*

"레이디 에반젤린."

에반젤린에게서는 어떤 놀라움의 한숨도, 충격이나 흥분의 감정도 전혀 느껴지지 않는다. 심지어 다른 나머지 여자애들조차 상심하긴 분명 상심했지만, 고작 낙담한 듯 어깨를 으쓱거리며 뒤로 기대 앉을 뿐이다. 모두가 일이 이렇게 되리란 것을 알고 있었다. 스파이럴 가든에서 그 뚱뚱한 가족이 에반젤린 사모스가 이미 이긴 거라고 말하며 불평하던 것이 기억난다. *그 사람들 말이 맞았네.*

유연하고 차가운 우아함으로 에반젤린은 일어난다. 그녀는 거의 칼 쪽을 보지도 않고, 오히려 가슴이 무너진 여자애들을 비웃듯 어깨를 돌린다. 에반젤린은 자신의 승리를 만끽하는 중이다. 그녀의 눈이 나에게로 떨어지자, 그 얼굴에는 소리 없는 웃음이 지나간다. 이가 드러나며 야생동물처럼 번쩍이는 것을 나는 놓치지 않는다.

그녀가 돌아서자, 칼은 동생의 청혼을 따라한다.

"국왕이신 나의 아버지와 귀족 여러분들이 지켜보시는 가운데, 나는 그대에게 정中하게 청혼하고자 합니다. 나는 그대에게 나 자신을 드리고자 합니다, 에반젤린 사모스. 받아 주시겠습니까?"

"저도 그대에게 저를 드리겠어요, 티베리아스 왕자님."

그녀는 딱딱해 보이는 외모와는 대조적으로 이상할 정도로 높고 숨소리 섞인 목소리로 말한다.

"받아들이겠습니다."

승리에 차서 히죽대는 미소와 함께, 에반젤린은 자리에 앉고 칼도 자신의 자리로 물러난다. 그는 마치 갑옷 조각처럼 고정된 미소를 짓고 있건만, 에반젤린은 알아차린 것 같지도 않다.

다음 순간 내 팔에 와 닿는 손이 느껴진다. 손톱이 내 피부를 파고든다. 나는 의자에서 뛰어오르고 싶은 충동에 맞싸운다. 에반젤린은 언젠가 자신의 것이 될 자리를 향해 똑바로 앞을 응시한 채로 움직이지 않는다. 여기가 만약 스틸츠 마을이었다면, 나는 그녀의 이가 날아갈 정도로 그녀를 때려눕혔을 것이다. 그녀의 손가락들이 살 깊

숙이 파고든다. 만약 그 애가 결국 피를 본다면, 그것이 빨간 피임을 본다면, 우리의 이 작은 게임은 시작해 볼 기회도 갖지 못한 채로 끝나버리게 될 것이다. 하지만 그 애는 피부를 찢기 직전에 멈추고, 하녀들이 감춰야 할 멍만을 남긴다.

"날 방해하기만 해 봐, 아주 천천히 죽여줄 테니, 작은 번개 소녀."

그녀는 미소를 지은 채로 중얼거린다. *작은 번개 소녀.* 그 별명에 정말로 짜증이 나기 시작한다.

자신의 의도를 굳히기라도 하듯, 에반젤린이 손목에 차고 있던 매끄러운 금속 팔찌가 움직이더니 날카로운 가시를 가진 원 모양으로 변한다. 피를 열망하는 듯한 각각의 뾰족한 끝은 번쩍거린다. 나는 움직이지 않으려 애를 쓰며 힘겹게 침을 삼킨다. 하지만 그녀는 재빨리 다시 모양을 돌리고는 손을 무릎 위로 가져간다. 다시 한 번, 그녀는 얌전한 은혈 여자애의 모습이 된다. 얼굴에다 팔꿈치를 박아줄 필요가 있는 사람이 있다면, 그건 단연코 에반젤린 사모스다.

방을 재빨리 한 바퀴 둘러보니, 귀족 나리들이 우울한 분위기가 되었음을 알 수 있다. 몇몇 여자아이들은 눈에 한가득 눈물을 담고는 에반젤린과 심지어 나를 향해서 늑대 같은 시선을 던지고 있다. 저 애들은 아마도 이날을 생애 내내 기다려 왔을 텐데, 방금 막 실패한 것이다. 내 약혼 따위 그저 다른 사람에게 넘겨주고, 그들이 그토록 염원하는 것을 포기하고 싶지만 불가능하다. 나는 행복해 보여야만 한다. *그런 척을 해야만 한다.*

"오늘은 정말 멋지고도 행복한 날이구료."

방 안에 흐르는 정서를 무시하며 티베리아스 왕이 말한다.

"왜 이런 선택을 내리게 된 것인지 그대들에게 설명해야만 하겠군. 사모스 하우스의 강력한 힘이 나의 아들과 결합하면, 그들의 모든 아이들 또한 그럴 것이며, 그 아이들이 우리나라를 이끌게 될 것이오. 그대들 모두 북쪽의 전쟁과 안으로부터 우리를 파괴하려고 시도하고 있는 우리 일생의 적들인 멍청한 과격주의자들로 인해 위태로운 현 왕국의 상태를 알 것이오. 진홍의 군대는 비록 우리 눈에는 작고 하찮아 보일 수 있소만, 그들은 우리의 적혈 형제들의 위험스러운 변화를 상징하고 있소."

사람들 중에 아주 극소수만이 그 형제라는 단어를 비웃는다. 나도 그중 하니다.

작고 하찮다. 그럼 이들은 왜 나를 필요로 하는 걸까? 진홍의 군대가 그들에게 아무것도 아니라면, 어째서 나를 이용해야만 하지? *왕은 거짓말쟁이야.* 하지만 그가 무엇을 숨기려고 하는지, 나는 여전히 확신할 수가 없다. 그건 어쩌면 진홍의 군대의 힘일 수도 있다. 어쩌면 나일 수도 있고.

아마도 둘 다일 테지.

"이 연속된 저항은 강력해질 것이오."

그가 계속 말한다.

"결국 유혈사태로 마감될 테고, 그렇게 갈라진 나라를 나는 견딜 수가 없소. 우리는 균형을 유지해야만 하오. 에반젤린, 그리고 메리어나는 우리 모두를 위하여 그렇게 되도록 도울 것이오."

왕의 말에 대한 답으로 웅성거림이 사람들 사이로 퍼진다. 몇몇은 고개를 끄덕이고, 나머지 사람들은 퀸스트라이얼의 결과에 대해 화가 난 것 같지만, 아무도 반대 의견을 내지는 않는다. 지지하는 말을 하는 사람도 아무도 없다. 할 수만 있었다면 아무도 귀 기울여 듣지 않았을 것만 같다.

미소를 지으며 티베리아스 왕이 고개를 숙인다. 그는 이겼으며, 그 사실을 잘 알고 있다.

"힘과 권력을."

그가 반복한다. 모든 사람들이 그의 입에서 나온 말을 따라 외치자 그 좌우명이 메아리친다.

그 말들은 내 혀 위에서 머뭇거리고, 내 입에는 영 낯설다. 칼이 내 쪽을 내려다보고, 다른 모든 사람들을 따라서 연호하는 내 모습을 지켜본다. 그 순간만큼은 내가 정말 싫다.

"힘과 권력을."

나는 연회 내내 보지만 제대로 보지 못하고, 듣지만 귀 기울여 듣지 못한 채로 시달린다. 심지어 그간 내가 본 이래 가장 많은 음식들이 있지만 음식들조차 입 안에서 그저 평범하게 느껴진다. 아마도 내 인생에서 가장 훌륭한 식사였을 그것들을 즐기면서 입 안 가득 음식을 쑤셔 넣었어야겠지만, 나는 그러지 못한다. 메이븐이 내게 뭐라고 속삭일 때도 나는 대꾸도 하지 못한다. 그의 목소리는 차분하고 나를 안심시키려는 기색을 띤다.

"그대는 잘하고 있어."

그가 말하지만 나는 그를 무시하려고 한다. 그의 형과 똑같은 금속 팔찌를 찬 것으로 보아서 그는 플레임메이커(flamemaker)다. 그

팔찌는 메이븐이 누구이며 어떤 존재인지 정확하고도 확고하게 상기시키는 역할을 한다. 그는 강력하며, 위험하고, 또한 버너인 은혈이라는 사실.

수정으로 만들어진 테이블에 앉아서 거품이 이는 금색 액체를 머리가 빙글 돌 때까지 마시면서, 나는 배반자가 된 것 같은 기분이 든다. *오늘 밤 우리 부모님은 무엇으로 저녁을 먹고 계실까? 내가 어디에 있는지 그분들이 알고나 계실까? 아니면 엄마는 현관에 앉아서 내가 집에 오기를 기다리고 계실까?*

집에 가는 대신에, 나는 진실을 알게 되면 나를 죽이려고 들 사람들이 가득한 방에 갇혀 있다. 또한 하려고만 한다면 얼마든지 나를 죽일 수 있는 왕족들도 가득하다. 아마도 그들은 언젠가는 나를 죽일 것이다. 그들은 나를 휙 뒤집어서 메어를 메리어나로, 도둑을 왕위계승권자로, 넝마를 비단으로, 적혈을 은혈로 바꾸어놓았다. 오늘 아침에 나는 하인이었는데, 오늘 밤에 나는 왕자비이다. *얼마나 더 많은 것들이 바뀔 것인가? 또 다른 무엇을 나는 잃게 될 것인가?*

"그건 이제 그만 좀 마셔."

메이븐이 말한다. 연회의 소음 한가운데를 헤엄치는 듯한 목소리다. 그가 내가 들고 있는 화려한 장식이 달린 술잔을 뺏더니 물이 든 유리잔으로 바꿔 준다.

"그 음료수가 맘에 들었는데."

하지만 나는 물을 탐욕스럽게 들이킨다. 머리가 맑아지는 기분이 든다.

메이븐은 그저 어깨를 으쓱한다.

"나중에 나한테 고마워하게 될걸."

"고마워요."

나는 가능한 헐뜯는 듯한 어조로 탁 자른다. 나는 그가 오늘 아침에 나를 보던 방식, 마치 내가 그의 신발 바닥에 붙은 무언가라도 되는 것처럼 보던 태도를 잊을 수가 없다. 하지만 지금 그의 눈은 좀 더 부드럽고, 차분하며, 좀 더 칼의 눈빛에 가깝다.

"오늘 아침에 대해서는 사과할게, 메리어나."

내 이름은 메어야.

하지만 그 말 대신 다른 말이 튀어나간다.

"그러시겠죠."

"진심이야."

그렇게 말하며 그는 내 쪽으로 몸을 기울인다. 우리는 높은 테이블에 왕실 가족들과 함께 나란히 앉아 있다.

"그건 그러니까…… 보통 더 어린 왕자들은 선택할 수 있거든. 왕위 계승자가 아닌 것에 대한 얼마 안 되는 특권 중에 하나랄까."

대단히도 억지스러운 미소를 지으며 그가 덧붙인다.

아.

"그건 몰랐어요."

나는 내가 무슨 말을 하는지도 제대로 모른 채로 불쑥 대답한다. 그에게 미안한 기분이 들어야 하겠지만, 솔직히 왕자를 대상으로는 어떤 동정심도 느끼기가 어렵다.

"그래, 음, 아마 몰랐을 거야. 그대의 잘못은 아니지."

그는 다시 연회장으로 시선을 돌린다. 마치 낚싯줄을 던지는 것처럼 시선을 돌리는 그 모습에, 나는 그가 그곳에서 누구의 얼굴을 찾고 있을지 궁금해진다.

"그녀가 여기 있나요? 왕자님이 고르고 싶었던 소녀가?"

나는 사죄하는 것처럼 들리길 바라며 속삭인다.

그는 망설이다가 다음 순간 고개를 젓는다.

"아니야, 난 어떤 누구도 딱히 마음에 두고 있진 않았어. 하지만 선택의 기회가 있었다면 멋진 일이었을 거야, 그대도 알겠지?"

아니, 난 모르겠다. 난 그런 선택의 호사를 누리지 못한다. 지금도 그렇고, 앞으로도 그러리라.

"형님과는 다르게 말이야. 형님은 자신의 미래에 어떤 선택의 여지도 없으리라는 것을 알고 자랐거든. 난 이제야 형님이 어떤 기분이었을지 느끼고 있는 것 같아."

"왕자님과 왕자님의 형님은 모든 걸 가졌어요, 메이븐 왕자님."

내가 어찌나 열렬한 목소리로 속삭였던지, 그 말은 거의 기도처럼 들린다.

"왕자님은 궁전에 살고, 힘을 가졌고, 권력을 가졌지요. 만약 심한 일을 당했다 하더라도, 왕자님은 부족에서 오는 곤란만큼은 몰랐을 거예요. 그리고 제 말을 믿으세요, 그런 일은 실제로 많이 일어난답니다. 그러니 제가 두 분 왕자님 어느 쪽에도 죄송한 마음을 느끼지 않는다고 해도 저를 부디 용서하세요."

나는 또 저지르고 만다. 생각하기도 전에 입을 먼저 놀리고 만 것이다. 곤경을 벗어나기 위해서, 열기를 가라앉힐 겸 남은 물을 벌컥 들이마신다. 나를 그저 바라보기만 하는 메이븐의 눈은 차갑다. 하지만 얼음벽이 희미해지더니, 그의 시선이 부드러워지면서 그 벽은 녹아 버린다.

"그대의 말이 맞아, 메어. 누구도 내게 미안한 마음을 느껴서는 안 되겠지."

그의 목소리에 든 쓰디쓴 감정을 느낄 수 있다. 그가 칼에게 힐끗 시선을 던지는 모습을 보니 오한이 든다. 그의 형은 태양처럼 빛을 발하며 형제의 아버지와 함께 소리 내어 웃고 있다. 메이븐이 다시 몸을 돌리더니 다시 한 번 억지 미소를 짓는다. 하지만 놀랍게도 그의 눈에는 슬픔이 깃들어 있다.

애쓰면 애쓸수록, 나는 잊힌 왕자에게 드는 갑작스러운 동정의 감정을 무시할 수가 없다. 하지만 그것은 그가 누구이며 내가 누구인지를 기억하는 순간 사라진다.

나는 은혈의 바다 한가운데에 있는 적혈 소녀이며, 그 어떤 누구에게도 가여운 마음 따위 느낄 형편이 못 된다. 뱀의 아들에게라면 더더욱 그렇다.

제11장

연회의 끝에 사람들은 왕실 테이블을 향해 와서 잔을 높이 들고 건배를 외친다. 온갖 무지갯빛 색깔의 남녀 귀족들이 일어나서는, 이리저리 꿈틀거리며 아첨을 한다. 그들 모두에 대해서 곧 배워야만 할 것이다. 그들의 색과 하우스를 연결하고, 하우스와 사람들을 연결해서 떠올릴 수 있도록. 어차피 난 내일 아침이면 그들이 누구인지 다 잊어버릴 텐데도, 메이븐은 매번 나에게 그들의 이름을 속삭여 준다. 처음에는 그것이 거슬렸지만, 곧 나는 몸을 기울이고 이름을 듣고 있는 나 자신을 발견한다.

사모스 경이 마지막으로 일어선다. 그의 차례가 되자, 갑자기 조용해진다. 심지어 거인들 사이에서도 그는 존경을 자아내는 사람인 것이다. 그의 검정색 망토는 평범하며, 가장자리도 단순한 비단으로 장식되어 있다. 그는 어떤 대단한 보석이나 배지도 자랑하듯 걸고 있지 않지만, 분명 부인할 수 없는 권력의 분위기를 갖고 있다. 그가 하이 하우스의 사람들 중에서도 가장 높은 사람이며, 모든 다른 사람들이 두려워하는 사람이라고 메이븐이 굳이 내게 말해 줄 필요도 없다. 메이븐이 속삭인다.

"볼로 사모스, 사모스 하우스의 수장이지. 그는 자신 소유의 철광 산들을 운영하고 있어. 전쟁에 쓰이는 모든 총이 그의 땅에서 나와."

그렇다는 말은 저 사람은 그저 단순한 귀족만은 아니라는 거구나. 그가 중요한 인물인 것은 단순히 지위에서 오는 것 이상으로군.

볼로의 건배사는 짧고 간결하다.

"제 딸을 위해서."

그가 우르릉거리는 소리로 말을 한다. 그의 목소리는 낮고, 안정적이며 힘 있다.

"미래의 여왕에게."

"에반젤린을 위해!"

프톨레무스가 자신의 아버지 옆에서 뛰어오르며 외친다. 그의 눈이 날카롭게 방을 둘러보며 어디 감히 자신들에게 반대하는 사람들이 있는지 살핀다. 몇몇 남녀 귀족들은 짜증스러워 보이고, 심지어 화가 난 듯하지만, 그들 역시 자신들의 잔을 나머지 다른 사람들과 함께 들어올리며 새 왕자비에게 경의를 표한다. 그들이 들어 올린 잔에 빛이 반사되어 각각이 신의 손에 들린 작은 별처럼 빛난다.

그가 건배를 마치자, 엘라라 왕비와 티베리아스 왕이 일어난다. 그들 두 사람 모두 자신들의 손님들을 향해 미소 짓고 있다. 칼 또한 일어나고, 다음은 에반젤린이, 다음은 메이븐이, 그리고 조금 멍청한 한순간이 흐른 다음에, 나도 그들에게 합류한다. 많은 하우스들이 자신의 테이블에서 일어나고, 대리석 위를 의자들이 긁는 소리가 꼭 돌을 손톱으로 긋는 것 같이 들린다. 감사하게도 왕과 왕비는 간단한 절만 한 다음, 높은 테이블에서 우리를 끌고 짧은 계단을 내려간다. *끝이다.* 내가 첫 밤을 무사히 통과해 냈다.

칼은 에반젤린의 손을 잡고 그녀를 이끌어 두 사람 뒤를 따르고, 메이븐과 내가 마지막으로 뒤따른다. 메이븐이 내 손을 잡는데, 그의 피부는 놀랄 정도로 차다.

은혈들은 양쪽에서 몰려와서 무거운 침묵 속에서 우리의 퇴장을 지켜본다. 그들의 얼굴은 기이하고 교활하며 잔인하다. 모든 거짓된 미소 뒤에서 *자신들이 지켜보고 있다*는 사실을 상기시킨다. 모든 눈들이 나를 긁어내리며 균열이나 결함을 찾고, 나는 불편함에 꼼지락대지만 멈출 수는 없다.

빠져나갈 수가 없다. 지금도 그렇고, 앞으로도 그러리라. 나는 그들 중 하나다. 나는 특별하다. *나는 실수다. 나는 거짓말쟁이다.* 그리고 *내 삶은 환상을 유지하는 것에 달려 있다.*

메이븐이 내 손에 자신의 손가락을 단단히 엮으며, 내가 계속 앞으로 나가도록 당긴다.

"거의 *끝났어.*"

우리가 연회장의 먼 끝에 거의 도착했을 때 그가 속삭인다.

"거의 다 왔어."

질식할 것만 같은 기분은 우리가 연회장을 뒤로 하고 떠나는 순간 사라지지만, 카메라들은 무거운 전기 눈으로 계속 우리 뒤를 따른다. 나는 카메라들을 보기도 전에 어디에 카메라들이 있는지를 알아차릴 수 있다. 그 사실에 대해서 생각하면 할수록 카메라들의 응시는 점점 더 강력해진다. 아마도 이건 내 "상태"의 부작용인지도 모른다. 어쩌면 그저 내가 이토록 많은 전기 장비들에 둘러싸인 적이 그간 없었기 때문인지도 모르겠다. 어쩌면 모두가 이런 느낌을 받을지도. *아니면 그저 내가 괴물이기 때문인지도 모르고.*

복도로 다시 돌아가자 감시병들 한 무리가 우리를 위층으로 안전하게 데려가기 위해서 기다리고 있다. 하지만 이 사람들에게 도대체 어떤 위협의 가능성이 있을 수 있단 말인가? 칼, 메이븐, 그리고 티베리아스 왕은 불을 다룰 수 있다. 엘라라 왕비는 *정신을* 지배한다. 그들이 두려워 할 것이 있기는 한가?

새벽은 적혈처럼 붉게 타오르니, 우리는 일어날 것이다. 팔리의 목소리, 내 오빠의 말, 진홍의 군대의 신념 등이 기억에 되살아난다. 그들은 이미 수도를 공격했다. 여기가 다음 목표가 되지 말란 법도 없다. *내가 그들의 목표가 될 수도 있다.* 팔리는 나를 붙잡아서 또 다른 방송을 장악한 다음에, 은혈들을 약화시키기 위한 시도로써 내 정체를 드러낼 수도 있다. *"그들의 거짓말을 보라, 이 거짓말을."* 그녀가 이렇게 말하며 내 얼굴을 카메라에 들이대고는 내게서 흐르는 붉은 피를 전 세계에 보여 주겠지.

점점 더 미친 생각이 마음에 떠오르고, 뒤로 가면 갈수록 더 무섭고 기이해진다. *이곳은 고작 하루만에 나를 미치게 만들고 있어.*

"잘 마무리되었군요."

왕실 거주 구역 층에 도착하자 자신의 손을 왕의 손에서 잡아 빼면서 엘라라 왕비가 말한다. 왕은 그 행동을 전혀 신경 쓰는 것 같지 않다.

"아가씨들을 각자 방으로 모시거라."

그녀는 딱히 특별한 어느 누구를 향해서 말하는 것 같지도 않은데, 네 명의 감시병들이 그룹에서 떨어져 나온다. 그들의 눈은 검정색 가면 뒤에서 빛난다.

"제가 안내할 수 있어요."

칼과 메이븐이 이구동성으로 말한다. 그들은 흠칫하며 각자를 흘끗 바라본다.

엘라라 왕비는 완벽한 눈썹 한 쪽을 들어올린다.

"그건 적절치 못하단다."

"제가 메리어나를 에스코트할게요, 메이비는 에반젤린을 데려다 줄 수 있습니다."

칼이 재빨리 제안하자, 메이븐은 그 별명에 입술을 오므린다. *메이비*라니. 아마도 칼이 어린 시절부터 그를 불렀던 이름이리라. 그 것은 이제 언제나 그늘 속에 머물러야 하는, 항상 두 번째인 어린 남동생의 상징으로 굳어져 있다.

왕이 어깨를 으쓱한다.

"그러라고 하시오, 엘라라. 아가씨들이란 좋은 밤을 맞아야 하는 법이거늘, 감시병들이란 어떤 숙녀에게도 악몽을 주지 않겠소."

그는 빙긋 웃으며 장난스러운 고갯짓을 보안 요원들을 향해 던진다. 그들은 응답하지 않은 채 돌처럼 굳어 있다. 말을 하는 걸 허락 받기나 하는지 궁금하다.

긴장된 침묵이 잠시 흐른 뒤에, 왕비는 발끝으로 돌아선다.

"좋다."

다른 아내들처럼, 그녀는 자신의 남편이 도전해 오는 것이 싫은 것이다. 또한 어떤 왕비라도 마찬가지이듯이 그녀는 왕이 자신에게 지배권을 행사하는 것이 끔찍이도 싫은 모양이다. *그다지 좋지 않은 조합일세.*

"자러 가라."

왕이 말한다. 그의 목소리는 조금은 더 힘 있고 권위적이다. 감시 병들은 그의 곁에 붙어서, 왕이 자신의 아내와는 반대쪽으로 걸어가는 동안 그의 뒤를 따른다. 아마도 그들 두 사람은 같은 방에서 자지 않는 모양인데, 딱히 놀라운 일은 아니다.

"제 방은 어디죠, 정확하게?"

에반젤린이 메이븐을 바라보며 묻는다. 볼을 붉히던 왕비 후보는 사라지고, 날카로운 악마 여자가 돌아왔음을 나는 눈치 챈다.

메이븐은 그녀를 바라보며 침을 꿀떡 삼킨다.

"어, 이쪽으로, 아가씨, 부인…… 마이 레이디."

그는 그녀에게로 팔을 내밀지만, 그녀는 그의 옆으로 거침없이 걸어간다.

"잘 자, 형, 메리어나."

메이븐은 한숨을 쉬면서 애써 나를 바라본다.

나는 물러나는 왕자를 향해서 고개만 끄덕인다. *나의 약혼자.* 그 생각을 하니 토할 것만 같다. 그가 예의바르게 굴고, 심지어 착한 것 처럼 보일지라도, 그는 은혈이다. 그리고 그는 엘라라 왕비의 아들이며, 그 사실은 더 최악이다. 그의 미소와 친절한 말들도 그 사실을 내게서 숨길 수는 없다. 칼도 똑같이 나쁘다. 그는 지배하기 위해, 이 갈라진 세계를 훨씬 더 오래 영속시키기 위해 길러졌다.

그는 에반젤린이 사라지는 모습을 바라본다. 그의 시선은 그녀가 물러나는 모습에 붙박인 듯 꽂혀 있는데, 그게 어쩐지 이상하게도 짜증이 난다.

"왕자님은 진짜 승리자를 골랐네요."

그녀가 목소리가 들리는 거리를 벗어나자마자 내가 중얼거린다.

점점 아래를 향하는 경련과 함께 칼의 미소가 사라진다. 그는 내 방을 향하여 경사진 나선을 올라 걷기 시작한다. 내 짧은 다리는 그의 긴 보폭을 따라잡으려 애를 쓰지만 그는 자신만의 생각에 빠져서 그 사실을 알아차린 것처럼 보이지도 않는다.

마침내 그가 돌아서는데, 그의 눈은 마치 뜨거운 석탄 같다.

"난 어떤 것도 고르지 않았다. 모두가 그 사실을 알고 있지."

"적어도 왕자님은 이 일이 일어날 것을 알고는 있었잖아요. 전 오늘 아침에 일어났을 때, 심지어 남자 친구조차 없었다고요."

내 말에 칼이 움찔하지만, 나는 신경도 쓰지 않는다. 그가 스스로를 동정하는 걸 상대할 여력이 내게는 없다.

"그리고 왕자님도 아시겠지만, '너는 장차 왕이 될 거란다.' 같은 정도면 말이죠. 충분히 격려가 될 만하지 않나요."

칼은 빙긋 미소를 보이지만, 소리 내어 웃지는 않는다. 그의 눈은 어둡다. 그는 나를 머리부터 발끝까지 면밀히 살피며 앞으로 한 발짝을 딛는다. 비판하려는 것처럼 보이기보다는, 좀 슬퍼 보인다. 그의 눈 속 적금색 웅덩이에는 깊은 슬픔이 자리한 채, 길을 잃은 어린 소년이 자신을 구해 줄 누군가를 찾고 있다.

"그대는 메이븐과 많이 닮았군."

내 심장을 뛰게 만들 만큼 긴 시간이 흐른 뒤에 그가 말한다.

"낯선 사람과 약혼했다는 것 말씀이신가요? 우리 모두 그 부분에서는 공통점이 있죠."

"그대와 메이븐은 둘 다 무척 영리하다."

코웃음을 치지 않을 수가 없다. 내가 14살 때 수학 시험을 통과하지 못했다는 점은 모르는 모양이지.

"너희들은 사람을 잘 알고, 그들을 이해하며, 사람들을 간파할 줄 알지."

"지난밤에 제가 그 대단한 일을 해내기는 했죠. 저는 사실 당신이 왕세자라는 사실을 내내 분명하게 알고 있었거든요."

그 일이 고작 어젯밤이라는 사실을 여전히 믿을 수가 없다. *하루 만에 얼마나 많은 것들이 변한 것인가.*

"그대는 내가 어울리지 못하고 있다는 것을 알지 않았나."

그의 슬픔에는 전염성이 있어서, 그 아픔이 나에게까지 전해진다.

"그러니 우린 장소를 바꾼 셈이네요."

갑자기 궁전이 그토록 아름답거나 그토록 장엄하게 보이지 않는다. 단단한 금속과 돌들은 너무 엄격하고 너무 밝으며 너무 부자연스럽고, 나는 그 안에 갇힌 느낌이다. 그 모든 것 아래에서, 카메라들이 내는 전기적 소음이 지겨울 정도로 웅웅거리고 있다. 심지어 그냥 소리뿐만이 아니라 내 피부에, 내 뼈에, 내 혈관에까지 와 닿는 느낌이다. 내 정신은 본능이기라도 한듯 전기를 향해 뻗어 간다. 멈춰. 나는 스스로에게 말한다. 그만두라고. 뭔가가 내 피부 아래에서 내가 제어할 수 없는 탁탁 튀는 에너지로 지글지글거리자, 팔 위의 털이 온통 일어선다. 당연하게도 그것이 지금 돌아온 것이다. 내가 원하는 마지막 순간에.

하지만 그 느낌은 온 것만큼이나 빠르게 지나가 버리고, 전기는 다시 낮은 웅웅거리는 소리로 바뀐다. 세상은 다시 정상적으로 돌아간다.

"괜찮나?"

칼이 나를 혼란스러운 얼굴로 내려다본다.

"죄송해요."

나는 머리를 흔들며 웅얼거린다.

"그냥 생각을 좀."

그는 거의 사과하는 표정이 되어 고개를 끄덕인다.

"가족에 대해서?"

그 단어가 따귀처럼 나를 후려친다. 최근의 몇 시간 동안 가족 생각은 코딱지만큼도 하지 않았다는 데 생각이 미치자 나 자신이 역겹게 느껴진다. 고작 몇 시간 동안 비단과 왕실 식구들에 둘러싸여 있었다고 벌써 내가 바뀌다니.

"그대의 오빠들과 친구에 대한 징병 해제 명령을 이미 내려두었다. 그리고 요원을 그대의 집으로 보내서 부모님에게 그대가 어디에 있는지 설명해 두라고 했어."

칼은 그 말이 나를 진정시킬 거라고 생각하는지 계속 말한다.

"그렇지만 그들에게 모든 것을 얘기해 줄 수는 없었다."

그 일이 어떻게 진행되었을지 나는 고작 상상만 해 볼 수 있을 따름이다. 아, 안녕하신가요. 당신들의 딸은 이제 은혈입니다. 그리고 그 애는 왕자랑 결혼할 거지요. 당신들은 그 애를 이제 다시는 볼 수 없겠지만 우리가 앞으로 헤쳐 나갈 수 있을 정도의 돈을 당신들에게 좀 보내 주겠습니다. 대등한 거래죠, 안 그렇습니까?

"그대 가족들은 그대가 여기서 우리를 위해 일하며 이곳에 살아야 한다는 걸 알지만, 그대의 지위가 하인이라고 생각하고 있어. 지금까지로는, 적어도 그래. 그대의 삶이 좀 더 공적으로 바뀌게 되면, 그 점에 대해 가족들을 어떻게 대해야 할지 여부는 차차 생각해 볼 것이다."

"최소한 가족들에게 편지를 쓸 수는 있겠죠?"

쉐이드의 편지는 언제나 내 어두운 나날의 밝은 빛이었다. 어쩌면 내 편지도 같을 수도 있지 않을까.

하지만 칼은 고개를 흔든다.

"미안하다, 그건 불가능하다."

"동의할 수 없어요."

그는 나를 방으로 안내하고, 우리의 도착과 함께 방은 빠르게 활기를 되찾는다. 동작에 반응하는 전등. 복도에서 그랬듯이, 내 감각은 날카로워져 나는 방 안의 모든 전기적인 물건들을 내 정신에 타오르는 감각으로 새길 수 있다. 즉시 나는 방 안에 적어도 4대의 카메라가 있다는 사실을 알아차린다. 불편해서 어떻게 할 수가 없다.

"그건 그대를 보호하기 위한 조치야. 누군가 편지를 가로채기라도 한다면, 그래서 그대에 관해서 알아차린다면……."

"여기 있는 카메라들도 *저를 보호하기 위한* 조치인 건가요?"

나는 벽을 가리키며 묻는다. 카메라들은 내 피부를 찌르고, 나를 낱낱이 지켜보고 있다. 미칠 것만 같다. 고작 오늘 하루가 지났을 뿐인데 벌써 이렇게 되어서야, 얼마나 더 많은 것들을 내가 견딜 수 있을지 모르겠다.

"이 악몽 같은 궁전에 갇혀서, 벽과 보안 요원들과 절 조각조각 찢어 버릴 수 있는 사람들에 둘러싸여 있는데, 심지어 내 유일한 방에서조차 잠시의 휴식도 취할 수 없는 건가요?"

내게 날카로운 대꾸를 날리는 대신에, 칼은 어리둥절한 표정이 된다. 날카로워진 그의 눈이 주변을 살핀다. 벽들은 텅 빈 모습이지만, 그도 분명히 카메라들을 느낄 수 있을 것이다. 어떻게 저토록 내려누르는 시선들을 느끼지 않을 수 있단 말인가.

"메어, 여기에는 어떤 카메라도 없다."

나는 무시하듯 그를 향해 손을 흔든다. 웅웅거리는 전기음이 여전히 내 피부에 부딪히고 있는데.

"어리석은 말 마세요. 카메라가 느껴진다고요."

이제 그는 정말로 이해가 가지 않는 얼굴이다.

"카메라를 느껴? 그게 무슨 뜻이지?"

"전……."

하지만 그 말들은 내 목구멍에서 죽어 버리고, 나는 동시에 깨닫는다. 그는 아무것도 느끼지 못하는구나. 그는 심지어 내가 하는 말을 *이해하지*조차 못한다. 이걸 대체 그에게 어떻게 설명할 수 있을까. 그가 지금까지 알지 못했다고 한다면? 대체 어떻게 그에게, 내가 마치 맥동처럼, 마치 내 몸의 일부분인 것처럼 공기 중의 에너지를 느낄 수 있다는 것을 설명할 수 있을까? 마치 또 하나의 감각인 것처럼? 그가 이해할 수나 있을까?

누군가가 이해할 수 있을까?

"이게…… 정상적이지 않은 건가요?"

내게 너는 다르다고 말하기 위한 단어를 찾느라 그가 망설이는 순간, 뭔가가 그의 눈에서 반짝인다. 심지어 은혈들 사이에서도, 나는 뭔가 다르다.

"내가 아는 한은 그래."

그가 마침내 대답한다.

내 목소리는 심지어 내 귀에도 작게 들린다.

"이제 내 어떤 부분도 더 이상 정상적인 부분이 없는 것 같네요."

그는 뭔가를 말하려고 입을 열다가 마음을 바꾸고 입을 닫는다. 내 기분이 나아질 어떤 말도 그는 할 수 없으리라. 그로서는 나를 위해서 해줄 수 있는 일이 아무 것도 없다.

동화 속 이야기에서는, 가난한 소녀는 왕자비가 되었을 때에 미소를 짓는다. 지금 이 순간, 나는 내가 앞으로 다시는 미소를 짓기나 할 수 있을지 모르겠다.

제12장

그대의 스케줄은 다음과 같아:

0730 – 아침 식사 / 0800 – 의전(儀典) / 1130 – 오찬

1300 – 수업들 / 1800 – 저녁 식사

루카스가 계속 그대를 보필할 거야. 스케줄에 협상의 여지는 없어.

메란더스 하우스의 엘라라 왕비로부터

쪽지는 짧고 간결하며 무례하지는 않다. 내가 학교에서 얼마나 끔찍한 학생이었는지 기억하며, 나는 *다섯 시간*의 수업이 어떨지 생각해 본다. 신음 소리와 함께, 나는 침실용 스탠드 뒤로 쪽지를 던져 버린다. 종이는 나를 간질이는 아침 햇살이 금빛으로 비치는 가운데

로 떨어진다.

어제처럼, 세 하녀가 재빠르게 들어온다. 그들은 속삭임만큼이나 고요하다. 15분 후, 딱 붙는 가죽 레깅스와 늘어지는 드레스 자락과 다른 이상하고 비실용적인 의상들 때문에 고통을 겪은 뒤에야, 내가 이 경이로운 옷장 속에서 찾아낸 가장 평범한 것에 우리는 간신히 정착한다. 신축성이 있고 튼튼한 검정색 바지와 은색 단추가 달린 보라색 재킷, 광을 낸 회색 부츠다. 게다가 번쩍이는 머리 모양을 하고 얼굴에 군대 분장을 마치고 나니, 다시 내 자신이 된 것 같아 보인다.

루카스가 한 발로 돌바닥을 톡톡 치면서 문의 반대편에서 기다리고 있다.

"스케줄까지 1분 남았습니다."

내가 복도로 발을 딛는 순간 그가 말한다.

"당신은 매일매일 나를 아기처럼 돌보게 되는 건가요, 아니면 내가 나 자신을 잘 돌볼 수 있게 될 때까지만인가요?"

그는 내 옆에서 걸음에 보조를 맞추며 나를 올바른 방향으로 부드럽게 이끈다.

"아가씨 의견은 어떠신데요?"

"길고 행복한 우정을 위해서 건배하죠, 사모스 요원."

"동감입니다, 마이 레이디."

"날 그렇게 부르지 말아요."

"좋으실 대로 하시죠, 마이 레이디."

지난밤의 연회와 비교하니, 아침 식사는 비교적 칙칙해 보인다.

"더 작은" 식당은 여전히 크고, 높은 천장과 강변을 바라보는 전망을 갖추고 있지만, 긴 테이블에는 오직 세 명만을 위한 식사 준비가 되어 있다. 내게는 아주 불행하게도, 나머지 두 사람이 엘라라 왕비와 에반젤린이다. 내가 발을 질질 끌며 들어섰을 때, 그들은 이미 자신들의 과일 그릇을 반쯤 비운 상태이다. 엘라라 왕비는 나를 거의 쳐다보지도 않지만, 에반젤린은 날카로운 눈으로 두 명분은 족히 될 만큼 나를 바라본다. 태양이 에반젤린의 금속 의상 위로 산란하는 바람에, 그녀는 눈도 뜰 수 없게 빛나는 별처럼 보인다.

왕비가 올려다보지도 않은 채로 말한다.

"빨리 먹어야겠구나. 레이디 블로노스는 지각을 참아 주지 않는단다."

내 바로 맞은편에서, 에반젤린이 손 안으로 소리 내어 웃는다.

"당신 아직도 의전을 듣는 건가요?"

"그 말뜻은 당신은 아니라는 건가요?"

즉, 그녀와 함께 수업들을 들을 필요가 없다는 뜻이렸다.

"그거 참 다행이네요."

에반젤린은 내 모욕은 무시하며 나를 비웃는다.

"어린애들이나 의전을 듣는 거죠."

놀랍게도, 왕비가 내 편을 든다.

"레이디 메리어나는 끔찍한 환경에서 자라왔어. 그녀는 우리의 방식, 이제부터 그녀가 반드시 이행해 낼 것이라고 우리가 기대하는 것들에 대해서 아무 것도 몰라. 분명히 그대도 그녀의 필요성에 대해서 이해하고 있겠지, 에반젤린?"

그 질책은 침착하고, 조용하며 위협적이다. 에반젤린의 미소가 사라지고, 그녀는 감히 왕비와 눈을 마주치지 않은 채로 고개를 끄덕인다.

"오늘 오찬은 글래스 테라스에서 진행될 거고, 퀸스트라이얼에 참여했던 아가씨들과 그 어머니들이 함께할 거야. 너무 흡족한 티를 내지 않도록 노력해 봐."

내가 그럴 리가 결코 없음에도 엘라라 왕비는 그렇게 덧붙이고, 맞은편에서 에반젤린은 하얗게 질린다.

"그 사람들이 여기 여전히 머무르나요?"

그렇게 묻는 내 목소리가 들린다.

"그러니까 심지어…… 뽑히지 않은 후인데도요?"

엘라라 왕비가 고개를 끄덕인다.

"다음 주까지 손님들은 계속 여기에 머무를 거야, 왕자와 그의 약혼녀에 대한 예우로서 말이지. 손님들은 축하 무도회 전까지는 떠나지 않을 거다."

심장이 가슴 안에서 발끝까지 곤두박질친다. 어젯밤 같은 밤들이 더 많이 남아 있다니. 그토록 압박하는 군중들과 천 개의 눈들. 그들은 내가 결코 대답할 수 없는 질문들을 할 것이다.

"좋네요."

"그리고 무도회 뒤에는, 우리도 그들과 함께 떠날 거다."

엘라라 왕비는 칼날을 비틀며 이어서 말한다.

"수도로 돌아가기 위해서."

수도. *아케온*. 매년 여름의 끝이 오면 왕실 가족들은 화이트파이어 팰리스로 돌아간다는 것을 알고는 있지만, 이제 내가 함께 그래야 한다니. 나는 떠나야만 한다. 내가 이해할 수 없는 이 세계가 내 유일한 현실이 될 것이다. 다시는 결코 집으로 돌아갈 수 없으리라. *잘 알고 있었잖아.* 나는 스스로에게 말한다. *너도 동의했던 바잖아.* 하지만 그렇다고 덜 아픈 것은 아니다.

복도로 도망치듯 빠져나오자, 루카스가 길을 따라 나를 안내한다. 우리가 걷는 동안, 그가 나를 향해 능글맞게 웃는다.

"얼굴에다 수박을 그려 놓으셨군요."

"물론이에요."

나는 소매로 입을 닦으며 잘라 말한다.

"여기만 지나가시면 레이디 블로노스가 계십니다."

그가 복도의 끝을 가리켜 보이며 말한다.

"그분은 어떤 이야깃거리를 갖고 있죠? 날 수 있거나 귀에서 꽃이 자라게 하나요?"

루카스는 내 비위를 맞추듯 빙긋 웃는다.

"전혀 아닙니다. 그녀는 힐러예요. 자, 힐러는 두 종류가 있죠. 스킨 힐러(skin healer)와 블러드 힐러(blood healer). 블로노스 하우스 사람들은 전부 블러드 힐러였습니다. 무슨 의미인고 하니, 그들이 스스로를 낫게 할 수 있었다는 겁니다. 제가 궁전 꼭대기에서 그녀를 던져 버릴 수도 있겠지만, 그녀는 상처 하나 없이 걸어 나갈 수 있다는 거죠."

정말로 그런지 한번 실험을 해 보고 싶지만, 그 말을 크게 뱉지는 않는다.

"그 전에는 한 번도 블러드 힐러의 경우에 대해서 들어보지 못했어요."

"들어 본 적 없으실 겁니다, 그들은 경기장에서 싸우도록 허락받은 적이 없거든요. 그 사람들은 거기 가 봤자 아무 소용이 없어요."

와우. 여기에 또 하나의 은혈 전설이 추가요.

"그러니 만약 내가, 음, 어떤 사건을⋯⋯."

내가 하려고 하는 말을 이해한 루카스가 부드럽게 대꾸한다.

"그녀는 괜찮을 겁니다. 게다가 반대편에는 커튼이⋯⋯."

"그래서 사람들이 내게 그녀를 보낸 거군요. 내가 위험한 존재이기 때문에요."

하지만 루카스는 머리를 흔든다.

"레이디 타이타노스, 사람들이 아가씨께 그녀를 보낸 이유는 당신의 자세가 엉망인 데다 당신이 개처럼 먹기 때문이에요. 베스 블로노스는 아가씨에게 어떻게 숙녀가 될지를 가르쳐 주실 거고, 만약 아가씨가 그녀를 몇 번쯤 전기로 지진다고 한들 아무도 당신을 탓하지 않을 겁니다."

어떻게 숙녀가 될지라⋯⋯ 이거 정말 끔찍할 거 같다.

그가 문을 주먹으로 두드리는 바람에 나는 펄쩍 뛰어오른다. 문은 소리 없이 크게 열리고, 매끄러운 경첩 너머로 햇빛이 비치는 방이 드러난다.

"점심 식사 때 맞춰 다시 돌아오겠습니다."

그가 말하지만 나는 발이 땅에 뿌리내린 듯 움직이지 않는다. 하지만 루카스가 나를 그 끔찍한 방으로 살살 민다.

문이 내 뒤에서 흔들리며 닫히고, 이번에는 복도에서 빠져 나왔다는 것도, 그 어떤 것도 스스로를 달래는 데 도움이 되지 않는다. 방은 훌륭하지만 벽은 창문으로 덮여 있는 평범한 형태로, 완전히 비어 있다. 카메라나 전등 같은 전기에서 나오는 웅웅거리는 소음이 이곳에서는 폭력적일 만큼 강렬해서, 거의 내 주변의 공기를 전기에너지가 데우는 것만 같다. 아마도 적절하게 행동하려는 내 시도를 비웃을 준비를 마친 채로 왕비가 지켜보고 있으리라는 확신이 든다.

"안녕하세요?"

뭔가 대답이 돌아오길 기대하며 말해 보지만, 아무 대답이 없다.

창문 쪽으로 가로질러 가서 마당을 내다본다. 또 다른 예쁜 정원 대신에, 이 창이 전혀 외부를 향하지 않고 거대한 하얀 방을 굽어보고 있다는 사실이 놀랍다.

내가 서 있는 바닥 아래로 여러 개의 층들이 있고, 트랙 하나가 바깥쪽의 가장자리를 둘러싸고 있다. 중앙에는 쭉 뻗은 금속 팔을 가진 이상한 기계 장치가 둥글게 회전하며 움직이고 있다. 모두 운동복을 갖춰 입은 남녀들이 기계의 팔을 재빨리 휙휙 피한다. 기계는 속도를 올리고, 두 명만이 남을 때까지 점점 더 빠르게 돈다. 두 사람은 빠르고, 우아함과 속도를 겸비한 채 회피 동작을 한다. 매 순간 기계는 점점 더 가속을 하다가, 마침내 천천히 느려지더니 멈춘다. *저 둘이 기계를 이겼구나.*

이건 틀림없이 보안 요원이나 감시병들을 위한 훈련 과정 같은 게 틀림없다.

하지만 두 명의 훈련생들이 사격 연습을 위해서 움직이자, 나는 그들이 결코 보안 요원이 아니라는 걸 깨닫는다. 두 사람은 밝은 붉은색 불꽃 공들을 공기 중으로 쏴서 과녁들이 올랐다 떨어지는 동안 폭발시킨다. 매번 완벽하게 맞는다. 심지어 여기 위에서도, 나는 그 두 사람의 웃는 얼굴을 알아볼 수 있다. *칼과 메이븐이다.*

그러니까 이게 저 두 사람이 하루를 보내는 방법이란 말이지. 지배하는 법, 왕이 되는 법, 아니면 올바른 군주가 되는 법을 배우는 것이 아니라, 전쟁을 대비한 훈련을 받는 것이다. 칼과 메이븐은 생명체이자 군인이다. 하지만 그들의 전투는 전선에서 이뤄지지 않는다. 그들은 여기, 궁전에서, 방송을 통해, 모든 사람의 가슴 안에 그들이 지배한다는 것을 새긴다. 그들은 그저 왕관의 권리로서뿐만이 아니라 권능으로 지배하게 될 것이다. *힘과 능력.* 그것들이 은혈들이 존경하게 만드는 모든 이유이며, 나머지 우리들을 계속 노예로 부릴 수 있는 모든 이유다.

다음은 에반젤린의 차례다. 목표들이 날자, 그녀는 날카로운 은빛 금속으로 된 부채를 던져서 각각의 목표물을 매 차례 하나씩 맞춰 떨어뜨린다. 에반젤린이 내가 의전 수업을 듣는다며 비웃는 것은 당연한 거였다. 내가 여기서 어떻게 적절하게 식사를 하는지 배우는 동안에, 그녀는 사람을 죽이는 법을 연습하고 있으니.

"쇼는 충분히 즐기셨나요, 레이디 메리어나?"

목소리 하나가 뒤에서 울린다. 돌아서는데, 신경이 조금 따끔거린다. 지금 내 눈에 보이는 모습에는 도저히 진정이 될 만한 구석이 없다.

레이디 블로노스의 외모는 겁에 질리게 만드는 데가 있다. 나는 내 턱이 바닥으로 떨어지지 않도록 내가 가진 모든 예의를 다 동원한다. *블러드 힐러, 스스로를 치료할 수 있는 능력.* 이제 그 의미를 정확히 이해할 수 있다.

그녀는 아마도 50살은 넘었을 듯싶은데, 우리 어머니보다도 더 나이가 많을 것이다. 그럼에도 그녀의 피부는 매끄럽고 충격적으로 뼈대에 딱 붙어 있다. 완벽하게 하얀색인 머리카락은 기름을 발라서 매끄럽게 뒤로 넘겼고, 그녀의 눈썹은 주름 하나 없는 이마 위에서 충격 받은 모양으로 굳어 버린 듯 보이는 호를 그리고 있다. 그녀의 너무 두툼한 입술부터 날카롭고 자연스럽지 않은 곡선을 그리는 코에 이르기까지. 그녀의 모든 것이 잘못된 기분이 든다. 오직 그녀의 깊은 회색 눈만이 생동감이 있다. 나머지는 *가짜*라는 것을 나는 깨닫는다. 어쨌든 그녀는 더 젊고, 더 예쁘고, *더 나은* 모습을 갖고자하는 시도 속에서 이런 괴물스러운 것으로 자신을 고치거나 변화시킬 수 있었다.

나는 마침내 간신히 말한다.

"죄송해요. 들어왔는데, 안 계셔서……."

"알아차렸습니다."

그녀가 딱 자르는데, 이미 내가 맘에 안 드는 모양이다.

"아가씨께서는 폭풍 속의 나무처럼 서 계시네요."

그녀는 내 어깨를 힘 줘 잡고는 뒤로 밀어서 똑바르게 서도록 교정한다.

"제 이름은 베스 블로노스입니다, 저는 당신을 숙녀로 만드는 노력을 하러 왔어요. 아가씨는 언젠가 노르타의 왕자비가 될 거예요, 그리고 그런 당신을 계속 야만스럽게 행동하도록 둘 수야 없죠, 안 그런가요?"

야만스럽다. 반짝하는 짧은 순간 동안, 나는 멍청한 레이디 블로노스의 얼굴에 대고 침을 뱉으면 어떨지 생각한다. 하지만 그걸로 나는 무슨 대가를 치르게 될까? 그게 무슨 일을 성취할 수 있지? 그 건 오직 그녀가 옳았다는 것만을 증명할 뿐일 테지. 최악은, 내가 그 녀를 필요로 한다는 사실이다. 그녀의 훈련은 내가 미끄러지는 것을 막아 줄 테고, 가장 중요하게도 내가 살아 있을 수 있도록 도와줄 것 이다.

"물론이죠."

내 목소리로 이뤄진 공허한 껍질이 대답한다.

"그렇게 둘 수야 없죠."

정확하게 3시간 30분이 지난 후에, 블로노스는 나를 자신의 손아귀에서 풀어서 루카스의 보호 아래로 돌려준다. 어떻게 앉고, 서고, 걷고 심지어 잠자는지(등을 똑바로 대고, 팔은 양 옆에 붙인 채로 언제나 같은 자세를 유지한다.)에 대한 자세 교육들을 거친 후에 내 등은 온통 고통을 호소하는 중이지만, 그것은 그녀가 나에게 퍼부은 정신 훈련에 비하면 아무것도 아니다. 그녀는 내 머릿속에 궁정의 예법을 주입했다, 이름, 의전, 에티켓 등등. 마지막 몇 시간 동안 내가 알아야 한다고 생각되는 것은 어떤 것이라도 집중 훈련을 받아야 했다. 하이 하우스들 가운데 고관들에 관해서도 느리게나마 점점 그림이 그려지고는 있지만, 어떻게든 무언가를 내가 망치게 될 것은 분명하다. 우리는 오직 의전의 표면만을 긁었을 뿐인데, 지금 나는 어떻게 행동하는지에 대한 최소한의 상식만 간신히 갖춘 채 왕비의 명청한 행사에 가고 있다니.

글래스 테라스는 비교적 가까운 곳으로, 한 층을 내려가서 복도만 지나면 되는 곳이라서 엘라라 왕비와 에반젤린을 다시 대면하기 전에 자신을 추스를 시간도 별로 없을 정도다. 이번에는 문을 통과하자, 활기를 북돋아주는 신선한 공기가 나를 환영한다. 메리어나가 되어야만 했던 이래 처음으로 나는 밖으로 나와 있다. 하지만 이렇게 폐 한가득 바람을 채우고 얼굴에는 햇살을 맞고 있는 지금, 나는 무엇보다도 다시 메어에 가까워진 기분이다. 눈만 감으면, 이 모든 일들이 결코 일어나지 않은 척도 할 수 있을 것만 같다. *하지만 일어난 일이다.*

글래스 테라스는 블로노스의 교실이 삭막했던 정도만큼이나 화려하고, 그 이름에 충분히 부응하는 곳이다. 깨끗하고 예술적인 모양을 한 기둥들로 지지되는 유리로 된 캐노피가 우리를 향해 쭉 뻗은 채로, 주위를 서성거리고 있는 여자들의 옷 색깔과 어울리는 백만 가지의 춤추는 듯한 빛으로 태양빛을 반사시킨다. 이 은혈들의 세계의 다른 모든 것들처럼 예술적이고도 아름다운 방식이다.

숨을 들이킬 틈을 잡기도 전에, 여자애들 한 쌍이 내 앞으로 다가온다. 그들의 얼굴에 떠오른 미소는 그 애들의 눈만큼이나 차가운 가짜다. 그 애들이 입은 옷의 색상으로 판단해 보건대(하나는 어두운 푸른색과 붉은색을 입었고, 하나는 완전 검정색이다.) 그 애들은 각각 아이럴 하우스와 헤이븐 하우스에 소속되어 있다. *실크(silk)와 쉐도우 (shadow)*. 나는 능력들에 관한 블로노스의 수업을 기억해 낸다.

"레이디 메리어나."

그들이 딱딱하게 절하며 합창하듯 하나의 목소리로 인사한다. 레이디 블로노스가 내게 보여 줬던 방식대로 고개를 기울이며 나도 똑같이 한다.

"아이럴 하우스의 소냐라고 합니다."

첫 번째 소녀가 말하며 자랑스럽게 머리를 발딱 쳐든다. 그녀의 움직임은 나긋나긋하고 고양이 비슷하다. *실크들은 빠르고 조용하며, 완벽하게 균형이 잡혀 있고 민첩합니다.*

"그리고 저는 헤이븐 하우스의 일레인이에요."

다른 한 쪽이 덧붙이는데, 그녀의 목소리는 거의 속삭임에 가깝다. 아이럴 쪽은 심하게 태운 피부에 검정색 머리를 한 어두운 느낌이라고 하면, 일레인은 번쩍이는 붉은 머리칼을 한 창백한 소녀다. 춤추는 햇빛이 그녀의 피부 위에 완벽한 후광을 반짝거리게 해서, 그녀는 흠 하나 없는 듯이 보인다. 쉐도우, 빛을 구부리는 자.

"당신을 환영하고 싶었어요."

하지만 그들의 날카로운 미소와 가늘게 뜬 눈으로 봐서는 전혀 환영하는 것처럼 보이지 않는다.

"고맙습니다. 무척 친절하시네요."

나는 목청을 가다듬으며 평범하게 들리게 하려고 노력하지만, 그 여자애들은 내 행동을 놓치는 법이 없어서 바로 시선을 주고받는다.

"당신들도 퀸스트라이얼에 참여했었던가요?"

내 끔찍한 품위에 대한 그들의 주의를 돌릴 수 있기를 바라며 내가 재빨리 묻는다.

이 질문은 오직 그들을 격분하게 만든 것처럼만 보인다. 소녀는 팔짱을 껴서 금속으로 칠한 날카로운 손톱을 내보인다.

"그랬죠. 분명 우리들은 당신이나 에반젤린처럼 운이 좋지만은 못한 모양이에요."

"미안……"

멈추기도 전에 그 말이 나간다. *메리어나는 사과하지 않는다.*

"내 말은, 당신들도 알겠지만, 난 어떤 의도도……."

"당신 의도는 여전히 잘 보인답니다."

소녀는 매초 점점 더 고양이처럼 보이며 가르랑댄다. 그녀가 돌아서며 손가락을 딱 부딪치는데, 나는 그러다 자기 손톱끼리 서로 잘리기라도 할까 봐 움찔한다.

"할머니, 오셔서 레이디 메리어나를 만나 보세요."

할머니. 나는 친절한 노부인이 뒤뚱뒤뚱 걸어와서 나를 물어뜯으려고 하는 이 여자애들한테서 구해 주길 바라며 거의 안도의 한숨을 내쉰다. 하지만 그것은 단단한 착각이다.

쭈글쭈글한 노파 대신에, 내가 만난 것은 강철과 그늘로 이루어진 듯한 가공할 만한 여인이다. 소녀처럼 그녀도 커피색의 피부와 검정색 머리를 지니고 있지만, 다만 그녀의 머리는 간간히 하얀색 부분이 보인다. 나이에도 불구하고 그녀의 갈색 눈동자는 생기로 빛을 발한다.

"레이디 메리어나, 이분은 내 할머니세요. 레이디 에이라, 아이럴 하우스의 수장이시지요."

소냐는 뾰족한 비웃음으로 설명한다. 나이든 여인이 내게 시선을 맞춘다. 그녀의 응시는 어떤 카메라보다도 더 끔찍하다. 나를 곧장 뚫는다.

"아마 당신도 할머니가 '팬서'이셨다는 걸 알고 있겠죠?"

"팬서라고요? 난 전혀……."

하지만 소냐는 내가 경직된 모습을 보는 게 즐거운 듯 계속 이야기한다.

"오래 전 전쟁이 둔화되던 시절, 지적인 요원들이 군인들만큼이나 중요해졌죠. 팬서는 그중에서도 최고의 존재였답니다."

스파이. 내가 지금 스파이 앞에 서 있는 거구나.

나는 억지로 미소를 짓는다. 오직 미소만이 내 공포를 숨기려고나 할 수 있다는 듯이. 땀이 내 손바닥을 흐르고, 스스로 손을 떨고 있지 않기만을 바랄 뿐이다.

"만나서 반갑습니다, 마이 레이디."

에이라는 가볍게 고개만 끄덕인다.

"당신 아버님을 압니다, 메리어나. 당신 어머님도요."

"그분들이 끔찍하게 그리워요."

나는 그 말들이 그녀를 달래길 기대하며 대꾸한다.

하지만 팬서는 당혹스러운 얼굴이 되어서 머리를 한쪽으로 기울인다. 아주 잠깐, 나는 그녀의 눈을 스쳐 지나가는 수천 가지의 비밀들, 전쟁의 그늘 뒤에 어렵게 얻은 그 비밀들을 볼 수 있다.

"그분들이 기억난다고요?"

그녀가 내 거짓말을 쿡 찌르듯 묻는다.

목소리가 걸리지만, 나는 계속 말을 해야만, 거짓말을 이어 가야만 한다.

"아니요, 하지만 나는 부모님을 갖는 것이 그리워요."

엄마와 아빠가 내 마음속을 스치지만, 재빨리 밀어낸다. 나의 적혈 과거는 내가 가장 최후에 생각해야 하는 것들이다.

"그분들이 여기 계셔서 내게 이 모든 것에 대해 설명해 주실 수 있다면 하고 바라죠."

"흠."

그녀는 나를 다시 한 번 관찰하며 대꾸한다. 그녀의 의심을 보니 발코니에서 뛰어내리고 싶은 기분이 든다.

"당신 아버님은 푸른 눈을 가졌었죠, 당신 어머님이 그러셨듯이."

그리고 내 눈은 갈색이다.

"나는 여러모로 다른 모양이에요, 대부분은 아직 스스로 이해도 못하고 있지만요."

그게 내가 간신히 할 수 있는 유일한 대답이다. 나는 그것이 충분한 설명이 되기만을 바란다.

처음으로, 왕비의 목소리가 나를 구원해 준다.

"앉을까요, 숙녀 여러분?"

그녀가 하는 말이 사람들 위로 메아리친다. 그 말에 나는 조그마한 한숨이라도 쉴 수 있는 자리에 앉기 위해서 에이라, 소냐, 그리고 조용한 일레인에게서 빠져 나온다.

반 정도 수업을 들었을 뿐인데도, 나는 다시 침착해지기 시작한다. 나는 모든 사람들의 이름을 올바르게 불렀고, 배운 대로 꼭 해야만 할 때만 최소한의 말만 했다. 에반젤린이 칼에 대한 자신의 "죽지 않는 사랑"과 자신이 선택 받은 것에 대한 영광 등에 대한 이야기로 여자들을 즐겁게 해 주며 우리 두 사람 몫만큼 충분히 떠들었다. 퀸 스트라이얼에 참가했던 여자애들이 다함께 뭉쳐서 그녀를 죽이지 않을까 생각했지만, 나로서는 짜증나게도 아무도 그렇게 하지 않았다. 오직 아이럴 가의 할머니와 소냐만이 내가 거기 있다는 사실을 신경 쓰고 있는 듯했지만, 그들조차 더 이상 자신들의 심문을 이어 나가지는 않았다. *하지만 저 사람들은 분명히 다시 심문하려 들 것이다.*

메이븐이 모퉁이를 돌아 나타났을 때쯤엔, 나는 오찬에서 살아남은 스스로가 자랑스러운 상태다. 심지어 그의 출현이 짜증나지도 않는다. 사실, 나는 이상하게도 안심이 되어서 내 차가운 태도를 조금 버리기까지 한다. 그는 긴 다리로 몇 걸음만에 다가오며 활짝 미소를 짓는다.

"아직 살아 있네?"

그가 말한다. 아이럴 사람들이랑 비교하면, 그는 친근한 강아지 같다.

나도 미소 짓지 않을 수가 없다.

"레이디 아이럴을 다시 레이크랜즈와의 전쟁에 돌려보내야 되겠어요. 그녀라면 일주일이면 상대편을 항복시킬걸."

그가 억지로 속 빈 웃음을 크게 짓는다.

"정말 잔소리 많은 부인이지. 자신이 더 이상 전장에 있지 않다는 걸 여전히 이해할 수 없는 것 같더라고. 그녀가 그대에게 질문을 퍼부었어?"

"심문에 더 가깝죠. 제가 그녀의 손녀딸을 이겼다는 사실에 화가 난 모양이에요."

공포가 그의 눈에 떠오르고, 나 역시 그걸 이해한다. *팬서가 만약에 내 꼬리 냄새를 맡았다면……*.

"그녀는 그대를 다시는 그렇게 괴롭히지 못할 거야. 어머니께서 아시도록 알릴게, 뭔가 조치를 취해 주시도록."

*그*가 중얼거린다.

그의 도움을 바라지 않는 만큼이나, 나는 다른 방법을 찾아낼 수가 없다. 에이라 같은 여자는 쉽게 내 이야기의 흠을 찾아낼 테고, 그러면 나는 정말로 끝장나게 될 것이다.

"고마워요, 그건 정말…… 정말 매우 도움이 될 거예요."

메이븐은 차려 입은 의상은 치우고, 편하고 기능적인 가벼운 옷을 입고 있다. 적어도 격식에 얽매이지 않는 것처럼 보이는 사람을 누구라도 볼 수 있다는 사실에 조금 더 안심이 든다. 하지만 나는 메이븐과 관련된 어떤 것이라도 나를 진정시키도록 둘 수 없다. *그는 그들 중 하나야. 그 사실을 잊을 수 없어.*

"그대의 일정은 이걸로 끝인가?"

메이븐이 묻는다. 그의 얼굴에 분명히 떠오르는 건 좀 더 열렬한 미소다.

"원한다면 내가 궁전 구경을 시켜줄 수도 있는데."

"아니에요."

그 말이 재빨리 튀어나오자, 그의 미소가 어두워진다. 그의 찌푸린 얼굴은 그 미소만큼이나 나를 동요하게 한다.

"다음에 또 수업들이 있거든요."

나는 아까 날린 말을 조금이라도 만회하길 바라며 덧붙인다. 왜 내가 그의 감정들을 신경 쓰고 있는지, 나로서도 잘 모르겠다.

"왕자님 어머님께서는 스케줄을 아주 사랑하시네요."

그가 고개를 끄덕이는데, 조금 더 나아진 얼굴이다.

"어머님은 정말로 그러시지. 아무튼 그대를 더 지체시키지 말아야겠군."

그는 내 손을 부드럽게 잡는다. 지난번에 피부에서 느껴지던 차가움은 사라지고, 기쁜 열기가 느껴진다. 내가 돌아서기도 전에, 그가 먼저 나를 홀로 선 채 남겨 두고 가 버린다.

루카스는 내가 알아차리기도 전에 스스로를 수습할 시간을 준다.

"아시죠, 아가씨가 정말로 움직이기만 하면 우리가 목적지에 좀 더 빠르게 도착할 수 있다는 것을."

"닥쳐요, 루카스."

제13장

　다음 선생님은 바닥부터 천장까지 책으로 꽉 찬 방에서 나를 기다리고 있다. 그 방은 내가 지금까지 본 중에 가장 많은 책들로, 내가 지금까지 이토록 많은 양이 존재하리라고는 생각해 보지도 못한 정도로 많은 책들로 가득 차 있다. 그 책들은 오래 되고, 도무지 값을 매길 수 없어 보인다. 학교와 모든 종류의 책들에 대한 나의 혐오에도 불구하고, 나는 그 책들에 마음이 끌린다. 하지만 제목과 그 속의 내용 모두 내가 읽을 수 없는 언어, 내가 평생 해독하리라고 생각되지도 않는 뒤섞인 상징들로 쓰여 있다.

　책들에 대한 끌림만큼이나 벽 위에 있는 지도들, 왕국과 다른 대륙들을 그린, 새것이나 오래된 지도들에 호기심이 인다. 거대한 벽 위에 걸린 네모난 틀 안에는 판유리 뒤로 거대한 형형색색의 지도들이 여러 장으로 나뉜 채 다함께 들어가 있다. 지도는 적어도 나보다

두 배는 크고, 방을 지배하다시피 한다. 빛바래고 찢어진 채, 그것은 붉은 선과 푸른 해안선, 녹색 숲들과 노란 도시들로 이루어진 복잡한 점들을 그리고 있다. 이것은 오래 전의 세계, 이전의 세계, 오래된 이름과 오래된 경계를 그린, 이제는 더 이상 쓸모없는 세계의 지도다.

"한때 존재했던 세계를 바라보는 것은 이상한 일이죠."

교사가 서재 사이에서 나타나며 말한다. 오랜 세월을 거치며 얼룩투성이에 빛바랜 노란색 망토는 그를 꼭 종이로 된 사람 조각처럼 보이게 한다.

"우리가 어디 있는지 맞춰볼 수 있겠습니까?"

지도의 순수한 크기에 놀라 나는 침을 꿀꺽 삼키지만, 다른 모든 것처럼 이것 역시 시험임을 직감한다.

"시도는 해 볼게요."

노르타는 가장 북쪽. 스틸츠는 캐피탈 리버 위에 있고. 강은 바다로 흐르지. 고통스런 탐색 시간이 1분 정도 지난 후에, 나는 마침내 강과 내 마을 근처의 작은 만을 찾아낸다.

"저기요."

나는 좀 더 북쪽, 서머튼이 있을 거라고 추정되는 위치를 가리키며 말한다. 내가 완전 바보는 아니라는 사실이 기쁜 듯 그가 고개를 끄덕인다.

"또 다른 것을 알아볼 수 있겠습니까?"

하지만 책들과 마찬가지로, 지도는 내가 읽을 수 없는 글로 쓰여 있다.

"읽을 수가 없어요."

"나는 읽을 수 있는지 물어보지 않았습니다."

그가 여전히 기쁨에 찬 채로 대꾸한다.

"게다가 말들은 거짓말을 하지요. 그 이면을 보세요."

어깨를 으쓱이고는, 나는 다시 지도를 본다. 나는 학교에서 결코 훌륭한 학생이었던 법이 없으니, 이 남자도 곧 그 사실을 알아차리게 되리라. 하지만 놀랍게도, 나는 이 게임이 좋다. 지도를 훑으며, 모양들을 찾으며, 나는 그 사실을 깨닫는다.

"저건 아마도 하버베이겠네요."

마침내 나는 갈고리 모양 곶 주변에 동그란 원을 그리며 웅얼거린다.

"맞습니다."

얼굴을 접어서 미소를 만들면서 그가 말한다. 눈가의 주름이 그 행동으로 더 깊어지는 게 그의 나이를 보여 준다.

"여기는 지금의 델피입니다."

그가 더 남쪽의 도시를 가리키며 말한다.

"그리고 아케온은 여기이지요."

그는 손가락으로 캐피탈 리버 너머를 가리킨다. 이전 세계의 모든 국가를 통틀어서도, 지도상에서 가장 큰 도시인 것처럼 보이는 곳이 북쪽으로 몇 킬로미터 위에 있다. 루인즈. 더 나이 많은 아이들 사이에서, 그리고 쉐이드 오빠에게서 그 이름을 들은 적이 있다. *재의 도시, 레키지.* 그는 그곳을 그렇게 불렀다. 천 년도 더 전의 전쟁 때부터 연기와 그늘로 뒤덮인 채로 있는 장소에 대한 생각으로, 내 척추를 따라 떨림이 내달린다. *우리의 전쟁이 끝나지 않는다면 이 세계도 결국 그렇게 되지 않을까?*

교사는 내가 생각할 틈을 주듯 물러난다. 그는 몹시 이상한 방식으로 가르치는 사람이다. 아마도 네 시간 동안 벽만 보고 있다가 수업이 끝나는 게 아닐까.

하지만 갑자기, 나는 웅웅거리는 소리랑 관련된 이상한 점을 한가지 깨닫는다. 아니, 그 소리의 결핍이라고 해야 될까. 오늘 하루 종일 나는 카메라들이 주는 전기적인 무게에 시달렸는데, 정말로 더 이상 알아차릴 수가 없다. 지금까지는, 아무것도 느껴지지 않는다. *사라졌다.* 전등들이 여전히 전기로 맥동하는 것까지는 느낄 수 있지만 카메라는 더 이상 없다. 지켜보는 눈도 없다. 엘라라 왕비가 여기서만큼은 나를 볼 수 없다.

"왜 아무도 우리를 지켜보고 있지 않은 거죠?"

그는 나를 향해 눈만 깜박인다.

"그러니까 차이가 있긴 있군요."

그가 중얼거린다. 그게 무슨 말인지는 몰라도, 나를 화나게 한다.

"왜냐고요?"

"메어, 난 당신에게 역사를 가르치고, 은혈이 되는 법을 가르치고, 그리고 음, 아, *유용하게 되는* 법을 가르치러 여기 왔어요."

그의 표현은 심술궂다.

나는 그를 혼란에 차서 바라본다. 차가운 공포가 나를 관통한다.

"내 이름은 메리어나입니다."

하지만 그는 내 허약한 선언 따위는 저리 치우라는 듯 손을 흔들어 보인다.

"나는 또한 당신이 정확히 어떻게 그런 존재가 된 것인지, 그리고 어떻게 능력을 사용해야 하는지 이해하는 걸 도와주려고 합니다."

"내 능력은, 내 능력은, 내가 은혈이라서 생긴 거예요. 내 부모님들의 능력이 섞였고…… 내 아버지는 오블리비언이었고 어머니는 스톰이었죠."

나는 엘라라가 내게 알려준 설명을 더듬으며 꺼내들고는, 어떻게든 그를 이해시키려고 한다.

"나는 은혈입니다."

그는 머리를 흔들어 나를 공포에 질리게 만든다.

"아니, 당신은 은혈이 아니에요, 메어 배로우. 그리고 당신은 그 사실을 결코 잊을 수도 없겠지요."

그가 안다. 나는 끝장났다. 모든 것이 끝이다. 빌어야 하는데, 그에게 제발 내 비밀을 지켜 달라고 사정해야 하는데, 말들은 내 목구멍에 딱 달라붙어 나오지를 않는다. 끝이 오고 있는데 나는 그걸 멈추기 위한 어떤 말도 뱉을 수 없다니.

"그럴 필요 없어요."

내 공포를 알아차린 그가 계속 말한다.

"당신의 유산에 대해서 어떤 누구에게도 알릴 계획은 없습니다."

내가 느낀 안도는 곧 사라지고, 또 다른 종류의 공포가 자리를 차지한다.

"왜요? 내게 뭘 원하는 거죠?"

"나는, 다른 모든 것보다도, 호기심이 강한 사람입니다. 그래서 당신이 퀸스트라이얼에 적혈 하인으로 들어왔다가 오래 전에 잃어버렸다는 어떤 은혈 아가씨가 되어서 돌아왔을 때, 이렇게 말할 수밖에 없겠군요, 난 정말로 호기심이 일었답니다."

"그게 여기에 어떤 카메라도 없는 이유인가요?"

나는 발끈해서, 그에게서 뒤로 물러서며 말한다. 주먹을 꽉 쥔 채, 부디 이 남자로부터 그 번개가 나를 지켜줬으면 하고 생각한다.

"그래서 당신이 나를 *검사하는* 기록이 남지 않도록?"

"여기에 아무 카메라도 없는 이유는 내게 그걸 다 끌 수 있는 힘이 있기 때문입니다."

완전한 어둠 속에서 불빛이 비치는 것처럼 희망이 내 안에서 고개를 든다.

"당신의 힘이 무엇이기에요?"

나는 떨면서 묻는다. 어쩌면 그는 나랑 비슷할지도 몰라.

"메어, 은혈이 '힘'이라는 단어를 사용할 때는 *권력, 세력* 같은 것을 의미할 때예요. 반면에 우리가 할 수 있는 작은 멍청한 일들을 언급할 때는 '능력'이라는 말이 사용되지요."

작은 멍청한 일들이라. 말하자면 사람을 멈추게 해서 마을 광장에서 익사시키는 일 같은 거 말인가.

"내 말의 의미는 내 누이가 한때 이곳의 왕비였기에, 여전히 그 사실이 여기서는 좀 먹힌다는 거죠."

"레이디 블로노스는 그런 건 가르쳐 주지 않았어요."

그는 혼자 킥킥거린다.

"그건 레이디 블로노스가 당신에게 허튼소리나 가르치고 있기 때문이에요. 나는 그런 건 안 가르칩니다."

"그러니까, 왕비가 당신의 누이였다고 한다면, 그럼 당신은……."

"줄리언 제이코스입니다, 잘 부탁합니다."

그는 우스꽝스러울 정도로 낮은 절을 한다.

"제이코스 하우스의 수장이며, 오래된 책 몇 권 빼고는 아무것도 물려받은 게 없는 상속인이지요. 내 누이는 전 왕비 코리앤이고, 티베리아스 7세는, 우리 모두가 칼이라고 그를 부르지만, 바로 내 조카입니다."

그 말을 듣고 보니, 유사성이 보인다. 칼의 피부나 머리색은 부친의 것이지만, 쉽게 말해, 눈 뒤의 따뜻함 같은 것들은 분명히 그의 어머니에게서 물려받은 것이리라.

"그래서 당신은 왕비를 위해서 나를 어떤 과학 실험 대상으로 만들거나 하지는 않을 거라는 건가요?"

나는 여전히 경계하면서 묻는다.

언짢아 보이는 대신, 줄리언은 큰 소리로 웃음을 터뜨린다.

"맙소사, 왕비는 당신이 사라지는 것 이상은 어떤 것도 바라지 않을 텐데요. 당신이 어떤 존재인지 알아내서, 당신이 스스로를 이해하도록 돕는 것은 왕비가 결코 바라지 않는 일일 겁니다."

"하지만 당신은 어쨌든 그걸 하겠다는 거고요?"

뭔가가 그의 눈에 번뜩이는데, 아마도 분노 같다.

"당신이 그렇게 생각하기를 왕비가 바라는 만큼, 실제로 왕비의 권한은 결코 그렇게 대단하지 않아요. 나는 당신이 어떤 존재인지 알고 싶고, 당신 또한 그래야 한다고 확신합니다."

방금 전까지 두려웠던 만큼이나, 지금의 나는 또 얼마나 흥미가 이는지.

"알고 싶어요."

"나도 그렇게 생각했어요."

그가 말하고는 책 너머로 나에게 미소를 짓는다.

"내가 요청 받은 일 또한 해야만 한다는 점은 미리 사과하겠습니다. 앞으로 다가올 날들에 당신을 준비시키는 일 말이지요."

나는 얼굴을 떨어뜨리며 왕좌의 방에서 칼이 설명했던 부분을 생각한다. *너는 영웅이야. 적혈로 자란 은혈.*

"나를 반역을 막는 데에 쓰고 싶어 해요. 어떻게든요."

"그래요, 내 친애하는 처남과 그의 왕비는 제대로만 쓰인다면 당신이 그리 할 수 있을 거라고 믿더군요."

그가 하는 모든 단어마다 씁쓸함이 떨어진다.

"그건 멍청한 생각이고 말도 안 돼요. 난 어떤 일도 할 수 없을 거고, 결국……."

내 목소리는 사그라진다. 결국 그들은 날 죽일 거예요.

줄리언이 내 생각의 기차를 따라온다.

"당신은 틀렸어요, 메어. 당신은 지금 당신이 가진 권력을 이해하지 못하고 있어요, 당신이 얼마나 많은 것들을 제어할 수 있는지를."

그는 등 뒤로 손을 돌리고 이상할 정도로 꽉 잡는다.

"진홍의 군대는 그중에서도 가장 극단적인 경우고, 지나치게 빠른 경우지요. 하지만 당신은 변화를 조절할 수 있어요, 친절한 사람들이 믿을 수 있도록. 연설 몇 번과 미소 몇 번이면 당신은 혁명의 불길을 끄는 느린 불꽃이 될 수 있겠지요. 당신은 적혈들에게 왕과 그의 은혈들이 얼마나 고결한지, 얼마나 자애로우며 얼마나 올바른지 이야기할 수 있어요. 당신은 당신의 사람들에게 그들의 사슬로 돌아가라고 말할 수 있지요. 심지어 왕에게 의문을 품고 있는 은혈들조차, 의심을 계속 하는 그 사람들조차 당신에게 설득될 수 있어요. 그리고 세계는 계속 똑같이 유지되겠지요."

놀랍게도, 줄리언은 이 때문에 낙담하는 것처럼 보인다. 시끄러운 카메라들이 없자, 나는 그만 나 자신을 잊고 조롱으로 얼굴을 만다.

"그리고 당신은 그걸 원하지 않고요? 당신은 은혈이잖아요, 당신은 진홍의 군대를 *미워해야* 하잖아요. 나도 그렇고요."

"모든 은혈들이 사악하다고 생각하는 건 모든 적혈들이 열등하다고 여기는 것만큼이나 잘못된 생각이에요."

그렇게 말하는 그의 목소리는 심각하다.

"내 사람들이 당신과 당신 사람들에게 하고 있는 행동은 인간성의 깊은 곳에서부터 잘못되었어요. 당신들을 탄압하고, 끝도 없는 가난과 죽음의 순환 속으로 몰아넣고. 그저 그 이유가 당신들이 우리들과 달라서 그렇다고 생각하는 건가요? 그건 옳지 않아요. 그리고 역사를 듣는 어떤 학생이라도 당신에게 말해 줄 수 있겠지만, 이런 일들은 결국 끔찍하게 끝나고 말 겁니다."

"하지만 우리는 달라요. 우리는 공평하지 않아요."

이 세계에서 보낸 하루가 내게 그렇게 가르쳤다.

줄리언은 몸을 구부리고, 내 눈을 뚫어져라 바라본다.

"나는 당신 말이 틀렸다는 증거를 지금 보고 있는 걸요."

줄리언, 당신은 괴물을 보고 있는 거예요.

"내게 당신 말이 틀렸음을 증명할 기회를 줄 건가요, 메어?"

"거기에 어떤 장점이 있죠? 어떤 것도 변하지 않을 거예요."

줄리언은 한숨을 쉬더니 몹시 화가 난 얼굴이 된다. 그는 한 손으로 자신의 가느다란 밤색 머리카락을 훑는다.

"수백 년간 은혈들은 대지 위를 살아 있는 신인 것처럼 걸었고, 적혈들은 그들의 발 아래 노예처럼 엎드려 지냈지요, *당신 이전까지는요.* 만약 그것이 변화가 아니라고 주장한다면, 뭐라고 해야 될지 나는 모르겠네요."

그는 내가 생존하도록 도와줄 수 있어. 더 나아가서는, 그는 심지어 내가 살아가도록 도와 줄 수도 있다.

"그럼 우린 뭘 어째야 하죠?"

내 삶은 리듬을 타고, 항상 같은 스케줄대로 진행된다. 아침의 의전, 점심의 교습, 엘라라 왕비는 점심 식사나 저녁 식사 또는 그 사이에 나를 동반하기도 한다. 팬서와 소냐는 여전히 나를 경계하는 것처럼 보이지만, 그때의 오찬 이후로는 어떤 말도 하지 않는다. 메이븐의 도움은, 그 사실을 인정하기 싫은 만큼이나 제대로 먹힌 것처럼 보인다.

다음 번의 규모가 큰 모임은, 이번에는 왕비의 개인적인 식당에서 열리는데, 아이럴 사람들은 나를 완전히 무시한다. 내 의전 수업들에도 불구하고, 배운 걸 기억하려고 발버둥치고 있음에도, 오찬 때는 여전히 매번 압도된다. 오사노스, 님프, 파랑과 녹색. 벨르, 그런 워든, 녹색과 금색. 르롤란, 오블리비언, 주황과 빨강. 램보스와 타이로스와 노르누스와 아이럴과 더더더 많이. 어떤 누가 이걸 계속 파악하고 있을 수 있단 말인가. 나는 결코 알지 못하리라.

대개, 나는 에반젤린의 옆에 앉는다. 테이블 위에 놓인 수많은 금속 집기들이 에반젤린의 잔혹한 손아래에서 치명적인 무기가 될 수 있다는 생각에 나는 고통스러운 경계를 늦추지 않는다. 그녀가 칼을 들어 자신의 음식을 썰 때마다, 나는 몸을 긴장시킨 채 날아올 공격에 대비한다. 엘라라 왕비는 내가 하는 생각을 보통은 알고 있지만, 그저 자신의 식사를 미소 지으며 입으로 가져간다. 우리의 조용한 전쟁을 그녀가 그토록 기쁨 속에서 지켜보고 있다는 사실을 아는 것은 에반젤린의 고문보다도 더 최악이다.

"태양의 홀은 마음에 드시나요, 레이디 타이타노스?"

맞은편의 여자애가 나에게 묻는다. *아트라, 바이퍼 하우스, 녹색과 검정. 비둘기들을 죽였던 아니모스.*

"당신이 이전에 살았던 그 *마을*에는…… 결코 비교할 수야 없겠지만요."

그녀는 꼭 *마을*이라는 단어를 마치 저주처럼 발음하는데, 나는 그녀의 비웃음을 놓치지 않는다.

다른 여자가 그녀와 함께 웃음을 터뜨리고, 몇 명은 분개한 목소리로 속삭인다.

피가 끓는 것을 참아 내느라, 대답하는 데는 거의 1분의 시간이 걸린다.

"홀과 서머튼은 제가 있던 곳과는 매우 다르지요."

나는 간신히 뱉는다.

"당연하죠."

또 다른 여자가 대화에 참여하느라 몸을 기울이며 끼어든다. 녹색과 금색 튜닉으로 봐서는 벨르 가문이다.

"예전에 캐피탈 밸리에 투어를 간 적이 있는데, 정말이지 적혈들의 마을들은 말 그대로 개탄스러웠어요. 그 사람들은 심지어 제대로 된 도로조차 없더군요."

우리는 간신히 밥이나 먹는 형편인데, 자갈길을 어쩔 여력이 있겠나. 내 이가 산산조각 나겠다 싶어 나는 턱에 주던 힘을 멈춘다. 가능한 미소를 지으려고 했는데, 다른 여자들의 목소리가 찬성을 표하는 바람에 나는 얼굴을 찡그린다.

"그리고 적혈들은 말이죠, 내 생각에 지금 그들이 가진 걸로는 그 정도가 할 수 있는 최선인 것 같았어요."

벨르 소녀가 계속 말한다. 그 생각으로 그녀가 코를 찡그린다.

"그들은 그런 삶에 정말이지 잘 맞아요."

"그들이 섬기도록 태어난 것은 우리 잘못은 아니지요. 그건 그냥 자연적인 일이에요."

갈색 의상의 램보스가 대수롭지 않다는 듯 말한다. 마치 그녀가 날씨나 음식에 대해서 말하고 있다는 듯한 어조다.

분노가 나를 휘감지만, 왕비가 시선을 보내며 내게 그러지 말라고 명령한다. 대신, 나는 자신의 의무를 다해야만 한다. 거짓말을 해야만 한다.

"정말로 그래요."

내 스스로가 말하는 목소리가 들린다. 테이블 아래로, 손을 꼭 쥔 채, 나는 심장이 부서지고 있는 것 같다고 생각한다.

테이블 전체에서, 여자들이 주의 깊게 귀를 기울이고 있다. 내 사람들에 대한 그들의 끔찍한 믿음을 내가 다시 분명하게 인정해 주는 동안, 더 많은 미소와 더 많은 끄덕임이 오고 간다. 그들의 얼굴을 보니 비명을 지르고만 싶다.

"물론……."

나는 스스로 멈추지도 못한 채로 계속한다.

"한숨 돌릴 틈도 없고 어떤 유예도, 탈출구도 없이 그런 삶을 강제적으로 살아야 된다면 누구라도 노예가 될 수밖에 없겠죠."

몇몇의 얼굴에서 미소가 사라지고, 어리둥절한 표정이 자리한다.

"레이디 타이타노스는 최고의 선생님들 밑에서 적절하게 적응하도록 매우 훌륭한 도움을 받고 있답니다."

엘라라 왕비가 재빨리 끼어들어 내 말을 자른다.

"이미 레이디 블로노스와 수업을 시작했지요."

여자애들이 서로 눈알을 굴리는 사이, 여자들이 적절하게 웅성거린다. 식사에서 살아남기에 충분한 자제력을 되찾을 만한 회복 시간이 흐른다.

"전하께서는 반역자들을 어떻게 하실 생각이시랍니까?"

한 여자가 묻는데, 그녀의 걸걸한 목소리에 점심 테이블 위로 충격적인 침묵이 내려앉으며 관심이 내게서 옮겨간다.

테이블의 모든 시선이 군대 의상을 입은 발언자에게 쏠린다. 몇몇 다른 사람들도 군대 제복을 입고는 있지만, 그녀의 옷은 많은 메달과 리본으로 빛나고 있다. 주근깨투성이의 얼굴 위로 흉한 흉터가 그어져 있는데, 아마 그녀는 분명 그것들을 스스로 얻은 듯하다. 여기 궁전에서는 저 멀리에서 전쟁이 일어나고 있다는 사실을 잊기 쉽지만, 그녀의 눈에 떠오른 걱정 가득한 빛은 자신은 그럴 수 없음을, 잊지 않을 것임을 알려 주고 있다.

엘라라 왕비는 잘 훈련된 우아함으로 숟가락을 내려놓고, 똑같이 잘 훈련된 미소를 짓는다.

"매칸토스 대령, 나는 그들을 반역자라고 부르지 못하겠는걸요……."

대령이 왕비의 말을 자르며 반격한다.

"그들이 주장하는 거라고는 오직 공격뿐인데 말씀이십니까. 하버 베이에서의 폭발은 어떻죠? 아니면 델피의 비행장은 어떻고요? 세 대나 되는 에어제트가 파괴되었고, 두 대가 더 탈취당했습니다! 우리 공군 기지에서요!"

나는 눈을 커다랗게 뜨고, 다른 숙녀들 몇몇처럼 숨을 헉 하고 들이키지 않을 수가 없다. 더 많은 공격? 하지만 다른 이들이 공포에 질린 표정으로 그들의 입에 손을 누를 때에, 나는 미소를 짓고 싶은 마음과 싸워야만 한다. 팔리가 제법 바빴겠어.

"대령은 엔지니어인가요?"

엘라라 왕비의 목소리는 날카롭고, 차가우며, 단호하다. 그녀는 매칸토스 대령에게 머리를 흔들 기회조차 주지 않는다.

"그렇다면 대령은 하버베이의 가스 유출이 어떻게 해서 폭발로 이어지게 되었는지 이해하지 못하겠군요. 그리고 잘 생각이 안 나서 그러는데, 대령은 공군 부대를 지휘했던가요? 아, 아니지, 미안해요, 대령의 특기는 지상 부대 쪽이지요. 비행장에서의 사고는 라리스 장군의 직접 감독 하에 이루어졌던 훈련 중에 일어난 사고였습니다. 그분은 본디 전하께 델피 기지의 최고의 안전성에 대해서 개인적으로 호언장담하셨더랬죠."

공정한 싸움이었다면, 매칸토스는 분명히 엘라라 왕비를 맨손으로도 찢어발길 수 있었을 것이다. 하지만 대신, 엘라라 왕비가 대령을 다른 무엇도 아닌 말로 찢어발겼다. 그리고 그녀는 아직도 말을 다 마치지도 않았다. 줄리언의 말들이 내 머릿속에 메아리친다. 말들은 *거짓말을 하지요.*

"그들의 목표는 우리의 죄 없는 시민들, 은혈과 적혈 모두에게 해를 끼치는 것이며, 공포와 히스테리를 조장하는 것입니다. 그들은 작고, 조심스러우며 어리석게도, 내 남편의 정의로부터 숨어 있지요. 이 왕국에서 일어나는 모든 작은 불행들과 불화를 그런 사악한 무리들의 작업으로 부르는 것은, 오직 우리들 나머지를 더욱 공포에 질리게 할 뿐입니다. 이 괴물들에게 그런 만족을 주지 마세요."

테이블에 앉은 몇몇 여인들이 왕비의 물 흐르는 듯한 거짓말에 동의하며 박수를 치고 고개를 끄덕인다. 에반젤린도 박수를 치자, 그 흐름은 재빠르게 퍼져 나가서 마침내 오직 대령과 나만이 침묵한 채로 남는다. 대령이 왕비가 말하는 것은 어떤 것도 믿지 않는다는 것은 분명하지만, 왕비를 거짓말쟁이라고 부를 도리가 없는 것이다. 여기서는, 그녀의 경기장 안에서는, 결코.

하인들과 은혈들이 나를 지속적으로 둘러싸고 있음에도 불구하고, 외로움이 자리한다. 훈련, 훈련, 그리고 더 많은 훈련으로 채워진 칼의 바쁜 스케줄이 무엇이든 간에, 나는 칼을 자주 보지 못한다. 그는 심지어 간혹 홀을 떠나서, 근처 기지의 부대에 연설을 하러 가거나, 그의 아버지의 정무에 동반하고는 한다. 푸른 눈에 반쯤 능글맞은 미소를 띤 메이븐과 얘기를 나눌 수도 있었겠지만, 나는 여전히 그를 경계하고 있다. 다행히도 우리는 결코 정말로는 홀로 있을 수가 없다. 그건 정말 멍청한 궁중의 전통인데, 귀족 소년과 소녀들이 유혹에 넘어가지 않도록 하기 위함이다. 레이디 블로노스가 설명해 주긴 했는데, 솔직히 그런 일이 내게도 일어날 거라는 생각은 안 든다.

진심으로, 대부분 반 정도의 시간 동안 나는 내가 그와 언젠가 결혼하게 될 것이라는 사실을 잊고 산다. 메이븐이 내 남편이 되는 상상은 도통 현실적으로 보이지 않는다. 우리는 파트너는 고사하고 심지어 친구도 아니다. 그가 친절하면 할수록, 내 본능은 엘라라 왕비의 아들에게 등을 보이지 말라고, 그가 분명 무언가를 숨기고 있다고 경고한다. 그것이 무엇인지까지는 모르겠지만.

줄리언의 수업 덕분에 그나마 나머지 것들을 견딜 수 있는데, 한때 내가 두려워했던 수업은 지금 내 암흑의 바다 위의 한 점 빛이다. 카메라나 엘라라 왕비가 지켜보는 눈 없이, 우리는 내가 정말로 어떤 존재인지를 발견하는 시간을 마음껏 누린다. 하지만 그 과정은 느리고, 우리 둘 모두에게 좌절감을 준다.

"나는 당신의 문제가 무엇인지 알 것 같습니다."

줄리언이 첫 주가 끝났을 때 내게 말한다. 몇 미터 떨어진 앞에 서서 팔을 쭉 뻗고 있는 나는 평범한 바보처럼 보인다. 이상하게 생긴 전기적 기계 장치가 내 발 밑에서, 가끔씩 불꽃을 뱉어 낸다. 줄리언은 내가 그것을 동력원으로 써서 이용할 수 있게 되기를 바라지만, 다시 한 번, 나는 처음 나를 이곳으로 끌어넣은 원흉이 된 번개를 만들어 내는 데에 실패한다.

"어쩌면 치명적인 위험에 노출되어야 하는 건지도 몰라요."

나는 씩씩거리며 말한다.

"루카스더러 총 좀 쏴 달라고 요청할 수 있나요?"

보통 내 유머에 줄리언은 웃음을 터뜨리지만, 지금 이 순간 그는 생각하느라 바쁜 듯하다.

"당신은 꼭 아이 같아요."

그가 마침내 말한다. 그 모욕에 나는 코에 주름을 잡으며 찡그리지만, 어쨌든 그는 계속 말한다.

"이건 어린아이들이 처음에, 자신을 조절할 수 없을 때에 하는 훈련법이에요. 그들의 능력은 공포나 스트레스의 상황에서 드러나요. 그런 감정들을 동력으로 삼아서 그것들을 자신의 장점으로 써먹을 수 있게 되기 전까지요. 분명히 발화점이 있어요, 당신은 자신의 발화점을 찾아내야만 해요."

나는 스파이럴 가든에서 느꼈던 기분을 기억해 내고, 죽음을 맞으리라고 생각했던 그 당시 기억으로 몰두한다. 하지만 그 전기 보호막과 충돌했을 때에 내 핏줄을 내달렸던 것은 공포가 아니었다. 평화였다. 그건 끝이 다가왔음을 알고 그 끝을 멈추기 위해 내가 할 수 있는 일이 아무것도 없다는 사실을 받아들이는 거였다. 그건 해방이었다.

"적어도 시도해 볼 가치는 있잖아요."

줄리언이 재촉한다.

신음 소리와 함께 나는 다시 벽 쪽으로 향한다. 줄리언은 돌로 된 책장 몇 개를 이어서 벽을 만들었고, 당연히 책장은 다 비어 있기에 나는 목표로 할 뭔가가 필요해진다. 시야 구석으로, 그가 물러서는 모습이, 나를 지켜보고 있는 모습이 보인다.

가게 둬. 너 자신을 놓아 버려. 머릿속의 목소리가 속삭인다. 생각들이 떨어지며 내 정신이 뻗어나가서, 간절히 닿고 싶어 하는 전기력을 느낄 수 있도록 집중하는 동안 나는 눈을 감는다. 에너지가 이루는 잔물결, 내 피부 아래에서 살아 숨 쉬는 그것이 모든 근육과 신경 안에서 노래할 때까지 다시 나를 움직인다. 대개는 거기서 끝난다. 딱 감정의 경계선이다. 하지만 이번에는 다르다. 붙잡으려고 애쓰는 대신, 나 자신을 이 힘 속으로 밀어 넣는다. 그리고 설명할 수 없는, 모든 것이면서 동시에 아무것도 아닌 감각, 빛이며 어둠이고 차면서 뜨겁고 살아 있으면서 죽은 것인 그 감각 속으로 나는 들어간다. 곧 힘이 내 머리를 지배하고, 유령과 기억들을 모두 쫓아낸다. 줄리언과 책들조차 그 존재를 감춘다. 내 마음은 힘으로 떨리는 검은색 공동으로 깨끗해진다. 이제 나는 그 감각을 밀어낸다. 그것은 눈에서부터 발가락 끝까지를 가득 채운 채로, 사라지지 않고 내 옆에 있으려고 한다. 내 왼편에서, 줄리언이 큰 소리로 숨을 들이킨다.

눈을 뜨자 와이어 사이의 전기처럼, 기계에서 내 발가락들에 이르

227

며 뛰어오르는 자백색 스파크가 보인다.

어떤 작은 움직임만 보여도 이 번개가 사라질까 두려워서 움직이고 싶지 않다. 하지만 번개는 사라지지 않는다. 털실로 뭉친 공을 갖고 노는 아기 고양이처럼 그것은 내 손 안에서 이리 저리 뛰어오르며 남아 있다. 그저 무해해 보이는 모습이지만, 내가 에반젤린을 어떻게 할 뻔 했는지 여전히 기억하고 있다. *그러려고만 한다면 이 힘은 다른 것들을 파괴할 수도 있어.*

"움직이려고 해 봐요."

줄리언이 흥분으로 커다래진 눈으로 나를 지켜보며 말한다.

어쩐지 이 번개가 내 소원에 복종하리라는 확신이 든다. 이건 내 일부분, 이 세계에 살아 숨쉬는 내 영혼의 조각이다.

나는 단단하게 공을 쥐고, 내가 근육에 힘을 가하는 것에 반응하여 스파크는 점점 더 커지고, 더 밝아지고, 더 빨라진다. 스파크가 내 소맷자락을 삼키고, 몇 초만에 천을 태워 버린다. 아이가 공을 던지는 것처럼, 나는 돌로 된 선반을 향해 팔을 휘두르면서 마지막 순간에 주먹을 푼다. 번개는 밝은 불꽃 원을 그리며 공기 중을 날아서 책장과 충돌한다.

쿵 하고 울리는 소리에 나는 비명을 지르면서 책 더미 속으로 주저앉는다. 내가 쿵쾅거리는 심장과 함께 바닥으로 주저앉는 동시에, 단단한 돌 책장은 두꺼운 먼지 구름 속으로 폭삭 내려앉는다. 잠시 동안 잔해 위에서 스파크가 번쩍거리다가 폐허만을 남긴 채 아무 것도 남기지 않고 사라진다.

"책장은 미안하게 되었어요."

내가 떨어진 책들 무리 밑에서 말한다. 소매의 망가진 가닥 속에서는 여전히 연기가 나고 있지만, 손에서 느껴지는 윙윙거림에 비하면 아무것도 아니다. 내 신경이 노래를 부르고, 온통 힘으로 얼얼한 상태다. 그 느낌은 좋다.

줄리언의 그림자가 흐릿한 공기 사이로 움직이고, 내 손이 해낸 일을 가늠하면서 그는 가슴 깊은 곳에서부터 울리는 웃음을 터뜨린다. 그의 하얀 미소가 먼지 사이에서 빛난다.

"우린 좀 더 큰 교실이 필요하겠어요."

그의 말이 옳다. 한 주가 더 지나서 아래층에 있는 장소를 마침내 발견할 때까지, 우리는 매일의 연습을 위한 더 크고 새로운 방을 찾아야만 한다. 새로운 방은 벽들이 금속과 콘크리트로 되어 있고, 위층의 장식적인 돌과 나무보다는 더 튼튼하다. 내 조준은 말 그대로 형편없고, 줄리언은 내 연습을 분명하게 조종하기 위해서 매우 조심하지만 어쨌든 번개를 불러내는 일은 점점 더 쉬워진다.

줄리언은 내 심박수부터 최근에 전기를 흘린 컵의 온도에 이르기까지 모든 것을 적고 언제나 기록을 남긴다. 모든 새로운 기록마다 그는 얼굴에 또 다른 호기심 어린 행복한 미소를 떠올리지만, 그럼에도 그는 나에게 왜인지 설명해 주지는 않는다. 그가 설명해 준다고 한들 내가 이해했을지는 의문이다.

"대단히 흥미롭군요."

그가 나는 이름도 부를 줄 모르는 또 다른 금속 기계 무언가를 읽으면서 중얼거린다. 그의 말로는 그 기계가 전기 에너지를 측정할 수 있다는데, 어떻게 그렇게 되는지는 나는 잘 모르겠다.

나는 줄리언의 표현대로 그 기계가 "파워 다운" 하는 것을 손을 비비며 지켜본다. 내 소매는 이번에는 손상 없이 남아 있는데, 그건 내 새 옷 덕분이다. 새 옷은 칼과 메이븐이 입는 것 같은 불연성(不燃性) 소재의 천으로 되어 있는데, 내 생각에는 내 옷은 불전성(不電性)이라고 불러야 하지 않을까 싶다.

"뭐가 그렇게 흥미로워요?"

그는 마치 내게 말을 하고 싶지 않은 것처럼, 내게 말을 하면 안 되는 것처럼 망설이지만, 마침내 어깨를 으쓱한다.

"당신이 힘을 끌어올려서 지 불쌍한 동생을 구워 버리기 진에 말이죠.(그는 한때는 어떤 왕의 흉상이었으나 지금은 연기 나는 자갈 더미가 된 것을 가리킨다.) 나는 이 방의 전기량을 측정했어요. 전등, 전선, 뭐 그런 종류들로부터요. 그리고 지금 난 당신을 측정해 보았지요."

"그래서요?"

"당신은 내가 전에 측정했던 양의 두 배나 되는 에너지를 발산했어요."

그가 자랑스럽게 말하지만, 나는 그게 어째서 대단한 것인지 알수가 없다. 재빠른 동작으로 그는 불꽃 상자(나는 그걸 그렇게 부르기로 마음먹었다.)의 스위치를 끈다. 나는 그것이 꺼지는 사이의 전기를 느낄 수 있다.

"다시 해 봐요."

나는 씩씩거리면서 다시 집중한다. 잠깐 집중하고 난 다음, 스파크가 전만큼이나 강하게 다시 돌아온다. 하지만 이번에 그것들은 내 안에서 온다.

줄리언의 미소가 귀에서 귀까지 걸린다.

"그러니까……?"

"그러니까 이번 결과는 내 의심을 확신으로 바꿔 주네요."

때때로 나는 줄리언이 학자이자 과학자라는 사실을 잊는다. 하지만 그는 항상 나에게 그 사실을 재빨리 상기시킨다.

"당신은 전기 에너지를 생산했어요."

이제 나는 정말로 헷갈린다.

"그래요. 그게 내 능력이잖아요, 줄리언."

"아니에요, 나는 당신의 능력이 전기를 다루는 능력이었다고 생각했거든요. 창조가 아니라."

그는 목소리를 근엄하게 떨어뜨리며 말한다.

"아무도 창조는 할 수 없어요, 메어."

"하지만 말도 안 돼요. 님프들은……."

"물을 다루는 능력은 이미 존재하지요. 그들은 거기 없는 건 쓸 수 없어요."

"그럼, 칼 왕자님의 경우는요? 메이븐 왕자님은요? 두 사람이 불을 다룰 때에 주변에 그렇게 많은 불길이 들끓고 있는 건 한 번도 못 봤는데요."

줄리언은 머리를 흔들면서 미소를 짓는다.

"당신도 그들이 차고 있는 팔찌는 봤었죠, 안 그래요?"

"항상 팔찌를 차고 있죠."

"팔찌들이 불꽃을 일으켜 주는 거예요, 아주 작은 불꽃들을 일으

231

켜서 그들이 제어할 수 있도록요. 불을 시작할 무언가 없이는, 그들도 무능해요. 모든 요소들이 다 똑같아요. 금속을 다루거나 물을 다루거나, 식물들의 생명을 다루는 것들은 이미 존재해요. 그 능력들은 모두 그 환경만큼만 강하답니다. 당신과는 같지 않아요, 메어."

나와 같지는 않다. 나는 누구와도 같지 않다.

"그래서 이게 무슨 의미인가요?"

"나도 확신할 수는 없네요. 당신은 완전히 다른 어떤 존재예요. 적혈도 아니고, 은혈도 아니지요. 당신은 다른 어떤 존재예요. *더 나은* 무언가죠."

"다른 어떤 존재."

줄리언의 시험이 나를 어떤 종류의 대답 같은 것에 가까이 데려다 주리라고 기대했지만, 대신에 그 시험들은 더 많은 질문만을 부른다.

"나는 무엇인가요, 줄리언? 도대체 내 어디가 잘못된 거죠?"

갑자기 숨을 쉬기가 어렵고, 눈에 눈물이 가득 차오른다. 나는 뜨거운 눈물을 삼키려고, 그 눈물을 줄리언에게 들키지 않으려고 눈을 깜빡여야만 한다. 모든 것이 나를 덮치려고 한다고 나는 생각한다. 수업들, 의전, 누구도 믿을 수 없는 이 장소, 내가 나 자신으로도 있을 수 없는 곳. 숨이 막힌다. 비명을 지르고 싶은데, 그럴 수가 없음을 잘 안다.

"다르다는 것에는 전혀 잘못된 점은 없어요."

줄리언의 말이 들리지만, 그 말들은 그저 메아리일 뿐이다. 내 생각, 집에 대한 기억들, 지사와 킬런에 대한 기억들이 그를 머릿속에

232

서 밀어낸다.

"메어?"

그가 나에게로 한 발 다가선다. 그의 얼굴은 친절한 모습을 띠고 있지만, 그는 내게서 한 팔 거리를 유지하고 있다. 나의 안전을 위해서가 아니라, 그의 안전을 위해서. 나에게서 그 자신을 보호하기 위해. 헉 하고 나는 스파크가 다시 돌아와 이제 내 팔을 감싸고 있음을 깨닫는다. 분노하듯 타오르는 밝은 폭풍이 나를 에워싸고 위협한다.

"메어, 나한테 집중해 봐요. 메어, 통제해요."

그가 부드럽고 침착하게, 하지만 강하고 안정된 어조로 말한다. 그는 심지어 나 때문에 놀란 것 같지도 않다.

"통제해요, 메어."

하지만 나는 어떤 것도 통제할 수 없다. 내 미래도, 내 생각도, 내 모든 문제의 뿌리나 다름없는 이 능력조차도.

그럼에도 지금 여전히 통제할 수 있는 것은 적어도 하나가 있다. 바로 내 발.

나는 형편없는 겁쟁이처럼, 달린다.

텅 빈 홀을 나는 돌진하지만, 천 개의 카메라들의 보이지 않는 무게가 나를 내리누른다. 루카스나, 더 나쁘게는 감시병들이 나를 발견할 때까지 남은 시간이 얼마 없으리라. 지금 내게는 그저 숨 돌릴 시간만 있으면 된다. 내 머리 위로 유리가 아니라, 진짜 하늘을 보는 게 필요하다.

비가 오고 있다는 것을 깨닫기 전까지 나는 오롯한 10초간의 시간 동안 발코니에 서 있는다. 비가 내 들끓는 분노를 깨끗하게 씻어 준다. 불꽃은 사라지고, 내 얼굴 위로 화나고 추한 눈물이 흘러내린다. 어딘가 멀리서 천둥이 치고, 공기는 따뜻하다. 하지만 습한 기온은 사라졌다. 열기는 이미 가셨고, 여름은 곧 끝날 것이다. 시간이 흐르고 있다. 내 삶은 내가 그대로 머물기를 얼마나 염원하는지와는 상관없이 움직일 것이다.

강한 손이 내 팔을 붙드는 순간, 나는 거의 비명을 지를 뻔 한다. 두 명의 감시병들이 내 옆에 서 있다. 마스크 뒤의 그들의 눈은 어둡다. 둘 다 나보다 두 배는 크고, 비정하다. 그들은 나를 감옥으로 다시 끌고 들어가려고 한다.

"마이 레이디."

그들 중 한 명이 으르렁거리며 말하지만, 그 말은 전혀 존경하는 것처럼 들리지 않는다.

"날 놔둬요."

그 명령은 너무나 약해서, 거의 속삭임처럼 들린다. 나는 익사하는 사람처럼 공기를 벌컥 급히 들이마신다.

"그저 내게 1분만 줘요, 제발……."

하지만 나는 그들의 주인이 아니다. 그들은 내 말에 대답하지 않는다. 아무도 그러지 않는다.

"그대들은 내 신부의 말을 들었을 텐데."

또 다른 목소리가 말한다. 그의 말은 확고하고 단단하다. 그것은 왕족의 목소리다. 메이븐.

"그녀를 내버려 둬라."

왕자가 발코니로 한 발 나오자, 나는 안도의 물결을 느끼지 않을

234

수가 없다. 감시병들은 그의 출연에 몸을 쭉 펴더니 둘 다 그의 방향으로 머리를 기울인다. 나를 붙든 쪽이 말한다.

"저희는 레이디 타이타노스께서 스케줄을 소화하시도록 해야만 합니다. 명령입니다, 왕자님."

그가 말하지만 내 팔을 쥔 그의 손에서 힘이 빠진다.

"그렇다면 그대들은 새로운 명령을 받았군. 내가 메리어나가 다시 수업으로 돌아가는 길에 동행하겠다."

대꾸하는 메이븐의 목소리는 얼음장 같다.

"잘 알겠습니다, 왕자님."

감시병들은 왕자의 말을 거부하지 못하고 한 목소리로 말한다.

불타는 망토에서 물을 뚝뚝 흘리면서 그들이 쿵쿵 거리며 멀어지고 나자, 나는 크게 한숨을 내쉰다. 그전까지 깨닫지는 못했지만 내 손이 떨리고 있어서, 떨림을 감추기 위해서는 주먹을 꽉 쥐어야만 한다. 하지만 메이븐은 예의바르지 않다면 아무것도 아니라는 듯, 알아차리지 못한 척을 한다.

"안에도 샤워 시설은 다 갖춰져 있거든, 그대도 알겠지만."

눈물은 이미 오래 전에 빗속으로 사라지고 당황스러울 정도로 훌쩍거리는 코와 검정색으로 얼룩진 화장만 남았지만, 나는 손으로 눈을 훔친다. 감사하게도 은색 파우더는 그대로다. 그건 나보다 더 강한 물질로 만들어졌나 보다.

"이 계절 들어서 첫 비잖아요. 직접 보지 않을 수가 없었어요."

나는 평범하게 들리려고 무진장 노력하면서 억지로 말을 꺼낸다.

"그렇지."

그가 내 옆으로 움직여 서며 말한다. 조금이라도 더 오래 내 얼굴을 가리고 싶은 마음에 나는 고개를 돌린다.

"저기, 나도 이해해."

그래, 왕자님? 당신이 사랑하는 것들로부터 강제로 떨어진 채, 다른 무언가가 되기를 강요받는다는 것이 어떤 것인지 당신이 이해한다고? 남은 삶 동안 모든 날에, 모든 시간 동안 거짓말을 해야 한다는 것을? 당신 어딘가가 잘못되었다는 것을 안 채로?

그의 다 알겠다는 미소를 상대할 만한 힘이 없다.

"저에 대해서나 제 감정에 대해서 뭐라도 아는 척 그만해도 돼요."

그의 표현에 안 좋아진 나의 목소리에, 그가 입을 찡그리며 비튼다.

"그대가 이곳에 있는 것이 얼마나 어려운 일일지 내가 모를 거라고 생각하는 거야? 이 사람들과?"

그는 누가 이 말을 들을까 봐 걱정하는 것처럼 어깨 너머로 시선을 휙 던진다. 하지만 비와 천둥 말고는 아무도 듣는 사람은 없다.

"나는 내가 원하는 것을 말할 수도, 내가 원하는 것을 할 수도 없어. 내 어머니가 주변에 계시면 나는 심지어 내가 원하는 것을 *생각*할 수도 없어. 거기다 나의 형님……!"

"왕자님 형님이 어떤데요?"

그의 입 안에서 말이 얼어붙는다. 그는 아무 말도 하지 않지만, 그는 항상 그 말들을 느낄 것이다.

"형님은 강하지. 강력하고…… 나는 형님의 그림자야. 불꽃의 그림자."

그는 느리게 숨을 내쉬고, 나는 우리 주변의 공기가 이상하게 뜨겁다는 것을 깨닫는다.

"미안해. 그런 말은 하면 안 되는 거였는데."

그가 덧붙이더니 한 발 물러서고, 공기는 서늘해진다. 내 눈 앞에서, 그는 다시 연회와 예복에 더 잘 어울리는 은혈 왕자로 녹아든다.

"괜찮아요. 저 혼자만 제자리에 있지 않은 것 같은 느낌을 받는 게 아니라는 얘길 들으니 좀 낫네요."

나는 소곤거린다.

"그대가 우리 은혈들에 대해서 알아야 할 것들 중 하나야. 우리는 항상 혼자야. 여기, 그리고 여기."

그가 그의 머리와 가슴 사이를 가리키며 말한다.

"그게 그대를 강하게 만들어."

번개가 머리 위에서 내리치고, 그의 푸른 눈이 빛나는 것처럼 보이며 밝아진다.

"그거 참 바보 같네요."

내가 말하자 그가 어둡게 싱긋 웃는다.

"그대의 가슴 속 이야기는 숨겨 두는 게 좋을 거야, 레이디 타이타노스. 그런 건 그대가 가고자 하는 곳 어디로도 그대를 이끌어 주지 않아."

그 말에 몸이 부르르 떨린다. 마침내 나는 비가 내린다는 것과 내가 지금 얼마나 엉망일지에 생각이 미친다.

"수업으로 다시 돌아가야겠어요."

나는 그의 옆을 떠나려는 생각으로 중얼거린다. 그런데 그가 내 팔을 붙든다.

"내 생각에는 그대의 문제를 내가 도울 수 있을 것 같군."

나는 그를 향해 눈썹을 이상하게 뜬다.

"무슨 문제요?"

"그대는 주저하지 않고 눈물을 흘릴 타입의 여자애로는 보이지 않아. 그대는 지금 향수병에 걸린 거야."

그가 나에게 항의할 틈을 주지 않고 손을 들어 올린다.

"내가 고칠 수 있어."

제14장

보안 요원들은 내 복도를 쌍으로 이동 순찰을 돈다. 하지만 메이 븐과 팔짱을 낀 나를 그들은 멈춰 세우지 않는다. 심지어 지금이 밤이고, 내가 침대에서 잠들어야 할 시각은 한참 지났는데도, 아무도 아무 말도 하지 않는다. 아무도 왕자를 거스르지 않는다. 그가 지금 이끄는 곳이 어딘지는 모르겠지만, 그는 내가 분명히 도착하도록 해주겠다고 약속했다. *집에.*

그는 조용하지만 단단히 결심한 얼굴로, 미소가 새어나오는 것을 참고 있다. 나 역시 그를 향해 활짝 미소를 짓지 않을 수가 없다. *어쩌면 그는 그렇게 나쁜 사람은 아닌지도 모른다.* 하지만 내 생각에는 아직 멈추려면 멀었을 텐데 그가 멈춰 선다. 우린 아직 거주 층을 벗어나지도 않았는데.

"여기야."

그가 말하며 문을 두드린다.

문이 흔들리며 열리고, 칼의 모습이 나타난다. 그의 출연에 나는 한 걸음 물러난다. 그 이상한 갑옷 나머지를 벗고 있는 중인 그는 지금 맨가슴이다. 심장 부근 위로 생긴 보라색 멍과 뺨에 약하게 돋은 까칠한 수염을 나는 놓치지 않는다. 이번 주 들어 그를 처음 보는 것인데, 명백하게 최악의 순간에 만난 것 같다. 처음에 그는 나를 거의 알아차리지도 못하고, 자신의 갑옷을 제거하는 데에 더 집중하고 있다. 그 모습에 나는 침을 꿀꺽 삼킨다.

"판은 이미 차려 뒀어, 메이비……."

그가 말하다가 자신의 동생 옆에 서 있는 나를 발견하고 멈춘다.

"메어, 내가 어떻게, 어, 무얼 도와줄까?"

그가 최초로 말을 잊은 채로 할 말을 더듬거린다.

"저도 정확하게는 모르겠는데요."

나는 그에게서 메이븐에게로 시선을 돌리며 대답한다. 내 약혼자는 혼자 능글맞은 웃음을 띤 채, 눈썹을 조금 들어올린다.

"착한 아들로 군 덕분에, 우리 형님은 자기만의 재량권이 있지."

그의 분위기가 신기할 정도로 장난스럽게 바뀐다. 심지어 칼조차 눈을 굴리며 조금 미소를 보인다.

"집에 가고 싶댔지, 메어. 그래서 나는 전에도 거기 가 본 적 있는 사람을 찾았지."

잠시의 혼란스러움 뒤에, 나는 메이븐이 무슨 말을 하고 있는지, 그리고 이전에는 왜 그 사실을 깨닫지 못했던 것인지 생각한다. *칼은 나를 궁에서 빼줄 수 있어. 칼은 예전에 여관에 갔잖아……. 칼은*

여기서 나갈 수 있어, 그러니 나에게도 똑같이 해 줄 수 있을 거야.

미소가 사라진 칼이 악문 이 사이로 말한다.

"메이븐. 너도 그녀가 나갈 수 없다는 거 알잖아. 그건 결코 좋은 생각이 아니……."

원하는 것을 얻기 위해서는 내가 나설 차례다.

"거짓말쟁이."

그가 불타는 눈빛으로 나를 쳐다본다. 그는 나를 꿰뚫듯 응시한다. 나의 굳은 결심, 나의 절망, 내 필요를 그가 알아봐 주기를 나는 소망한다.

"우리가 그녀에게서 모든 것을 빼앗았잖아, 형."

메이븐이 좀 더 가까이 다가서며 속삭인다.

"분명 이 정도는 줄 수 있지 않을까?"

다음 순간 느리게, 마지못해서, 칼은 고개를 끄덕이고는 나에게 자신의 방 안 쪽을 손짓해 보인다. 흥분으로 머리가 어지러운 채, 나는 발에서 발로 깡충 뛰다시피 하며 서둘러 안으로 들어간다.

집에 갈 수 있어.

메이븐은 문가에 그대로 서 있다. 내가 그의 옆을 떠나자 그의 미소가 조금 흐려진다.

"왕자님은 안 오시나요."

그건 질문이 아니다.

그가 머리를 흔든다.

"나 아니라도 그대가 동반할 걱정거리는 이미 충분할 거야."

그의 말 속에 숨은 진실을 보는 데에 내가 천재일 필요는 없다. 그렇다고 그저 그가 가지 않기 때문에 그가 내게 해 준 것들을 잊을 거라는 뜻은 아니지 않은가. 생각할 틈도 없이, 나는 메이븐에게 팔을 두른다. 잠시 동안 그는 반응하지 않지만, 느리게 내 어깨에 팔을 두른다. 내가 물러서자, 은색 수줍음이 그의 뺨을 물들인다. 내 피가 피부 아래에서 뜨겁게 도는 것, 귀에서 쿵쾅쿵쾅 맥동하는 것을 느낄 수 있다.

"너무 오래 있지는 마."

그가 내게서 눈을 떼어 내서 칼을 바라보며 말한다.

칼은 능글맞은 미소조차 짓지 않는다.

"넌 꼭 내가 이전에 이런 일을 해 본 적 없는 것처럼 구는구나."

형제는 키득거리는 미소를 나누더니, 내가 수도 없이 봤던, 우리 오빠들이 서로 그러던 모습처럼 서로를 향해 큰 소리로 웃음을 터뜨린다. 칼의 뒤로 문이 닫히고 칼과 함께 남자, 나는 왕자를 향한 약간의 적대감을 느낀다.

칼의 방은 내 방에 비해 두 배는 되지만, 물건들이 꽉 차 있어서 더 좁아 보인다. 갑옷들과 제복들, 전투복들이 벽을 따라서 온통 걸려 있고, 모두가 칼의 몸에 맞춰서 재단된 것이 틀림없다. 그것들은 얼굴 없는 유령들처럼 보이지 않는 눈으로 나를 뚫어져라 내려다본다. 대부분의 갑옷들이 가볍고, 강철판과 두꺼운 천으로 되어 있다. 하지만 일부는 중세풍으로, 연습이 아니라 전투를 위한 것이다. 하나는 심지어 빛나는 금속으로 된 헬멧도 갖추고 있는데, 헬멧에는 얼굴 부분에 색유리가 붙어 있다. 계급을 나타내는 휘장이, 암회색 물질로 기워진 채 소매 위에서 빛나고 있다. 그게 무슨 의미든, 그

242

제복들이 무엇을 위한 것이든, 칼이 그걸 입고 무슨 일을 했든, 나는 알고 싶지도 않다.

줄리언처럼 칼은 모든 곳에 책 더미를 펼쳐 놓아서, 잉크와 종이로 이루어진 강이 흐른다. 그렇지만 책들은 줄리언의 것들처럼 오래된 것은 아니고, 대부분은 글을 보존하기 위해 플라스틱으로 마감한 종이들 위에 새롭게 타이핑 되고 재판을 찍은 새 판이다. 그리고 모두 노르타, 레이크랜즈, 피에드몬트의 말인 코몬 어로 쓰여 있다. 칼이 그의 옷장 안으로 갑옷을 마저 벗으려고 사라진 사이에, 나는 그의 책들을 곁눈으로 훔쳐본다. 이 책들은 낯설고, 지도와 도표와 도해로 가득 차 있다. 이건 끔찍한 전쟁 기술에 관한 안내서다. 뒤로 가면 갈수록 더 잔혹해지고, 최근의 그리고 심지어 훨씬 더 전의 전쟁에 대한 상세한 서술로 되어 있다. 위대한 승리들, 유혈이 낭자한 패배들, 무기들, 책략들. 내 머리를 돌게 만들기 충분하다. 책 안에 칼이 써둔 메모들은 더 최악이다. 자신이 좋아하는 전술들에 밑줄을 쳐 놨는데, 그것들은 모두 생명의 비용을 가치로 하는 것이다. 그림에서 병사들은 작은 네모로 표시되는데, 내 눈에는 그 네모들이 오빠들과 킬런, 그리고 그들 같은 모든 사람들로 보인다.

책 뒤로 창문 옆에, 의자 두 개가 놓인 작은 테이블이 있다. 테이블 위에 게임판이 준비된 상태로 놓여 있다. 말들이 이미 제자리를 차지하고 있다. 그 게임이 뭔지는 몰라도, 그것이 메이븐을 위해 준비된 것임을 알겠다. 형제라면 으레 그렇듯, 그들은 틀림없이 밤마다 만나서 게임을 하며 웃음을 터뜨렸을 것이다.

"그렇게 오래 머무를 수는 없을 거야."

칼이 크게 말해서, 나는 자리에서 펄쩍 뛰어오른다. 옷장 쪽을 바라보니, 셔츠를 입는 그의 커다란 근육질 등이 눈에 들어온다. 만약 원하기만 한다면 얼마든지 바로 치료를 해 줄 수 있는 치료자들이 한 부대로 있을 텐데도, 그의 등에는 멍과 흉터가 가득하다. 어떤 이유로, 그는 흉터를 지키기로 결심한 모양이다.

"할 수 있는 한 오래 가족을 만나겠어요."

나는 대꾸하면서 교묘하게 이동해서 그를 더 이상 바라보지 않을 곳으로 간다.

칼이 나타나는데, 이번에는 평범한 옷을 전신에 차려입고 있다. 잠시 후에, 나는 그것이 내가 그를 만났던 밤에 그가 입었던 것과 같은 옷임을 깨닫는다. 처음부터 그가 어떤 존재인지 알아보지 못했다는 사실을 믿을 수가 없다. 그는 양의 탈을 쓴 늑대인 것을. 그리고 지금, 나는 늑대인 척하는 양이다.

우리는 재빨리 거주층을 떠나서 아래로 내려간다. 마침내 칼은 모퉁이를 돌아서, 거대한 콘크리트 방으로 우리를 이끈다.

"여기 서 있어."

방은 일종의 창고 시설로 보이는데, 캔버스 천으로 덮인 이상한 모양들이 열을 이루고 있다.

"막다른 골목이잖아요."

내가 의문을 제기한다. 이곳에는 우리가 들어온 길 말고는 나갈 방도가 없다.

"그래, 메어, 나는 그대를 막다른 골목으로 데려왔지."

그는 한숨을 쉬고는 특정한 줄로 걸어간다. 그가 지나칠 때마다 덮여 있는 천들이 흔들리면서, 그 아래에서 금속이 빛나는 것이 언뜻 보인다.

"예비 갑옷인가요?"

나는 모양 하나를 찔러 보면서 말한다.

"이 말만은 해야겠는데요, 왕자님은 아마도 갑옷을 더 챙기는 게 좋을 거예요. 위층에는 충분히 갖추고 있는 것 같지 않아 보이던데요. 솔직히, 뭐라도 좀 걸치는 게 좋을걸요. 우리 오빠들은 꽤 덩치가 크고 다른 사람들을 때려눕히기를 좋아하거든요."

어쨌든 그의 책 컬렉션과 근육으로 판단하건대, 그는 꺾이지 않을 것이다. 불을 다루는 능력에 대해서는 말할 필요도 없고.

그는 그저 머리를 흔든다.

"그런 거 없어도 충분히 괜찮으리라고 생각한다. 게다가 나는 그런 걸 입으면 보안 요원처럼 보이거든. 그대의 가족들이 잘못된 생각을 하긴 바라지 않지, 안 그래?"

"우리 가족이 어떤 생각을 했으면 하는 건데요? 어차피 내 상황을 제대로 설명할 수 있도록 허락받지도 못한 거 아닌가요."

"내가 그대와 같이 설명하겠다, 우리는 야간 휴가 통행증을 받은 거야. 간단하지."

그가 어깨를 으쓱이면서 말한다. *거짓말은 이 사람들에게는 그토록 쉬운 일이구나.*

"그럼 왜 왕자님이 나랑 동행하게 된 건데요? 거기엔 어떤 이야기를 갖다 붙일 거죠?"

다 알고 있다는 듯한 미소를 지으며, 칼이 그의 옆에 있는 캔버스가 덮고 있는 물건을 가리켜 보인다.

"나는 그대의 이동 수단이지."

그가 천을 뒤로 던지자, 금속과 검정색이 칠해진 빛나는 기계가 나타난다. 두 개의 바퀴, 거울처럼 반사되는 크롬, 조명, 길쭉한 가죽 시트. 내가 결코 본 적 없는 이동수단이다.

"이건 오토바이야."

칼이 은색으로 된 손잡이를 한 손으로 움직이면서 꼭 으쓱대는 아버지처럼 말한다. 그는 그 금속 짐승의 모든 부분을 잘 알고 또 사랑하는 듯하다.

"빠르고, 민첩하고, 차량이 갈 수 없는 곳도 갈 수 있지."

"이건 꼭…… 죽음의 덫처럼 보이는데요."

공포를 더 이상 숨길 수 없어서 내가 마침내 말한다.

웃음을 터뜨리면서 그가 시트의 뒤에서부터 헬멧을 하나 꺼내서 내민다. 이걸 쓰라는 뜻이 아니었으면 싶고, 하물며 이 녀석을 타라는 뜻은 더더욱 아니었으면 한다.

"아버님이나 매칸토스 대령도 같은 말을 하셨지. 그분들은 아직 이 녀석을 군대를 위해 대량 생산하시지 않지만, 나는 언젠가 그분들을 설득할 거야. 내가 바퀴를 완벽하게 조정한 이후로, 한 번도 사고를 내지 않았어."

"왕자님이 이걸 만들었다고요?"

나는 놀라움에 말하지만, 그는 아무것도 아니라는 것처럼 어깨만 으쓱한다.

"와."

"네가 탈 차례까지 좀 기다려."

그가 말하고는 내게 헬멧을 내민다. 마침 때맞추어, 어딘가의 금속 장치가 신음소리를 내더니 멀리 벽이 덜컹거리며 움직이고, 미끄러지기 시작하면서 그 너머의 어두운 숲을 드러낸다.

소리 내어 웃으면서, 나는 그 죽음의 기계로부터 한 걸음 물러난다.

"말도 안 돼요."

하지만 칼은 그저 히죽거리면서 한쪽 다리를 오토바이 위로 걸치고는 시트 위로 앉는다. 엔진이 그의 아래에서 생명을 얻으며 웅웅거리고, 넘치는 에너지로 부르릉 대는 소리를 내며 그렁댄다. 기계 안 깊은 곳에서 그것에 힘을 주는 배터리를 느낄 수 있다. 기계는 자신을 해방시켜 달라고, 이곳과 집 사이의 긴 길을 가게 해 달라고 사정한다. 집으로.

"완벽하게 안전해, 내가 약속하지."

그가 엔진 너머로 외친다. 전조등이 번쩍이며 그 너머의 어두운 밤을 빛낸다. 칼의 적금색 눈이 내 눈과 마주치자 그가 손을 뻗는다.

"메어?"

위장이 끔찍하게 꼬이는 느낌에도 불구하고, 나는 헬멧을 머리 위에 눌러쓴다.

비행선을 타 본 적은 없지만, 분명 이게 나는 것이랑 비슷한 느낌이라는 건 알겠다. 마치 자유처럼. 칼의 오토바이는 우아한 활 모양 호를 그리며 익숙한 길을 먹어치우듯 달린다. 오래된 길은 온통 둔

덕에 구멍투성이인데, 그는 매번 매우 쉽게 그것들을 재빨리 피한다. 내 심장은 목구멍 밖으로 튀어나올 것만 같은데. 마을에서부터 1킬로미터가 좀 안 되는 지점에서 매끄럽게 멈춰 섰을 때가 되어서야, 내가 그를 너무 꼭 붙들고 있어서 그가 거의 잡아 떼어내야 한다는 것을 깨닫는다. 그의 온기가 떨어지자 갑자기 너무 추운 기분이 들지만, 그 생각을 재빨리 집어치운다.

"재밌지, 응?"

오토바이의 시동을 끄며 그가 말한다. 이상한 작은 시트에 앉아 있느라 내 다리와 등은 이미 고통을 호소하지만, 그는 발로 가볍게 휙 뛰어서 오토바이에서 내린다.

약간 어려움을 겪지만, 나도 이어서 미끄러져 내려온다. 무릎이 좀 흔들거리고 심장은 귓가에서 여전히 쿵쿵 뛰고 있음에도, 그래도 내 생각에는 나도 괜찮은 것 같다.

"운송 수단을 고르라면 결코 얘를 먼저 고르지 않을 거예요."

"언젠가 그대를 에어제트에 태워 줄 테니 꼭 그 말을 내게 상기시켜 줘. 에어제트를 한번 타 보고 나면 오토바이를 태워 달라고 애원하게 될걸."

그가 오토바이를 숲으로 위장하려고 길옆으로 밀면서 대꾸한다. 잎이 붙어 있는 가지들로 그 위를 덮고 나서, 그는 자신의 작품에 감탄하며 돌아선다. 정확하게 어디를 봐야 하는지 모른다면, 나 또한 오토바이를 전혀 찾지 못할 것이다.

"이 작업을 많이 해 본 모양이네요, 딱 알겠어요."

칼이 내게로 몸을 돌리며 한 손을 주머니에 넣는다.

"궁궐은 너무…… 답답하잖아."

"그리고 사람들이 붐비는 적혈들의 술집은, 안 그렇고요?"

나는 그 주제를 끌어들이며 묻는다. 하지만 그는 그러면 질문을 피할 수 있다는 것처럼 매우 빠른 속도로 마을을 향해서 걷기 시작한다.

"술 마시러 가는 건 아니야, 메어."

"그럼, 뭐예요, 왕자님은 소매치기를 붙잡은 다음에 좋아하든 말든 개한테 직업을 척하니 구해 주려고 그런 데엘 가기라도 한다는 건가요?"

그가 잠깐 멈춰서 주위를 돌아보는 바람에, 나는 그의 가슴에 부딪힌다. 한순간 그의 체격 뒤의 단단한 무게를 느낄 수 있다. 다음 순간 나는 그가 깊은 웃음소리를 내는 것을 깨닫는다.

"그대는 지금 정말로 '척하니'라고 말한 건가?"

그가 킥킥 웃는 사이에 말한다.

화장 아래로 얼굴을 붉게 물들인 채, 나는 그를 살짝 떠민다. *매우 부적절해.* 마음속으로 꾸짖는다.

"질문에 대답이나 해요."

더 이상 소리 내어 웃지는 않지만, 그는 여전히 미소를 짓고 있다.

"날 위해서 이러는 건 아니야. 이해해 줘야 해, 메어. 나는…… 나는 언젠가는 이 나라의 왕이 될 거야. 나는 이기적으로 굴 사치를 누리지 못해."

"왕이야말로 그런 사치를 누릴 수 있는 유일한 사람인 줄 알았는데요."

그는 고개를 젓고, 나를 재빨리 훑어보는 그의 눈은 황량하다.

"그게 사실이었으면 좋겠구나."

칼은 주먹을 꽉 쥐었다 폈다 하고, 나는 그의 피부 위로 불꽃이 오르는 모습을 볼 수 있다. 뜨거운, 타오르는 그의 분노가. 하지만 그 불꽃은 사라지고, 그의 눈 속에는 오직 후회의 잉걸불만이 남는다. 그가 마침내 다시 걷기 시작했을 때, 이번에는 좀 더 사죄하는 듯한 속도다. 그가 조용하게 말한다.

"왕은 그의 사람들을 알아야만 하지. 그게 내가 몰래 빠져나오는 이유다. 이런 일을 수도에서도 했었지, 그리고 전선에서도. 진실로는 어떤 일들이 왕국 안에서 벌어지고 있는지 나는 알고 싶다. 고문들이나 외교관들이 하는 이야기 대신에. 그것이 진실로 좋은 왕이 해야 할 일일 것이다."

그는 좋은 지도자가 되길 원하는 것이 부끄러워야 한다는 것처럼 행동한다. 어쩌면, 그의 아버지와 그 모든 다른 바보들의 눈에는, 정말 그렇게 보일지도 모르겠다. 힘과 권력이 칼이 알고 자랐어야 할 유일한 단어일 것이다. 선함이 아니라. 친절함도 아니라. 동정심이나 용기나 평등, 또는 지도자라면 마땅히 갖기 위해 노력해야 할 다른 어떤 것도 아니라.

"그래서 무엇이 보이나요, 왕자님?"

나는 나무 사이로 보이기 시작하는 마을을 가리키며 묻는다. 그토록 가까이 왔다는 사실을 알자, 심장이 가슴 안에서 뛰어오른다.

"칼날 위에 있는 세상이 보인다. 균형이 맞지 않으면, 세계는 무너지겠지."

그것이 내가 듣길 원하는 대답이 아니라는 사실을 알면서도 그가 한숨과 함께 대답한다.

"그대는 모든 것이 얼마나 위태로운 상황인지, 이 세계가 폐허로 돌아가기까지 얼마나 가까이 와 있는지 알지 못해. 나의 아버지께서는 우리 모두를 안전하게 지키기 위해서 그분이 하실 수 있는 모든 것을 하고 계시며 나 또한 그리할 것이야."

"내 세계는 이미 폐허에 있어요. 왕자님의 아버지는 *그분의 사람들*을 안전하게 지키고 계신 거지, *내 사람들*은 아니에요."

나는 우리 아래의 더러운 길을 차면서 말한다. 우리를 둘러싼 모든 것들이, 나무들조차 툭 트인 듯 보이는 채로, 내가 집이라고 부르는 진흙탕을 드러내고 있다. 홀과 비교하면, 이곳은 빈민굴처럼, 지옥처럼 보일 것이 틀림없다. *왜 그는 그 사실을 보지 못하지?*

"세계를 바꾸는 것은 대가를 치른다, 메어. 많은 사람들이 죽을 거고, 적혈들이 그들 중 대다수겠지. 그리고 끝에도 승리란 것은 없을 거야, 그대를 위한 승리는 없을 거라고. 그대는 더 큰 그림을 몰라."

나는 그의 대꾸에 질색하며 발끈한다.

"그럼 말해 줘요. 그 더 큰 그림이란 걸 내게 보여 줘요."

"레이크랜즈는, 우리와 같지, 군주제, 귀족, 은혈 엘리트가 나머지 모두를 지배하는 곳. 그리고 우리의 유일한 우방인 피에드몬트 왕자들은 결코 적혈들이 동등한 국가를 지지하지 않을 것이다. 프레이리와 타이랙스도 똑같아. 만약 노르타가 바뀐다고 하더라도, 대륙의 나머지 나라들이 그러도록 내버려 두지 않을 거야. 우리는 침공 당하고 분열되고 갈가리 찢어지겠지. 더 많은 전쟁, 더 많은 죽음."

251

나는 줄리언의 지도를 생각하고, 우리 나라를 넘어 더 거대한 세계의 넓이에 대해서 생각한다. 모두 은혈들에 의해 지배되고, 우리가 변할 곳은 어디에도 없는 세계.

"만약 왕자님 생각이 틀렸다면요? 만약 노르타가 그저 시작이라면요? 이게 다른 이들이 필요로 하는 변화라면요? 자유가 어디로 이끌지는 왕자님도 모르잖아요."

칼은 그 질문에는 대답하지 않고, 우리는 쓰디쓴 침묵 속으로 잠긴다.

"여기에요."

나는 우리 집의 익숙한 윤곽 아래에서 멈추며 중얼거린다.

현관을 밟는 내 발은 조용하지만, 칼의 무겁고 쿵쿵 울리는 발걸음에 나무가 삐걱거리는 소리를 연신 쏘아대며 시끄러운 비명을 지른다. 그의 익숙한 열기가 그의 몸을 타고 오르고, 나는 그가 우리 집을 화염으로 불태우는 모습을 잠깐 동안 상상해 본다. 그가 내 불편함을 감지하고 따뜻한 손을 내 어깨에 얹지만, 나를 진정시키지는 못한다.

"원한다면 아래에서 그대를 기다리마."

그가 놀랍게도 속삭인다.

"우연이라도 가족들이 나를 인지하는 건 원하지 않으니."

"그러지 않을걸요. 우리 오빠들이 비록 복무를 하긴 했지만, 오빠들은 침대 기둥만큼도 왕자님을 알지 못할 거예요."

쉐이드 오빠는 가능할지도 몰라. 나는 생각한다. *하지만 쉐이드 오빠라면 입을 다물고 있을 정도로는 영리하겠지.*

"게다가, 왕자님도 무엇이 싸울 가치가 없는지 알고 싶다고 했잖아요."

문을 당겨서 열고 집 안으로 들어서자, 집은 더 이상 내가 알던 그 집이 아니다. 한 걸음 물러나고 싶은 마음도 든다.

집 안은 코고는 소리가 만드는 합창으로 온통 진동하고 있고, 그것은 나의 아버지의 소리뿐만이 아니라 소파 자리 쪽의 덩어리진 형태에서도 나고 있다. 브리 오빠가 속을 꽉 채운 의자에 털썩 앉은 채로, 한 덩어리의 근육을 두툼한 담요로 덮고 있다. 오빠의 어두운 머리카락은 여전히 군대식으로 잘려 있고, 오빠의 팔과 얼굴에는 싸움으로 보낸 날들에 대한 훈장으로 상처가 남아 있다. 브리 오빠는 트래미 오빠와의 내기에서 진 것이 틀림없다. 트래미 오빠가 지금 내 침대를 차지하고 그 안에서 뒤척이고 있을 테다. 쉐이드 오빠는 어디서도 보이지 않는데, 오빠는 원래 잠이 없는 부류였다. 아마도 마을을 어슬렁거리고 돌아다니면서, 예전 여자친구들을 방문하고 있겠지.

"정신 차리고 일어나."

나는 웃음을 터뜨리면서 매끄러운 동작으로 브리 오빠가 덮고 있는 담요를 걷어 낸다.

오빠는 바닥에 세게 부딪히는데, 모르긴 몰라도 바닥 쪽이 오빠보다 더 큰 부상을 당했을 것이다. 오빠는 데굴데굴 굴러서 내 발 앞에서 멈춘다. 잠시 동안, 오빠는 바로 다시 잠들 것처럼 보인다.

다음 순간 오빠는 나를 향해 눈을 껌뻑인다. 오빠의 흐릿한 눈에 혼란이 깃든다. 잠시 후에, 오빠는 평소의 자신이 된다.

"메어?"

"입 다물어, 형, 다들 자려고 하는 중이잖아!"

트래미 오빠가 어둠 속에서 불평을 한다.

"너희들 모두, 조용히 해!"

아버지가 침실에서 우리 모두 펄쩍 뛸 정도로 큰 소리로 고함을 지르신다.

이 모든 것을 얼마나 그리워했는지, 나는 결코 깨닫지 못하고 있었다. 브리 오빠가 졸음으로 가득한 눈을 한 채 나를 끌어안고, 가슴 깊은 곳에서부터 나는 웃음을 터뜨린다. 가까운 곳에서 턱 하는 소리가 나더니 트래미 오빠가 위층에서부터 뛰어 내려와서, 우리 옆에 날렵한 발로 착지한다.

"메어잖아!"

트래미 오빠가 외치더니 나를 바닥에서 번쩍 들어 올려 자신의 팔에 안는다. 트래미 오빠는 브리 오빠보다는 말랐지만, 내가 기억하는 허약한 완두콩은 아니다. 손 아래로 단단한 근육이 만져진다. 지난 몇 년이 오빠에게는 결코 쉽지 않았으리라.

"얼굴을 보니 좋다, 트래미 오빠."

나는 눈물을 터뜨릴 것 같은 기분으로 나직하게 말한다.

침실 문이 쾅 하고 열리더니 넝마가 된 잠옷을 입은 엄마가 나타난다. 오빠들을 꾸짖으려고 막 입을 벌리던 엄마는 나를 보자마자 말을 멈춘다. 대신 미소를 지으며 손바닥을 부딪치신다.

"아, 메어가 마침내 집에 왔구나!"

아빠가 엄마 뒤로 쌕쌕거리면서 의자를 밀어 큰 방에 나타난다.

지사가 마지막으로 일어나는데, 그녀는 머리만 다락방 선반 너머로 내밀고 아래를 내다본다.

트래미 오빠가 마침내 나를 놔주고, 나는 칼의 옆으로 돌아간다. 칼은 제자리에 맞지 않는 듯 어색하게 보이는 일을 멋지게 해내고 있던 참이다.

"네가 기회를 잘 보다가 일자리를 얻었단 말은 들었지."

트래미 오빠가 내 갈비뼈를 쿡 찌르면서 놀린다.

브리 오빠가 킥킥 거리면서 내 머리카락을 헝클어트린다.

"어쨌든 군대가 앨 원하지 않았을 거야. 얘가 부대 사람들 전체를 털었을 테니까."

나는 미소를 지으며 오빠를 떠민다.

"군대가 오빠들도 원하지 않았던 모양인데. 방출됐다며, 응?"

아빠가 앞으로 휠체어를 밀고 나오며 대답하신다.

"복권 같은 거라고, 편지에서 그랬다. 배로우 가 소년들에게 영예로운 제대를 선사한다고. 연금도 전부 지급된다고 하더라."

아빠가 그 말을 한 마디도 믿지 않는 것은 분명하지만, 그 주제에 대해서 더 얘기를 꺼내진 않으신다. 한편 엄마는 그 사실에 분명 사로잡힌 듯하다.

"멋지지 않니, 안 그래? 정부가 마침내 우리에게도 뭔가를 해 주는구나."

엄마는 그 말과 함께 브리 오빠의 뺨에 입을 맞춘다.

"그리고 이제 너도 직장이 있고."

내가 결코 본 적이 없는 자랑스러운 빛이 엄마에게서 흘러나온다.

보통 엄마가 지사를 위해 아껴두셨던 그 빛이다. *엄마는 거짓말을 자랑스러워하고 계셔.*

"드디어 우리 가족에게도 운이 좀 돌아올 때가 된 거지."

우리 위에서, 지사가 비웃는 소리가 들린다. 지사를 탓할 수만은 없다. 내 운은 그 애의 손과 행운을 부쳤다.

"그래요, 우리 가족은 매우 운이 좋지."

지사는 씩씩거리다가, 마침내 가족들과 합류하려고 내려온다.

한 손으로만 사다리를 잡고 내려오느라, 지사의 움직임은 느리다. 그 애가 바닥에 내려서자, 나는 그 애의 부목을 감고 있는 색색의 천을 알아볼 수 있다. 격한 슬픔과 함께, 나는 그것이 그 애가 결코 마치지 못했던 그 아름다운 자수 조각임을 알아차린다.

나는 그 애를 끌어안으려고 팔을 뻗지만, 그 애는 뒤로 물러서며 시선을 칼에게 던진다. 지사가 칼의 존재를 알아차린 유일한 사람인 것 같다.

"누구야?"

얼굴을 붉히며 나는 칼의 존재에 대해 완벽하게 잊어버리고 있었다는 사실을 깨닫는다.

"아, 이 사람은 칼이라고 해. 홀에서 나와 함께 근무하는 다른 하인이야."

"안녕하세요."

그가 멍청한 손짓을 간신히 해 보인다.

엄마는 여학생처럼 키득거리면서 그에게 손을 들어 인사를 한다. 엄마의 시선은 그의 근육질 팔에 붙박여 있다. 하지만 아빠와 오빠

256

들은 그 근육에 그렇게 매혹된 것 같지는 않다.

"넌 이 구역 출신이 아닌 듯하구나. 네게서 그런 냄새가 나."

아빠가 칼을 무슨 벌레 보듯 하면서 으르렁거리신다.

"아빠, 쟤도 그냥 홀에서······."

내가 항의하는 순간 칼이 끼어들어 내 말을 막는다.

"저는 하버베이에서 왔습니다."

확실히 자신의 알(r) 발음을 하버식 악센트로 떨어뜨리면서 그가
말한다.

"오션 힐에서 처음 일하기 시작했지요. 그곳에도 왕실 거주지가
있습니다. 지금 저는 그분들이 이동하시는 곳마다 함께 여행을 하고
있습니다."

그가 나를 옆으로 흘낏 본다. 그의 눈에 다 안다는 듯한 빛이 떠오
른다.

"많은 하인들이 그렇게 합니다."

엄마가 난처한 숨을 뱉으며 내 팔을 잡는다.

"너도? 너도 왕실 사람들이 떠날 때 저 *사람*들하고 같이 가야만
하는 거니?"

이걸 선택한 것이 아니라는 것을, 정말로는 어디에도 가고 싶지
않다는 것을 말하고 싶다. 하지만 나는 거짓말을 해야 한다. 가족의
안전을 위해.

"그게 제가 받은 유일한 일자리였어요. 게다가 돈도 정말 많이 벌
수 있고요."

"무슨 일이 벌어지고 있는 건지 꽤 정확히 알 것 같은데."

브리 오빠가 으르렁거리면서 칼에게 얼굴을 바싹 들이댄다. 칭찬해 줄 만하게도, 칼은 눈도 깜빡하지 않는다.

칼은 브리 오빠의 시선에 똑같이 맞서며 차갑게 대꾸한다.

"아무 일도 없습니다. 메어는 궁전에서 일하기를 선택했어요. 그녀는 1년 동안의 계약에 사인을 했고, 그게 다입니다."

신음 소리와 함께 브리 오빠가 물러서며 투덜거린다.

"난 워렌 꼬마놈 쪽이 더 좋았어."

"아이처럼 굴지 마, 브리 오빠."

내가 탁 자른다. 엄마는 고작 3주가 지났을 뿐인데 내가 어떤 목소리를 내는지 잊기라도 한 것처럼 내 날카로운 목소리에 흠칫 놀라신다. 이상하게도, 엄마의 눈에 눈물이 가득 차오른다. *엄마는 너를 거의 잊고 있었어. 그래서 네가 있었으면 하는 거야. 그럼 잊지 않겠지.*

"엄마, 울지 마세요."

나는 한 발짝 앞으로 나서 엄마를 안는다. 내 팔 안의 엄마가 너무나 가늘게 느껴진다. 내가 기억하는 것보다 훨씬 마른 느낌이다. 아니 어쩌면 내가 그저 엄마가 얼마나 연약할 수 있는지 알아차리지 못했던 건지도 모른다.

"그저 너뿐만이 아니야, 애야, 이건……."

엄마가 내게서 시선을 떼서 아빠를 바라보신다. 엄마의 눈에 고통이 서린다. 나로서는 이해할 수 없는 고통이다. 다른 사람들은 차마 엄마를 보지 못한다. 심지어 아빠조차도 무용지물이 된 자신의 발만 바라보신다. 암울한 무게가 집 위로 내려앉는다.

다음 순간 나는 이것이 무슨 일인 건지, 가족들이 나를 무엇으로부터 보호하려고 하는 것인지 깨닫는다.

입을 여는데, 대답을 결코 알고 싶지 않은 질문을 던지는 내 목소리가 떨린다.

"쉐이드 오빠는요?"

엄마는 흐느낌에 몸을 맡기기 전에, 간신히 부엌 식탁에 있는 의자에 앉는다. 브리와 트래미 오빠는 그 모습을 지켜보지 못하고, 고개를 돌린다. 지사는 움직이지 않고, 그 안으로 들어가고 싶다는 듯이 바닥만 뚫어지게 쳐다본다. 아무도 아무 말을 하지 않고, 내 어머니가 흘리는 눈물의 소리와 내 아버지가 내는 힘겨운 숨소리만이 한때 내 오빠가 채웠던 구멍을 메우고 있다. *내 오빠, 내 가장 가까웠던 오빠.*

나는 뒤로 물러서다가 비통함에 발을 헛딛지만, 칼이 나를 지탱해준다. 그러지 않았더라면 하고 나는 바란다. 나는 쓰러지고 싶다. 무언가 단단한 현실의 것에 부딪혀서 내 머릿속의 고통이 정말로 그렇게 심하게 아프게 느껴지지 않기를 바란다. 나의 손이 갈 곳을 잃고 귀 위를 방황하다가, 내가 그토록 소중하게 간직해 온 세 개의 돌 위를 스친다. 쉐이드 오빠가 준 돌, 세 번째 돌이 피부 위에서 차갑게 느껴진다.

"언니한테 편지로 말하고 싶진 않았어. 오빠는 제대 명령이 떨어지기 전에 죽었대."

지사가 자신의 부목을 만지작거리며 속삭인다.

전기를 불러오고 싶은 욕구가, 내 분노와 슬픔을 전기 한 방에 퍼붓고 싶은 욕구가 그토록 강하게 일어난 적은 결코 없었다. *지배해라.* 나는 스스로에게 말한다. 칼이 집을 태워먹을까 걱정했다니, 믿을 수가 없다. *번개야말로 불꽃으로 손쉽게 태울 수 있는데.*

지사가 울지 않으려고 애를 쓰면서 간신히 말을 뱉는다.

"오빠는 달아나려고 했대. 처형됐어. 목을 벴대."

내 다리가 너무 빨리 움직여서 칼조차 나를 잡을 기회가 없다. 나는 듣지도, 보지도 못한다. 오직 느낄 수만 있다. 슬픔, 충격, 공포, 나를 둘러싼 세상이 빙빙 돈다. 전구들이 전기로 인해 응응거리고 머리가 쪼개질 것 같이 시끄러운 소리로 나를 향해 커다랗게 비명을 지른다. 나를 조롱하고, 놀리고, 깨뜨리려고 해. 하지만 나는 그렇게 되지 않을 거야. *그러지 않을 거야.*

"메어."

칼이 팔을 내게 두른 채 귀에다 대고 속삭이지만, 꼭 바다 건너편에서 말을 거는 것만 같다.

"메어!"

나는 고통스러운 신음으로 크게 헉 하고 간신히 숨을 들이킨다. 운 것이 기억나지도 않는데 내 볼이 젖어 있다. *처형되었대.* 피부 아래에서 피가 끓어오른다. *거짓말이야. 오빠는 달아나지 않았어. 오빠는 진홍의 군대에 있었어. 그리고 그 사실이 드러난 거야. 그래서 오빠를 죽인 거지. 그들이 오빠를 살해했어.*

나는 이와 같은 분노는 결코 알지 못한다. 오빠들이 떠났을 때와도, 킬런이 내게 왔을 때하고도 다르다. 심지어 지사의 손이 부서졌을 때도 이렇지 않았다.

귀를 긁는 끼익끽 하는 소리가 집 안 전체에 날카로운 소음을 낸다. 냉장고, 전구들, 그리고 벽 속을 흐르는 전선들까지 최고속으로 돌아간다. 전기적인 웅웅거리는 소리를 들으니 나는 살아 있는 것 같고, 화가 나고 위험한 존재 같은 느낌이 든다. 이제 나는 에너지를 창조할 수 있고, 줄리언이 나를 가르친 것처럼 내 고유의 힘을 집에 밀어 넣을 수 있다.

칼이 나를 흔들면서 어떻게든 내게 닿아보려 애쓰며 소리 지른다. 하지만 그럴 수가 없다. 힘은 내 안에 있고, 나는 그걸 놓기 싫다. 그것이 고통보다 더 낫게 느껴진다.

냄비 속에서 팝콘이 터지는 것처럼 전구가 폭발하자 지사가 우리 위로 넘어진다. 펑 펑 펑.

엄마가 지르는 비명마저 거의 들리지 않는다.

누군가가 나를 거친 힘으로 일으켜 세운다. 그 손이 말을 하는 내내 나를 붙들고, 얼굴로 다가온다. 나를 위로하지도, 내게 공감하지도 않지만, 나는 갑자기 알아채고 빠져나온다. *나는 이 목소리를 어디서라도 알 수 있을 거야.*

"메어, 냉정을 되찾아!"

나는 깨끗한 녹색 눈동자와 걱정으로 가득 찬 얼굴을 올려다본다.

"킬런."

"니가 결국 돌아올 줄 알았어. 계속 살피고 있었지."

그가 중얼거리듯 말한다.

피부에 닿는 그의 손은 거칠지만, 안정감을 준다. 그가 나를 현실로, 내 오빠가 죽은 세계로 되돌린다. 마지막으로 살아남은 전구가 우리 위에서 흔들리며 방과 내 경직된 가족을 간신히 비추고 있다.

하지만 어둠을 밝게 비추고 있는 것은 그것만이 아니다.

자백색의 스파크가 내 손 주변을 춤추고 있는데, 매 순간 점점 약해지고 있지만 너무나 명료하다. *내 번개. 이 문제에 대해서 더 이상 같은 거짓말을 할 수가 없겠는데.*

킬런은 나를 의자에 앉힌다. 그의 얼굴에 혼란이 폭풍처럼 인다. 나머지 사람들은 오직 뚫어져라 보고만 있는데, 격하게 몰려오는 슬픔 속에서 그들이 두려워하고 있다는 것을 깨닫는다. 하지만 킬런은 전혀 두려워하지 않는다, 그 애는 화가 나 있다.

"그들이 너한테 무슨 짓을 한 거야?"

그가 내 손가락 위에서 자신의 손가락을 조금씩 움직이며 으르렁거린다. 불꽃은 완전히 사라지고, 그저 떨리는 손가락만이 남았다.

"그들은 아무것도 하지 않았어."

나도 이게 다 그들의 잘못이었으면 좋겠어. 이 일로 다른 누군가를 탓할 수 있다면 얼마나 좋을까. 킬런의 머리 너머로 칼의 눈과 내 눈이 마주친다. 무언가가 그의 안에서 풀어지고, 그가 말없이 의사를 전달하며 고개를 끄덕인다. *이 문제에 대해서 거짓말 할 필요가 없구나.*

"이게 바로 나야."

킬런이 얼굴을 더 찡그린다.

"너 그들 중 하나야?"

그토록 심한 분노, 그토록 심한 혐오가 단 하나의 문장에 들어간 것을 들어 본 적이 없다. 킬런의 말에 나는 죽어 가는 것 같은 기분이 든다.

"*그런 거야?*"

엄마가 제일 먼저 회복하시고 어떤 공포의 빛도 비추지 않은 채 내 손을 잡는다.

"메어는 내 딸이란다, 킬런. 우리 모두 그 사실을 알고 있어."

엄마가 발휘할 수 있으리라고는 생각지 못했던 놀라운 시선으로 엄마는 킬런의 말을 수정하신다.

가족들이 동의의 말을 웅얼거리면서 내 편에 서지만, 킬런은 확신하지 못한다. 그는 내가 낯선 사람이 된 것처럼, 우리가 일평생 서로를 몰랐던 것처럼 나를 바라본다.

나는 그를 마주 쏘아보며 말한다.

"칼을 쥐 봐, 그럼 내가 이 모든 걸 바로잡을 테니. 내가 흘리는 피가 어떤 색인지 보여 줄게."

이 말이 그를 조금 진정시키고, 그가 물러선다.

"난 그저…… 이해가 안 돼."

그건 우리 둘 다 그래.

"이 부분에서만큼은 나도 킬런하고 같은 입장이야. 우리는 네가 누군지 알지, 메어, 하지만……."

브리 오빠가 무슨 말을 해야 할지 찾는 듯이 말을 더듬는다. 오빠는 결코 올바른 말을 찾을 수 없을 것이다.

"*어떻게?*"

나는 무슨 말을 해야 할지 모르겠지만 최선을 다해 설명하려고 노력한다. 다시 한 번, 나는 칼이 이곳에 있다는 사실, 그가 계속 들고 있다는 사실을 고통스럽게 상기하면서 진홍의 군대와 줄리언의 발견 등에 대한 부분은 설명하지 않고 가능한 지난 3주간의 삶을 평범하게 그려 내려고 노력한다. 은혈인 척 하던 것, 왕자와 약혼한 것, 나 자신을 제어하는 법을 배우는 것…… 전부 말도 안 되게 들리지만 모두가 그저 골똘하게 듣고만 있다.

"왜 또는 어째서 그렇게 된 건지 모르겠지만, 그냥 이렇게 *되어버린 거야*."

나는 손을 들며 말한다. 트래미 오빠가 흠칫 하며 물러나는 것이 보인다.

"이게 무슨 의미인지 결코 알 수 없겠지."

엄마의 손이 지지의 뜻을 보여 주며 내 손을 꼭 잡는다. 이 작은 위안이 나로서는 경이롭다. 여전한 분노와 통렬한 슬픔 속에서도, 무언가를 파괴하고 싶던 마음은 사라진다. 나는 겉으로는 자제하는 모습으로 돌아오고, 적어도 지금으로서는 나 자신을 억누를 정도는 된다.

"내 생각에 그건 기적인 것 같구나."

엄마는 나를 위해서 억지로 미소를 지으면서 중얼거리신다.

"우린 항상 네가 더 나아지길 바랐는데, 보렴, 이제 우린 그걸 얻었잖니. 브리와 트래미는 안전하고, 지사도 걱정할 필요 없고, 우리는 행복하게 살 수 있을 거야. 그리고 넌,(엄마의 젖은 눈이 내 눈을 마주본다.) 넌, 내 아가, 특별한 사람이 될 거야. 어떤 엄마가 다른 걸 바랄 수 있겠니?"

나는 엄마의 말들이 사실이었으면 하고 바라지만 어쨌든 어머니와 가족을 위해서 미소를 지으며 고개를 끄덕인다. 나는 점점 더 거짓말을 잘하고 있고, 가족들도 나를 믿는 것처럼 보인다. 하지만 킬런은 아니다. 킬런은 여전히 펄펄 끓는 채로, 감정을 터뜨릴 또 다른 기회를 노리고 있다.

"그 사람은 어떻던, 그 왕자님은?"

엄마가 재촉한다.

"메이븐 왕자님?"

위험한 화제로 넘어 왔네. 나는 칼이 내가 자신의 동생에 대해서 해야 할 말을 기다리며 주의 깊게 귀를 기울이는 것을 느낄 수 있다. *내가 뭐라고 해야 하지? 그가 친절하다고? 이제 그가 좋아지기 시작했다고? 여전히 그를 믿어도 될런지 모르겠다고? 아니면 더 나쁘게도, 이제 다시는 누구도 결코 믿을 수 없을 거라고?*

"제 예상과는 많이 달라요."

지사가 내 불편함을 감지하고 칼에게로 몸을 돌린다.

"그래서 이 사람은 누군 거야, 언니 보디가드야?"

그 애가 살짝 윙크를 하면서 주제를 바꾼다.

"맞아요."

칼이 내 대신 대답한다. 그는 내가 해야 하는 것 이상으로는 가족들에게 거짓말을 하고 싶지 않아 하는 것을 안다.

"그리고 죄송하지만, 우리는 곧 가야만 합니다."

그의 말은 칼날을 비트는 것만 같지만 나는 따라야만 한다.

"그래요."

엄마가 손이 부서지지 않을까 걱정될 만큼이나 내 손을 단단하게 붙들고 내 옆에 서신다.

"당연히 우리 가족은 아무 말도 하지 않을 겁니다."

"한 마디도요."

아빠가 동의한다. 내 형제들도 고개를 끄덕이며 침묵 속에서 맹세한다.

하지만 킬런은 어두운 얼굴로 쏘아보고만 있다. 무슨 이유에선가 그는 몹시 화가 난 모양인데 나로서는 아무리 애를 써도 왜인지 알 수가 없다. *하지만 나도 화가 난다.* 쉐이드 오빠의 죽음은 여전히 내게는 끔찍한 돌처럼 무겁다.

"킬런?"

"그래, 나도 말 안 할 거야."

그가 내뱉는다. 내가 그를 붙잡기도 전에, 킬런은 벌떡 의자에서 일어나더니 공기를 회전시키는 돌개바람처럼 횡하니 나가 버린다. 문이 킬런의 뒤로 쾅 하고 닫히며 벽을 울린다. 킬런이 보이는 감정들, 드물게 나타나는 절망의 순간들에는 익숙하지만, 이런 류의 분노를 그에게서 보는 것은 낯설다. 그래서 어떻게 해야 할지 알 수가 없다.

여동생의 손이 나를 건드리자, 나는 현실로 돌아와 이것이 작별이라는 것을 상기한다.

"이건 선물인 거야. 낭비하지 마."

지사가 내 귀에 속삭인다.

"돌아올 거지, 그렇지?"

브리 오빠가 말하고, 지사가 물러난다. 오빠가 전쟁을 떠난 이래 처음으로, 오빠의 눈에 공포가 떠오른다.

"넌 이제 왕자비가 되었으니 규칙을 만들 수도 있을 거잖아."

그랬으면 좋겠다.

칼과 나는 시선을 교환한다. 그의 입이 단단히 다물린 모양이나 눈 안에 깃든 어두움으로 볼 때, 내 대답이 어때야 할지는 명확하다.

"노력해 볼게."

나는 부서질 것 같은 목소리로 속삭인다. 거짓말 하나 더 한다고 상처가 되진 않는다.

스틸츠 마을의 끝에 닿을 때까지도 지사의 작별이 여전히 내 뒤를 쫓아온다. 내가 그 애에게서 모든 것을 빼앗았음에도 그 애의 눈에 책망의 기색은 전혀 없었다. 그녀의 마지막 말들이 바람 속에서 메아리치며 다른 소리들을 모두 지워 버린다. *낭비하지 마.*

"오빠에 대한 건 미안하다."

칼이 불쑥 말한다.

"미처 몰랐어, 그가……."

"……이미 죽었다는 걸요?"

탈영으로 처형되었어. 또 다른 거짓말이야. 분노가 다시금 솟아오르고, 이번에는 그걸 제어하고 싶은 마음도 안 든다. 하지만 내가 뭘 더 어쩔 수 있단 말인가? 오빠의 복수를 하기 위해서, 더 나아가 남은 가족들을 구하기 위해서 나는 무엇을 해야 할까?

낭비하지 마.

"한 곳만 더 들러야겠어요."

칼이 뭐라고 항의하기도 전에, 나는 내가 보일 수 있는 가장 최고의 미소를 짓는다.

"오래 걸리진 않을 거예요, 약속해요."

놀랍게도, 그가 어둠 속에서 느리게 고개를 끄덕인다.

"홀에서의 일이라, 그거 참 존경받을 만하구먼."

내가 그의 마차 맞은편에 앉자 윌 할아버지가 껄껄댄다. 오래된 파란 양초가 여전히 타오르면서 우리 주변에 흔들리는 불빛을 그린다. 내가 예상했던 것처럼, 팔리는 오래 전에 사라졌다.

문과 창문들이 모두 닫혀 있음을 확실히 살핀 후에, 나는 목소리를 낮춘다.

"난 거기서 일하지 않아요, 할아버지. 그들이……."

놀랍게도, 윌 할아버지가 나를 향해 손을 휘휘 젓는다.

"아, 나도 전부 알고 있어. 차?"

"아, 아니요."

내 말은 충격으로 흔들린다.

"어떻게 할아버지가……?"

"지난주에 왕실 원숭이들이 왕비감을 골랐지, 물론 그 내용이 은혈들의 도시에 방송이 되었고."

목소리가 커튼 뒤에서 말한다. 그 사람이 앞으로 나서자, 팔리가 아니라 사람 형태를 한 콩 줄기처럼 멀대같은 모습이 드러난다. 그의 머리가 천장을 스치자, 그는 어색하게 머리를 휙 구부린다. 그의 불타는 듯한 진홍빛 머리카락은 길고, 어깨부터 엉덩이까지에 걸쳐

몸에 두르고 있는 붉은색 장식띠와 썩 잘 어울린다. 장식띠는 팔리가 방송에 나올 때에 차고 있었던 것과 똑같은 태양 모양의 배지로 조이고 있다. 허리에는 총을 찬 벨트를 두르고 있고, 벨트는 한 쌍의 권총과 번쩍이는 총알들로 꽉 채워져 있다. 그도 진홍의 군대다.

"넌 은혈들의 스크린 모든 곳에 등장했어, *레이디 타이타노스.*"

그가 저주와 같은 내 신분을 입에 올린다.

"너랑 그 사모스 여자애랑. 말해 봐, 걔는 자기 외모에서 풍기는 대로 역시 불쾌한 사람인가?"

"이쪽은 트리스탄, 팔리의 부관 중에 하나야. 트리스탄, 예의바르게 굴어."

윌 할아버지가 끼어든다. 할아버지는 그를 향해 꾸짖는 듯한 시선을 보낸다.

"아니, 에반젤린 사모스는 피에 목마른 얼간이인데."

내 대답에 트리스탄이 미소를 지으면서 윌 할아버지에게 우쭐한 얼굴을 한다.

"그 사람들이 모두 원숭이인 건 아니야."

나는 메이븐이 오늘 아침 했던 친절한 말들을 떠올리며 조용하게 덧붙인다.

"네가 약혼한 왕자나 아니면 숲에서 기다리고 있는 쪽이랑 얘기를 해 봤니?"

윌 할아버지가 조용하게 묻는 투는 꼭 밀가루 가격에 대해서 묻는 것 같다.

그와는 극명히 대조적으로, 트리스탄은 폭발하듯 자신의 자리에

269

서 뛰어오른다. 나는 두 손을 쭉 뻗어서 그를 문으로 밀어붙인다. 고맙게도 나는 아직 자신을 제어하고 있다. 내가 가장 하지 말아야 될 일이라면, 그건 진홍의 군대의 멤버를 감전시키는 것이리라.

"너 은혈을 여기로 데려 왔어? 그 왕자를? 우리가 그를 데려간다면 뭘 할 수 있는지 알고는 있냐? 우리가 그를 두고 어떤 흥정을 할 수 있을지?"

그가 나를 내려다보며 야유를 던진다.

그가 나보다 훨씬 크다고 하더라도, 나는 물러서지 않는다.

"그 사람은 내버려 둬."

"부유함의 통에 몇 주 잠겨 있었다고 네 피가 그놈들 것처럼 은색이 된 모양이구나."

그가 나를 죽이고 싶은 얼굴로 내뱉는다.

"나도 감전시킬 테냐?"

그 말이 나를 가시처럼 찌른다는 사실을 그 역시 알고 있다. 나는 그들이 나를 배신할까 두려움에도 손을 내린다.

"나는 왕자를 보호하려는 게 아니야, 나는 *너*를 보호하려는 거라고, 이 멍청한 바보야. 왕자는 군인으로 태어나 자랐고, 자기가 정말로 그러고 싶으면 우리 마을을 통째로 불태울 수 있다고."

그가 그러지는 않겠지만. *바라건대.*

트리스탄의 손이 그의 총 쪽으로 향한다.

"그놈이 시도하는 꼴을 보고 싶은데."

하지만 윌 할아버지가 그의 팔에 주름진 손을 올린다. 그 손길은 반역자를 가라앉히기에 충분하다.

할아버지가 조용히 말씀하신다.

"그만하면 됐다. 왜 여기에 온 거냐, 메어? 킬런은 안전해, 네 형제들도 그렇고."

나는 여전히 시선은 트리스탄에게 꽂은 채로 숨을 크게 들이쉰다. 그는 칼을 납치해서 그의 몸값을 요구하겠다고 위협했다. 어떤 이유에서인지, 그런 일에 대한 생각이 나를 몸 한가운데서부터 불안하게 만든다.

"우리……."

한 마디만 했을 뿐인데 나는 벌써 몸부림치게 된다.

"쉐이드 오빠가 진홍의 군대의 일원이었죠."

이것은 더 이상은 질문이 아닌, 그저 진실이다. 윌 할아버지가 시선을 사죄하듯 낮추고, 트리스탄은 심지어 고개를 늘어뜨린다.

"그 때문에 오빠가 죽었어요. 오빠가 죽음을 당했는데, 나는 그게 아무 것도 아닌 양 행동해야만 해요."

"그렇지 않으면 너도 죽은 목숨이겠지."

"나도 알아요. 때가 오면 나는 그들이 원하는 어떤 말이라도 할 거예요. 하지만……."

내 목소리가 이 새로운 길의 끝을 조금 붙잡는다.

"나는 궁전에, 그들 세계의 한가운데에 있어요. 나는 빠르고, 조용하며, 조직을 도울 수 있어요."

트리스탄이 깊은 숨을 훅 들이마시면서 몸 전체를 뒤로 물린다. 이전의 분노에도 불구하고, 이제 그의 눈에는 자부심 비슷한 것이 빛나고 있다.

"너 참여하고 싶은 거구나."

"그래."

윌 할아버지는 턱을 단단히 다문 채로 나를 뚫어져라 바라본다.

"네가 저지르려고 하는 일이 무슨 일인지 알고 있기만을 바란다. 이건 그저 나만의 전쟁도, 팔리만의 것도, 진홍의 군대만의 것도 아니야…… 이건 너의 전쟁이다. 마지막 최후의 끝까지는. 그리고 네 오빠의 복수만이 아니라, 우리 모두의 복수를 하는 것이기도 해. 지나간 이들을 위해 싸우는 것이며, 다가올 이들을 구하기 위한 것이기도 하지."

할아버지의 굽은 손이 처음으로 내 손을 향하고, 나는 그 손목의 문신을 알아차린다. 그들이 우리가 차도록 강요했던 팔찌처럼. 하지만 이제 할아버지는 자신만의 것을 영원히 새기고 있다. 그의 일부로서, 마치 우리들의 혈관을 흐르고 있는 피처럼.

"우리와 함께하겠는가, 메어 배로우?"

할아버지가 손을 내 위에 겹치며 묻는다. *더 많은 전쟁, 더 많은 죽음.* 칼이 말했었지. *하지만 그가 틀렸을 수도 있어. 우리가 바꿀 기회가 있어.*

나는 손가락에 힘을 주어 윌 할아버지의 손을 잡는다. 내 행동의 무게, 그 뒤의 중요성을 느낄 수가 있다.

"당신들과 함께할게요."

"새벽은 적혈처럼 붉게 타오르니."

할아버지가 트리스탄과 함께 합창하듯 말한다. 나는 그 말을 기억하고 다음 말을 함께 외친다.

"우리는 일어날 것이다."

깜빡이는 촛불 속에서, 벽 위로 드리워진 우리의 그림자는 괴물처럼 흔들린다.

마을 끝에서 칼과 함께 합류할 때쯤, 내가 내린 결정과 그로 인해 다가올 국면에 대한 생각으로 담대해진 나는 어쨌든 좀 더 가벼운 기분이 된다. 칼은 이따금 주위를 훑어보며 한 마디 말도 없이 내 옆을 걷는다. 내가 누군가를 찌르고 재촉하고 강제로라도 대답을 끌어내는 부류의 사람이라면 칼은 그 반대편에 있다. 아마도 그의 책들 중 하나에서 선택한 군략 전술 같은 게 아닐까. 적이 당신에게 스스로 오게 하라.

왜냐하면 지금의 내가 바로 그것이기 때문에. 그의 적.

칼은 그의 동생만큼이나 나를 당혹하게 만든다. 그들 두 사람은 심지어 내가 적혈인 것을 알고 있음에도, 나를 거의 알지 못함에도 불구하고 친절하다. 어쨌든 칼은 나를 집에 데려다 주었고, 메이븐은 나를 도와주고 싶어 하며 내게 잘해 준다. *이 두 사람은 참 이상한 사람들이야.*

우리가 다시 숲속으로 들어설 때에, 칼의 태도가 변하고, 뭔가 좀 더 심각한 쪽으로 딱딱해진다.

"왕비님이랑 그대의 스케줄을 바꾸는 것에 대해서 얘기를 해 봐야겠다."

"왜요?"

그가 부드럽게 말한다.

"그대는 저기를 거의 폭파할 뻔 했어. 그와 같은 일이 다시는 일어나지 않을 거라는 확신이 들도록, 그대는 우리와 함께 '훈련'을 해야 할 것 같아."

줄리언이 나를 훈련시켜 주고 있는데요. 하지만 내 머릿속의 작은 목소리조차 줄리언은 결코 칼, 메이븐 그리고 에반젤린이 받고 있는 것과 같은 종류의 환경을 제공할 수 없다는 것은 알고 있다. 그들이 알고 있는 것들의 *반만큼이라도* 내가 배울 수 있다면, 내가 진홍의 군대에 얼마만큼의 힘이 될지 누가 알랴? 쉐이드 오빠를 기억하는 데에도?

"뭐, 그렇게 해서 의전 수업에서 빠질 수 있다면, 난 거절하지 않을래요."

갑자기 칼이 오토바이에서 뛰듯이 물러난다. 그의 손은 불을 만들고, 똑같은 타오르는 불빛이 그의 눈에서 빛난다.

"누군가가 우리를 지켜보고 있다."

나는 그에게 질문을 던져 귀찮게 하지 않는다. 칼의 군인으로서의 감각은 날카롭다. 하지만 그렇다고 해서 이곳에 그를 위협할 만한 것이 뭐가 있단 말인가? 잠이 든 가난한 마을의 숲에 그를 두렵게 할 만한 것이 나타나는 게 가능하긴 한 일인가? *반역자들이 어슬렁거리는 마을이기는 하지만.* 나는 머릿속으로 생각한다.

하지만 팔리나 무장한 혁명분자들 대신에, 킬런이 나뭇잎 사이에서 모습을 드러낸다. 킬런이 얼마나 교활한지, 얼마나 쉽게 어둠 속으로 움직일 수 있었는지 나는 잊고 있었다.

칼의 손이 피어오르는 연기를 재빨리 없앤다.

"아, 그대로군."

킬런의 눈이 나에게서 떨어져서 칼을 바라본다. 그가 머리를 기울이며 거들먹거리는 절을 한다.

"실례합니다, 저하."

그 말을 부정하려고 애쓰는 대신에, 칼은 조금 더 몸을 쭉 뻗는다. 그러자 그는 본디 그렇게 왕으로 태어난 것처럼 보인다. 그는 대답 없이 자신의 오토바이로 다가가서 나뭇잎들을 털기 시작한다. 하지만 그의 시선이 내 쪽으로 향하고 있음을 느낄 수 있다. 나와 킬런 사이에 흐르는 매 순간을 지켜보고 있음을.

"정말 이러려는 거야?"

킬런이 상처받은 짐승 같은 모습으로 묻는다.

"정말 떠나려는 거야? 그들 중 하나가 되기 위해서?"

찰싹 때리는 것보다 더 아프게 그 말들이 나를 찌른다. *이건 선택이 아니야.* 나는 그에게 말하고 싶다.

"너도 거기서 무슨 일이 있었는지, 내가 뭘 할 수 있는지 봤잖아. 그들은 나를 도울 수 있어."

얼마나 쉽게 거짓말이 나오는지 심지어 나조차 놀랄 지경이다. 언젠가 나는 스스로도 속일 수 있을 것만 같다. 내가 행복하다고 생각하도록 내 마음을 속일 수 있을지도.

"내가 있어야 할 곳에 있어야지."

킬런이 내 말에 머리를 흔들면서 마치 우리 걱정들이 간단하기만 했던 과거 시절로 나를 다시 끌어당길 수 있다는 것처럼 한 손으로 나를 붙든다.

"너는 여기 있어야만 해."

"메어."

칼이 오토바이의 좌석에 기댄 채, 인내심 있게 기다리고 있다. 하지만 그의 목소리는 확고하고, 경고의 뜻을 띠고 있다.

"가야만 해."

나는 킬런을 뒤에 남긴 채 지나가려고 하지만, 그가 나를 보내 주지 않는다. 킬런은 언제나 나보다 힘이 셌다. 그가 나를 붙들어 주길 나 역시 간절히 원하지만, 결코 우리는 그럴 수 없다.

"메어, 제발……."

마치 강력한 태양빛이 쬐는 것처럼, 열기의 파도가 우리를 향해 맥동한다.

"그녀를 놓아 줘."

옆에서 지켜보던 칼이 으르렁거린다. 그에게서 흘러나온 열이 공기에 파문처럼 번진다. 그가 침착하게 얇기를 유지하려고 애쓰는 사이, 위협은 풀어진다.

킬런은 싸우고 싶어 죽겠는지, 칼의 얼굴에 대놓고 비웃음을 날린다. 하지만 킬런은 나와 같다. 우리는 도둑이고 *쥐새끼*들이다. 우리는 언제가 싸울 때고 언제가 달아날 때인지 안다. 마지못해 킬런이 물러서자, 그 애의 손가락들이 내 팔 위를 훑는다. 이것이 아마 우리가 마지막으로 서로를 보는 기회가 될 것이다.

공기가 차가워지지만, 칼은 물러서지 않는다. 나는 그의 동생의 약혼녀이니, 그로서는 나를 보호해야만 할 것이다.

"너 나에 대해서도 협상했던 거지, 나를 징병에서 빼 달라고. 넌 나를 구하려고 하는 나쁜 버릇이 있어.”

마침내 내가 치른 대가에 대해 이해한 킬런이 부드럽게 말한다.

나는 간신히 고개를 끄덕일 수 있다. 눈에 가득 차올라 흐르는 눈물을 가리기 위해 머리 위로 헬멧을 뒤집어써야만 한다. 멍하니 칼의 뒤를 따라서, 나는 오토바이의 뒷좌석에 올라탄다.

킬런은 물러서서, 오토바이가 회전 속도를 올리니 움찔한다. 다음 순간 그가 나를 향해 히죽 웃더니, 내가 꼭 그를 쥐어박고 싶게 만들곤 하던 그 포즈를 취한다.

“팔리한테 네가 안부 전하더라고 할게.”

오토바이가 짐승처럼 울부짖더니 나를 킬런과 스틸츠와 내 예전의 삶으로부터 뜯어낸다. 머리끝부터 발끝까지 겁에 질릴 때까지 공포가 독처럼 나를 휘감는다. 하지만 나 때문이 아니다. 더 이상은 아니다. 나는 킬런 때문에, 그가 저지르려고 하는 그 멍청한 짓 때문에 겁에 질린다.

그는 팔리를 찾으려고 한다. 그리고 그녀에게 합류할 것이다.

제15장

다음 날 아침, 눈을 뜨자 내 침대 옆에 서 있는 그늘진 형체가 보인다. *이럴 줄 알았어. 밖으로 나갔고, 규칙을 어겼으니 그들이 이제 그 대가로 나를 죽이려는구나.*

하지만 싸우지도 않고는 안 되지.

그 형체가 기회를 잡기도 전에, 나는 침대 밖으로 날듯이 뛰어올라서 방어 자세를 취한다. 기쁜 떨림이 내 안에서 생명력을 얻는 사이에 근육이 긴장한다. 하지만 암살자 대신에, 눈에 들어오는 것은 붉은색 제복이다. 나는 어떤 여자가 그 옷을 입고 있다는 사실을 깨닫는다.

월시가 예전에 그랬던 것과 같은 얼굴로 나를 보고 있다. 나는 더 이상 그러지 못하는데 말이다. 그녀는 차와 빵과 내가 아침으로 원할 만한 다른 것들이 가득한 금속 손수레를 끌고 서 있다. 충성스런

278

하인이라면 다들 그렇듯이 그녀는 입을 꽉 다물고 있지만, 눈동자는 나를 향해 비명을 지르고 있다. 그녀는 내 손을, 이제는 너무나도 익숙하게 손가락 주변을 기어 다니는 스파크를 자아내는 내 손을 뚫어져라 보고 있다. 나는 손가락을 털고, 스파크가 피부 아래로 다시 사라질 때까지 빛줄기를 쏟아 낸다.

"미안해요."

나는 그녀에게서 펄쩍 뛰어 멀어지면서 외친다. 여전히 그녀는 아무 말도 하지 않는다.

"월시……."

하지만 그녀는 음식을 서빙 하는 자신의 일에만 몰두한다. 다음 순간, 그녀가 입 모양만으로 소리 없이 다섯 단어를 뱉어서 나는 엄청 놀라고 만다. 이제는 기도처럼 알기 시작한 바로 그 말들. 아니면 저주인가.

새벽은 적혈처럼 붉게 타오르니, 일어나라.

내가 반응하기도 전에, 내 놀람을 표현하기도 전에, 월시는 내 손에 차 한 잔을 내민다.

"기다려……."

나는 그녀에게 팔을 뻗지만, 그녀는 재빨리 내 손을 피하더니 낮게 절을 한다.

"마이 레이디."

그녀는 그 말로 날카롭게 우리의 대화를 종료시킨다.

나는 월시가 나가도록 내버려둔 채, 그녀의 말하지 못한 말들이 메아리로만 남은 방에서 사라지는 그녀의 뒷모습만을 지켜본다.

월시도 진흥의 군대구나.

손 안의 찻잔이 차갑다. 이상할 정도로 차다.

나는 아래를 내려다보고는 잔이 차가 아니라 물로 차 있음을 깨닫는다. 잔의 바닥에는 종잇조각 하나가 잉크가 번진 채 들어 있다. 내가 메시지를 읽는 동안 잉크는 점차 소용돌이치고, 물이 종이에 거머리처럼 붙어서 흔적들을 지우다가, 마침내 흐릿한 회색 물과 빈 쪽지가 말려 있는 것을 제외하고는 아무 것도 남지 않는다. 내 첫 번째 반역 행위의 증거는 사라진다.

첫 번째 메시지는 기억하기 어렵지 않다. 오직 한 단어뿐이다.

자정.

그토록 가까운 곳에 연락책을 가지고 있다는 사실에 안심이 되어야 마땅하겠지만, 나는 어떤 이유로 떨고 있는 자신을 깨닫는다. *어쩌면 이곳에는 카메라만이 나를 지켜보고 있는 게 아닐지도 몰라.*

그것이 나를 기다리고 있는 유일한 쪽지는 아니다. 내 스케줄이 침실용 탁자 위에 놓여 있다. 화가 날 정도로 완벽한 왕비의 손 글씨로 쓰여 있는 쪽지다.

그대의 스케줄은 변동되었어:

0630 - 아침 식사 / 0700 - 훈련 / 1000 - 의전

1130 - 오찬 / 1300 - 의전 / 1400 - 수업들

1800 - 저녁 식사.

루카스가 그 모든 일정에 그대를 안내할 거야.

스케줄에 협상의 여지는 없어.

"그러니까 위에서 마침내 아가씨도 '훈련' 수업에 넣어 주기로 했군요?"

루카스가 미소 지으며 말한다. 첫 수업으로 나를 안내하는 동안 그의 미소에는 자랑스러운 빛이 언뜻 비친다.

"아가씨가 너무 잘했거나, 아니면 너무 못했던 모양이죠."

"양쪽 다 조금씩 맞았어요."

못한 쪽에 더 가깝지만. 지난 밤 우리 집에서 일으킬 뻔 했던 사고를 회상하며 내가 생각한다. 나는 새로운 스케줄이 칼의 작업이라는 것을 알지만, 그가 이토록 빨리 일을 처리하리라고는 예상하지 못했다. 진심으로, 나는 훈련 수업이 기대된다. 만약 내가 보았던 칼과 메이븐의 수업과 비슷한 형태라면, 물론 특별히 능력 연습은 내가 한참 뒤처진 상태이기야 하겠지만, 적어도 나에게도 누군가 말할 상대가 생길 것이다. 그리고 만약 내가 정말로 운이 좋다면, 에반젤린이 심각하게 아파서 그녀의 끔찍한 남은 생애 동안 침대에 누워서만 지낼지도 모른다.

루카스가 머리를 흔들면서 키득거린다.

"단단히 준비하십쇼. 교사들은 최고로 강한 군인들조차 끝장내 버리기로 유명한 사람들이거든요. 아가씨의 건방진 행동들을 좋은 의미로 받아들이진 않을걸요."

나는 항변한다.

"나도 상대가 날 끝장내려고 하면 좋은 의미로 받아들이지 않을 거예요. 당신 훈련은 어땠길래요?"

"뭐, 저 같은 경우는 9살 때 곧장 군대로 끌려갔기 때문에 제 경험은 좀 다릅니다."

그 기억으로 어두워진 눈으로 그가 대답한다.

"9살이라고요?"

그건 생각만으로도 불가능하게 느껴진다. 능력이 있든 없든, 이런 일이 진짜로 일어날 리가.

하지만 루카스는 아무 것도 아니라는 듯 어깨를 으쓱한다.

"전선은 훈련하기에는 최적의 장소죠. 왕자님들조차 잠깐씩은 전선에서 훈련을 받았답니다."

"하지만 당신은 지금은 여기에 있잖아요. 당신은 이제 더 이상 군인이 아니잖아요."

나는 루카스가 입고 있는 보안 요원의 검정과 은색 제복에 시선을 둔 채로 말한다.

처음으로, 루카스의 건조한 미소가 완벽하게 사라진다.

"그 일이 아가씨에게도 일어날 겁니다. 사람이란 그렇게 오래 전쟁을 해선 안 되는 존재예요."

그는 나에게라기보다는 스스로에게 말하는 듯, 인정한다.

"그럼 적혈들은 어떻고요? 그들은 은혈들보다 더 전쟁을 잘 견뎌내나요?"

브리 오빠, 트래미 오빠, 쉐이드 오빠, 아빠, 킬런의 아버지. 그리고 수천의 다른 사람들. 수백만의 다른 사람들.

조금 불편해 보이는 루카스가 미처 대답하기 전에 우리는 훈련장의 문 앞에 도착한다.

"그게 세계가 돌아가는 방법입니다. 적혈들이 받들고, 적혈들이 일하고, 적혈들이 싸우고. 그게 그들이 잘하는 거죠. 그게 그들이 해야만 하는 거고요. 모두가 특별한 건 아니니까."

그를 향해 소리 지르지 않기 위해서 나는 혀를 깨물어야만 한다.

분노가 내 안에서 들끓지만, 나는 그에게 한 마디도 대꾸하지 않는다. 심지어 그에게 미소조차 짓지 않으리라.

"여기서는 그렇겠죠."

나는 딱딱하게 말한다.

그는 내 불편함을 알아차리고, 조금 찡그린다. 다시 입을 여는 그의 목소리는 누가 엿듣는 것을 원하지 않는 듯이 조금 낮고 빠르다.

"제게는 질문을 던질 만한 사치가 없습니다."

그가 작게 말한다. 그의 검정색 눈은 의미를 가득 담은 채 나를 뚫어져라 본다.

"그건 아가씨도 마찬가지입니다."

심장이 꽉 조이면서 그의 말과 그 뒤에 숨은 의미들로 인한 공포가 밀려온다. 루카스는 그가 들었던 것보다 더 많이 나에 대한 것들을 알고 있어.

"루카스……."

"질문을 던지기에 좋은 곳은 아니군요."

루카스가 눈썹을 찌푸리며 나를 이해시키려고, 안심시키려고 애를 쓴다.

"레이디 타이타노스."

그 지위는 전보다 더욱 확고한 소리가 되어, 마치 왕비의 무기가 그렇듯이 내 갑옷이 된다.

루카스는 질문을 하지 않을 거야. 그의 검정색 눈, 그의 은혈의 피, 그의 가문이 사모스임에도 불구하고, 그는 내 존재를 드러낼 수 있을 어떤 바늘도 찌르지 않으리라.

"스케줄을 지키십시오, 마이 레이디. 훈련 수업 후에 모시러 오겠습니다."

내가 본 이래 가장 형식적인 태도로 그가 물러선다. 머리를 살짝 흔들어서, 그가 적혈 수행인이 기다리고 있는 문을 가리킨다.

"고마워요, 루카스."

그것이 내가 간신히 할 수 있는 말의 전부다. 그는 자신이 생각하는 것 이상으로 많은 것을 내게 주었다.

수행인은 보라색과 은색 줄무늬가 있는 신축성 있는 검정색 옷을 내게 건네준다. 그는 나에게 작은 방을 가리키고, 나는 입고 있던 평상복을 벗고 점프슈트를 재빨리 갈아입는다. 옷을 갈아입자니, 예전의 옷들, 스틸츠 마을에서 입곤 했던 옷들이 떠오른다. 시간과 움직임에 많이 낡았지만, 내 속도를 늦추지 않을 정도로 충분히 날렵하게 딱 붙던 그 옷들.

훈련장으로 들어가니, 카메라 수십 대를 빼더라도 모든 사람들이 나를 지켜본다는 것을 고통스럽게 인식할 수 있다. 발아래의 바닥은 부드럽고 통통 튀기 좋게 느껴지고, 걸을 때마다 부드러운 쿠션감이 느껴진다. 거대한 하늘빛이 머리 위로 펼쳐져 있는데, 나를 놀리기라도 하듯 구름으로 가득한 푸른 여름 하늘이 드러난다. 구불구불한 계단들은 벽으로 나뉘어 있는 여러 층으로 연결되는데, 각각은 다양한 높이로 다른 장비들이 들어차 있다. 창문들도 많이 있는데, 그들 중 하나는 나도 익히 아는 레이디 블로노스의 교실 쪽을 향하고 있다. 다른 이들이 거기에서 또 다른 이들을 지켜볼 수 있는지, 나는 모르겠다.

10대 전사들이 가득한 방으로 걸어 들어간다는 사실에 긴장해야겠지만, 그들 모두가 나보다 더 잘 훈련받은 이들이다. 대신, 나는 에반젤린 사모스라고 알려진 뼈와 금속으로 된 견딜 수 없는 고드름에 대해서 생각하는 중이다. 내가 방의 반을 가로지르기도 전에 독을 뿌리는 그녀의 입이 열린다.

"의전은 벌써 졸업했나요? 드디어 다리를 꼬고 앉아 있는 기술을 습득했어요?"

그녀는 역도 기기에서 훌쩍 뛰어내리면서 조롱한다. 그녀는 은색 머리카락을 복잡한 모양으로 뒤로 꼬아 묶었다. 마음 같아서야 기꺼이 확 잘라 버리고 싶지만 그녀의 허리를 감고 있는 치명적인 날카로운 금속 칼날에 나는 멈춰 선다. 나처럼, 다른 모두처럼, 그녀도 자신의 하우스 색을 점프슈트에 선명하게 새기고 있다. 검정과 은색의 옷을 입은 그녀는 치명적으로 보인다.

소냐와 일레인이 함께 비웃으며 그녀에게 동참한다. 이제 그들은 나를 위협하기보다는, 미래의 왕비에게 알랑거리기로 한 듯하다.

나는 그들을 무시하기 위해 최대한 애를 쓰면서 메이븐을 찾아본다. 그는 다른 사람들과 떨어진 채 모퉁이에 앉아 있다. *적어도 우리는 둘 다 서로 홀로일 수 있겠네.* 그를 향해서 걸어가는 나를 적어도 한 다스는 되는 십 대 귀족들이 지켜보며 내 뒤에서 수군댄다. 몇몇은 머리를 숙이지만 예의 바르게 보이려고 애쓰지 않고, 대부분은 신중한 태도를 취한다. 여자애들은 특히 흥분한 듯한데, 결국, 내가 그들의 왕자들 중 하나를 빼앗은 셈 아닌가.

"너무 오래 걸렸는데."

내가 그의 옆에 앉자 메이븐이 빙그레 웃는다. 그는 군중의 한 사람처럼 보이지도, 그렇게 되고 싶어 하는 것 같지도 않다.

"내가 잘 몰랐다면, 그대가 우리랑 친해지지 않으려고 애쓴다고 했을 거야."

"특별히 한 명에게는 그래요."

나는 에반젤린에게 시선을 힐끗 던지며 대꾸한다. 그녀는 사격용 벽 근처에서 자신의 친구들을 향해 현란한 솜씨를 발휘하여 으스대면서 사람들을 즐겁게 해 주는 중이다. 그녀의 금속 칼날이 공기 사이로 노래하며, 표적의 정중앙을 뚫는다.

그녀를 바라보는 나를 지켜보는 메이븐의 눈은 생각에 잠겨 있다.

"우리가 수도로 돌아가면, 그녀를 그렇게 자주 만나지 않아도 될 거야. 그녀와 형님은 나라를 돌면서 의무를 다하느라 바쁠 테니까. 우리는 우리 일정이 있을 테고."

에반젤린에게서 멀리 떨어질 수 있다는 사실은 기쁘지만, 동시에 서서히 시계 바늘이 나를 향해 움직이고 있다는 사실을 상기하게 된다. 곧 나는 홀을 떠나게 될 테고, 리버 밸리를, 가족들을 뒤에 남긴 채로 떠나게 될 것이다.

"사람들이 언제 떠나게 될지 왕자님은 아세……."

나는 다시 말하느라 말을 더듬는다.

"제 말은, 우리가 언제 수도로 돌아가게 될지 아세요?"

"축하 무도회 이후일 거야. 이미 그 사실을 들었을 텐데?"

"네, 왕자님 어머님께서 언급하셨어요…… 레이디 블로노스는 거기에 대비해서 제게 춤추는 법을 연습시키려고 시도하셨죠……."

나는 당황한 기분이 들어 말꼬리를 흐린다. 어제 그녀는 내게 몇 가지 스텝들을 가르치려고 했으나, 나는 내 몸에 내가 걸려서 넘어질 뻔하고 그랬다. 도둑질이라면 참 잘할 수 있지만, 춤은 보아하니 내 능력 밖에 있는 듯하다.

"핵심은, *시도하셨다는* 거예요."

"걱정하지 마, 우리는 그 가장 곤란한 일을 할 필요도 별로 없을 테니까."

춤에 대한 생각으로 나는 공포에 질리지만, 공포를 애써 삼킨다.

"그럼 누가 하는데요?"

"형이 하지."

그가 망설임도 없이 대꾸한다.

"큰 형이란 원래 수도 없는 짜증나는 여자애들과의 많은 바보 같은 대화들과 춤을 감내해야만 하는 법이거든. 내 기억으로는 작년에……."

그가 그 생각이 웃긴 듯 소리 내어 웃다가 멈춘다.

"소냐 아이럴이 형을 추적하는 데 모든 시간을 다 소비했거든. 춤

287

추는 데 끼어들고, 무슨 *재미*를 보게 해 주겠다며 형을 끌고 가려고 하고. 형이 잠깐이라도 한숨 돌리게 하기 위해서 그 사이에 끼어든 다음에 소냐랑 두 곡이나 춤을 춰야 했다니까."

두 형제가 연합하여 필사적인 여자애들 부대에 맞서는 모습을, 그들이 서로를 구출하며 가야 했을 길을 생각하니 나도 그만 소리 내어 웃고 만다. 하지만 실실대는 웃음이 내 얼굴에 번지는 사이에, 메이븐의 미소는 흐려진다.

"적어도 이번에는, 형은 사모스를 팔에 달고 다니게 되겠지. 여자애들도 감히 그녀에게 맞서지는 못할 거야."

나는 그녀의 날카로운 손톱이 내 팔을 파고들던 것을 떠올리며 코웃음을 친다.

"불쌍한 칼 왕자님."

"그나저나 어제 방문은 어땠어?"

그가 집으로의 짧은 여행에 대해 묻는다. *그럼 칼이 메이븐에게 있었던 일을 얘기해 주지는 않았구나.*

"어려웠어요."

그건 내가 그 일에 대해 설명할 수 있는 유일한 방법이다. 이제 내 가족은 내가 어떤 존재인지 알고 있고, 킬런은 스스로를 늑대들에게 던졌다. 그리고 쉐이드 오빠는 죽었다.

"우리 오빠들 중 한 명이 처형당했어요, 제대 소식이 전해지기 직전에요."

그가 내 옆으로 움직이고, 나는 그가 날 불편하게 만들 거라고 생각한다. 결국 그 모든 것은 그의 사람들이 벌인 일 아닌가. 대신 그는 내 손 위로 자신의 손을 올린다.

"정말 유감이야, 메어. 나는 네 오빠가 그런 일을 당하기 마땅한 사람이 아니었을 거라고 확신해."

"그래요, 아니었어요."

나는 왜 오빠가 죽었는지 생각하며 속삭인다. 그리고 이제 나도 같은 길을 걷고 있다.

메이븐은 마치 그가 내 눈 속에서 비밀을 읽을 수나 있는 것처럼 나를 강하게 응시한다. 블로노스의 수업에 처음으로 감사한 마음이 든다. 그렇지 않았다면 나는 왕비에게 그랬던 것만큼이나 쉽게 메이븐에게 마음을 읽혔을 것이다. 하지만 아니, 그는 버너. 외로운 버너. 극소수의 은혈들만이 그들의 어머니로부터 능력을 물려받고, 누구도 하나 이상의 능력은 물려받은 역사가 없다. 그러니 진홍의 군대와 나의 새로운 동맹에 대한 내 비밀은 나만의 것이다.

그가 내가 일어나는 것을 도우려고 손을 내밀기에, 나는 그 손을 잡는다. 우리 주변의 모든 다른 사람들이 워밍업을 한다. 대부분은 스트레칭을 하거나 방 주변을 가볍게 뛰고 있지만, 몇몇은 좀 더 강한 훈련을 하고 있다. 일레인이 자신의 모습을 한꺼번에 없앨 수 있을 때까지 주변의 빛을 구부리는 훈련을 하는 모습이 눈가에 들어온다. 라리스 하우스의 올리버는 윈드위버(windweaver)인 남자애로, 자신의 손 안에 소형 회오리바람을 생성하고 소량의 먼지를 휘감아 올린다. 소냐는 키가 작지만 근육질인 18살의 안드로스 이그리에와 함께 자신이 만든 바람 공을 느릿느릿 주고받고 있다. 소냐는 잔혹할 정도로 노련하고 빠른 실크이므로 그를 쉽게 이길 수 있을 것 같지만, 안드로스 역시 그녀의 바람 공에 맞서며 그 폭력적인 춤에 잘 어울리고 있다. 이그리에 하우스의 은혈들은 아이즈(eyes)로, 그들이 아주 가까운 미래를 볼 수 있다는 의미이다. 안드로스는 지금 할 수 있는 최대치로 자신의 능력을 사용하고 있다. 둘 중 누구도 우위를 점하지 못하는 것처럼 보이는데, 둘은 한쪽으로 쏠리지 않고 균형 잡힌 경기를 벌이고 있다.

그들이 정말로 무얼 할 수 있는지 상상해 봐. 너무 세고, *너무나 강력하다.* 그리고 이들은 그저 아이들일 뿐이다. 갑자기 내 희망이 증발하고, 공포가 자리한다.

"줄을 서라."

속삭임보다도 못한 목소리가 말한다.

내 새 교사가 소리 없이 들어오고, 그 옆에는 칼이, 그리고 그들 뒤에는 프로보스 하우스의 텔키가 따르고 있다. 좋은 군인답게 칼은 교사와 발걸음을 맞춰서 걷고, 칼의 체격 옆에서는 교사도 작아 보이기만 한다. 그의 창백한 피부는 주름져 있고, 그의 머리는 옷만큼이나 하얀색인데, 그의 진짜 나이와 그의 하우스에 대한 증거일 것이다. *아벤 하우스, 침묵의 하우스로구나.* 수업 중에 들었던 기억을 되살려 본다. 힘과 권력을 모두 갖춘 주요 하우스로, 은혈들이 믿는 모든 것을 다 가진 하우스이다. 심지어 내가 메리어나 타이타노스가 되기 전에 아주 어린 소녀였을 때부터 나는 그를 알고 있었다. 그는 수도에서 방송되는 처형을 관장하며, 적혈들과 심지어 사형을 선고받은 은혈들 위에서 군림했으리라. 그리고 지금 나는 왜 그들이 그를 그 일의 적임자로 뽑았는지 알 수 있다. 헤이븐 여자애가 깜빡거리면서 잠깐 사라졌다가 갑자기 다시 보이고, 올리버의 손에서는 구불대는 바람이 잠잠해진다. 에반젤린의 칼들이 공기 중에서 떨어지고, 심지어 나조차 보이지 않는 차분한 담요가 나를 덮으면서 내 전기적 감각을 가리는 것을 느낄 수 있다.

그는 레인 아벤, 교사이자, 사형 집행인이며, *사일런스(silence)*다. 그는 은혈들이 가장 싫어하는 상태로 그들을 떨어뜨린다. 적혈과 동일하게. 그는 다른 사람들의 능력을 *끌* 수 있다. 그는 그들을 *평범하게* 만들 수 있다.

내가 얼빠진 듯 보고 있자, 메이븐이 나를 끌어서 자기 뒤로 세우고, 칼은 우리 줄의 맨 앞에 선다. 에반젤린은 우리 옆줄의 맨 앞에 서고, 처음으로 그녀는 나를 신경 쓰지 않는 것처럼 보인다. 그녀의 눈은 자리를 잡는 칼에게 고정되어 있다. 칼은 당연한 것처럼 자연스러운 권위를 편안하게 두르고 있다.

아벤은 나를 지도하느라 시간을 낭비하지 않는다. 사실, 그는 내가 그의 수업에 참여했다는 사실을 눈치 챈 것 같지도 않다.

"트랙으로."

그의 목소리는 낮고 거칠다.

잘됐네. 내가 확실히 할 수 있는 뭔가라니.

우리는 줄을 지어 출발해서 축복에 가까운 조용함 속에서 편안한 속도로 방을 돈다. 그동안 몹시 그리웠던 운동을 즐기면서, 나는 에반젤린을 막 지나칠 때까지 속도를 낸다. 그러는 바람에 앞에서 나머지의 속도를 조절하고 있던 칼이 내 바로 옆에 서게 된다. 그는 내가 달리는 모습을 보며 기묘한 미소를 띤다. 이건 내가 할 수 있는 어떤 일, 심지어 즐길 수 있는 어떤 일이다.

내 발은 매 발걸음 뛰어오르며 부드러운 바닥 위를 낯설게 딛고, 귀에서는 피가 쿵쿵 맥동한다. 땀과 이 속도, 모든 것이 친숙하다. 눈을 감으면 마을로 되돌아간 것처럼, 킬런이나 오빠들과 함께이든가 아니면 그저 나 혼자 뛰고 있는 척도 할 수 있을 것만 같다. 그저 자유롭다.

벽으로 된 구역이 갑자기 튀어 나와서, 내 복부를 들이받기 직전까지는 그랬다.

벽은 나를 바닥으로 때려눕히고 나는 바닥에 대자로 뻗지만, 정말로 상처를 입은 쪽은 내 자존심이다. 한 무리의 달리는 사람들이 멀어지고, 에반젤린은 어깨 너머로 비웃는 미소를 날리며 내가 뒤에 처지는 것을 바라본다. 메이븐만이 속도를 늦추고 내가 따라잡기를 기다려 준다.

"'훈련'에 온 걸 환영해."

그가 빙긋 웃으면서 내가 장애물 사이로 몸을 비틀어 나오는 것을 지켜본다.

모든 방마다, 벽의 특정 부분이 움직이고, 달리는 사람들 앞에 장벽을 형성한다. 모든 다른 사람들은 침착하게 대처한다. 그들은 이것에 익숙하다. 칼과 에반젤린이 무리를 이끌고, 장애물이 나타나기도 전에 위 아래로 이동한다. 내 눈 바깥쪽 구석에서, 나는 프로보스 텔키가 벽의 일부분을 조율하면서 움직이게 만들고 있다는 사실을 알아차린다. 그는 심지어 나를 비웃고 있는 것처럼 보인다.

그 텔키를 후려치고 싶은 욕구와 맞서 싸우며 나는 다시 달리기를 시작한다. 메이븐은 내 옆에서 달리며 한 발짝 정도 거리에서 떨어지지 않는데, 그게 또 이상하게 짜증이 난다. 나는 페이스를 올리고, 할 수 있는 모든 능력을 다 동원해서 전력질주를 하고 장애물을 넘는다. 하지만 메이븐은 우리 동네의 보안 요원이 아니다. 그를 크게 앞지르는 것은 힘들다.

우리가 달리기를 마치고 나자, 칼만이 유일하게 땀범벅이 되지 않았다. 심지어 에반젤린조차 넝마가 된 걸 볼 때, 그녀 역시 장애물들을 피하느라고 최선을 다한 듯하다. 내 숨은 무겁게 헐떡거리지만 나는 자신이 자랑스럽다. 거친 시작에도 불구하고, 나는 간신히 따라잡는 데 성공했다.

아벤은 잠시간 우리를 훑어보고, 그의 눈이 텔키를 향하기 전에 잠시 나를 바라본다.

"과녁을 부탁하네, 테오."

그가 다시 한 번 속삭임만도 못한 소리로 말한다. 태양을 드러내기 위해서 커튼을 여는 것처럼, 나는 갑자기 능력이 폭발적으로 돌아오는 것을 느낀다.

텔키 보조가 손을 흔들자, 바닥 구역이 미끄러지면서 블로노스의 교실 창을 통해 보았던 이상한 총이 나타난다. 그것은 전혀 총이 아니고 그저 원통형의 용기이다. 어떤 이상하고 위대한 기술이 아니라 텔키의 힘만이 그것을 움직일 수 있다. 능력이 그들이 가진 모든 것이다.

"레이디 타이타노스. 자네가 흥미로운 능력을 가지고 있다는 것은 알고 있다."

아벤이 나를 몸서리치게 하는 목소리로 웅얼거린다.

그는 파괴를 불러오는 자백색 번개에 대해서 생각하고 있겠지만, 내 마음은 줄리언이 어제 했던 얘기로 흘러간다. *나는 그저 제어를 하는 것이 아니라, 창조할 수 있어. 나는 특별해.*

모두의 눈이 내게로 향하지만, 나는 스스로를 강하게 느끼려고 애를 쓰며 턱을 앙 다문다.

"흥미롭지만 전대미문의 것은 아닙니다, 선생님. 저는 그 능력에 대해서 몹시 배우고 싶습니다."

"지금 시작할 수 있다."

교사가 말하자, 그 뒤의 텔키가 긴장한다.

신호와 함께 과녁인 공 하나가 내가 생각했던 것보다 훨씬 빠른 속도로 공기 중으로 날아오른다.

제어해. 나는 줄리언의 말을 반복하면서 스스로에게 다짐한다. *집중해.*

이번에는 공기 중에서, 그리고 내 안 어딘가에서 전기를 빨아들이자 그 견인력을 느낄 수가 있다. 그것은 내 손에서 모습을 드러내며, 작은 불꽃으로 생명을 얻어 빛난다. 하지만 공은 내가 던져 보기도 전에 바닥에 탁 소리가 나게 부딪히면서, 바닥에 불꽃을 튀기다가 사라진다. 에반젤린이 내 뒤에서 숨죽여서 웃는다. 하지만 내가 그녀를 보려고 돌아섰을 때, 내 눈은 메이븐을 대신 발견한다. 그는 보일듯 말듯 고개를 끄덕이면서 다시 시도해 보라고 충고한다. 그의 옆에서는 팔짱을 낀 칼이 나는 짐작도 할 수 없는 감정으로 어두운 얼굴을 하고 있다.

또 다른 과녁이 솟아오르고, 공기 중으로 날아간다. 불꽃은 이제 더 금방 생기고, 목표가 포물선의 정점에 닿을 때쯤 생생하고 밝게 빛난다. 전에 줄리언의 교실에서 그랬던 것처럼, 나는 주먹을 둥글게 쥐고 내 안의 분노가 나를 관통하는 것을 느끼며, 던진다.

그것은 파괴의 빛으로 아름답게 호를 그리며, 떨어지는 과녁의 옆면과 부딪힌다. 과녁은 내 힘 아래 부서지면서 바닥과 충돌하는 동시에 연기와 불꽃을 낸다.

스스로 한 일에 기뻐서 미소 짓지 않을 수가 없다. 내 뒤에서, 메이븐과 칼이 박수를 치고, 다른 아이들 몇몇이 따라한다. 에반젤린과 그녀의 친구들은 당연히 아니다. 그들은 내 승리에 거의 모욕당한 것 같은 얼굴이 된다.

하지만 아벤은 아무 말도 하지 않고, 나를 칭찬하는 일로 시간을 낭비하지도 않는다. 그는 그저 나를 나머지 학생들 중 하나처럼 바라본다.

"다음."

교사가 아이들 전체를 너덜너덜하게 만들고, 우리는 억지로 우리의 능력을 미세 조정하는 훈련을 받고 또 받는다. 물론, 나는 그들 중에서 가장 뒤처져 있지만, 그래도 내 능력은 나아지고 있음을 또한 알 수 있다. 수업이 끝날 때쯤에는, 온몸에서 땀이 뚝뚝 떨어지고, 온 근육이 다 쑤신다. 줄리언의 수업은 앉아서 체력을 회복할 수 있으니, 축복에 가깝다. 하지만 아침의 그 수업에서조차 나를 완전히 소모시킬 수는 없다. *자정이 오고 있다.* 시간이 더 빨리 흐를수록, 나는 자정에 더 가까워진다. 다음 발걸음을 딛는 일에, 내 운명을 제어하는 일에 더 가까워진다.

줄리언은 나의 불안을 알아차리지 못한다. 아마도 그가 팔꿈치 깊이로 새로 제본한 책 더미 때문이리라. 각각이 몇 센티미터로 되게 두껍고 깨끗한 라벨이 연 단위로 붙어 있는데, 그걸 빼면 아무 것도 안 쓰여 있다. 그걸로 뭘 할 수 있는지, 나는 모르겠다.

"이것들은 뭔가요?"

한 권을 집어 들며 내가 묻는다. 안에는 목록들이 엉망진창으로 써 있다. 이름, 날짜, 장소, 그리고 사망 원인. 대부분은 그저 실혈이라고 하는데, 질병이나 질식, 익사 같은 구체적이며 소름끼치는 다른 세부 사항도 있다. 내가 읽고 있는 것이 정확하게 무엇인지 깨닫자, 내 혈관 안의 피가 차갑게 식는다.

"사망 목록이군요."

줄리언이 끄덕인다.

"레이크랜즈와의 전쟁에서 싸우다 사망한 모든 사람들의 목록입니다."

쉐이드 오빠. 내가 먹은 식사가 위장 안에서 요동치는 것을 느끼며 나는 오빠를 생각한다. 줄리언이 이 책들 안에서 오빠의 이름을 찾을 수 없을 거라는 사실을 자연스럽게 알 수 있다. 탈영병의 이름에는 잉크 한 줄 받을 영예조차 없다. 화가 난 채로, 나는 독서를 위해 빛나고 있는 책상 위 등에 정신을 집중한다. 그 안의 전기가 원래부터 내 맥박이었던 것처럼 친숙하게 나를 부른다. 단지 생각만으로 나는 그것을 껐다 켰다 하면서 넝마가 된 심장에 맞춰 깜빡거리게

한다.

줄리언은 깜빡거리는 불을 보면서 입술을 오므린다.

"뭐가 잘못됐나요, 메어?"

그가 건조하게 묻는다.

모든 것이 잘못되었죠.

"나는 스케줄 변동을 좋아하는 편이 아니라서요. 우리는 연습을
할 수 없을 거예요."

나는 램프를 내버려두고는 대꾸한다. 그것은 거짓말은 아니지만,
진실도 아니다.

그가 어깨를 으쓱하자, 그의 양피지 색상 옷이 그 움직임을 따라
흔들린다. 그가 자신의 책 안의 종이 속으로 변하려는 것처럼 그 옷
들은 유난히 더 더러워 보인다.

"내가 들은 바에 따르면, 당신은 내가 줄 수 있는 것보다 더 많은
지도가 필요하겠더군요."

나는 이를 갈면서, 말을 내뱉기 전에 그 말들을 곱씹는다.

"칼 왕자님이 당신에게 무슨 일이 일어났는지 말했어요?"

"그랬습니다. 그리고 그의 생각이 옳아요. 그를 그 일로 탓하지 말
아요."

그가 차분히 대꾸한다.

"내가 원하는 어떤 걸로도 그를 탓할 수 없겠죠. 왕자님은 그저
다른 모두와 똑같아요."

나는 그의 방에 온통 널려 있던 전쟁 서적과 죽음의 안내서들을
기억하며 코웃음 친다.

줄리언은 뭔가를 말하려고 입을 열다가 마지막 순간에 그러지 않는 게 더 낫겠다 싶은지 책으로 몸을 돌린다.

"메어, 난 우리가 하는 것을 정확하게 훈련이라고 부르지 않았어요. 게다가 오늘 수업에서 매우 잘하는 것처럼 보이던데요."

"수업을 봤어요? 어떻게요?"

"지켜볼 수 있도록 요청했어요."

"뭐……?"

"그건 중요한 게 아니에요."

그가 나를 똑바로 바라보며 말한다. 그의 목소리는 갑자기 음악적으로 바뀌며 깊고 매끄러운 떨림으로 웅웅거린다. 한숨과 함께, 나는 그의 말이 옳다는 것을 깨닫는다.

"그건 중요한 게 아니죠."

나는 그의 말을 반복한다. 그가 아무 말도 하지 않는 순간에조차, 줄리언의 목소리가 만든 메아리가 차분한 산들바람처럼 여전히 공기 중을 떠돈다.

"그래서 우리 오늘은 무얼 해 볼 건가요?"

줄리언이 혼자만 즐거운 듯이 능글맞게 웃는다.

"메어."

그의 목소리는 다시 평범해지고, 소박하고 익숙한 평소의 느낌으로 돌아온다. 그것은 메아리를 깨뜨리고, 내게서 구름을 들어내고 치워 버린다.

"뭐…… 대체 그건 뭐였죠?"

그가 여전히 능글맞은 웃음을 흘리며 말한다.

"레이디 블로노스가 수업 때에 제이코스 하우스에 대해서는 별말을 안 해 준 모양이지요? 당신이 나한테 전혀 묻지를 않기에 좀 놀랐어요."

정말로 나는 그간 줄리언의 능력에 대해 궁금하지 않았다. 항상 뭔가 약한 능력이리라고 혼자 생각했었는데, 그건 그가 다른 사람들처럼 젠체하는 기색이 없었기 때문이기도 하다. 하지만 내 생각은 전혀 사실이 아니었던 모양이다. 그는 내가 생각했던 것보다 훨씬 강하고 훨씬 위험한 존재다.

"당신은 사람들을 제어할 수 있군요. 당신은 *그녀랑* 같아요."

줄리언에 대한 생각이, 진심으로 지지해 주던 사람, 좋은 사람, 그럼에도 그가 왕비와 똑같은 사람이라는 생각이 나를 떨게 한다.

그는 침착하게 내 고발을 받아들이며, 자신의 주의를 다시 책에 기울인다.

"아니, 아니에요. 나는 그녀의 힘의 발끝에도 못 미칩니다. 아니면 그녀의 잔인함에도요."

그는 한숨을 크게 쉬고는 설명한다.

"우리는 싱어(singer)들이라고 불려요. 아니 적어도 그렇게 불리고 싶군요, 만약 우리가 좀 더 많은 수가 있다면 말입니다. 나는 우리 하우스의 최후의 사람이고, 나 같은 종류에 있어서도, 음, 최후의 사람입니다. 나는 마음을 읽지는 못하고, 생각을 제어할 수도 없고, 당신 머릿속에 대고 말을 할 수도 없어요. 하지만 나는 노래할 수 있죠, 누군가가 나를 듣고 있는 만큼 길게, 누군가의 눈을 들여다 볼 수 있는 만큼 길게. 나는 내가 바라는 대로 그 사람이 하게 만들 수 있어요."

공포가 내 온몸에 번진다. *심지어 줄리언조차.*

느리게, 나는 그와 나 사이에 거리를 두고 싶은 마음에 뒤로 기댄다. 당연하게도 그는 그 사실을 알아차리지만 화가 난 것처럼 보이지는 않는다.

"나를 신뢰하지 못하는 것도 맞죠. 아무도 그러지 못해요. 그것이 내게 오직 글로 쓰인 친구들만 있는 이유입니다. 하지만 나는 절대적으로 필요하지 않는다면 아무것도 하지 않아요. 그리고 악의로 그 일을 해 본 적은 결코 없습니다."

다음 순간 그가 코웃음을 치더니, 어두운 웃음을 터뜨린다.

"내가 정말로 원했다면, 나는 왕좌를 차지했을 겁니다."

"하지만 그러지 않았잖아요."

"안 했죠. 그리고 내 누이도 그러지 않았어요, 다른 누군가 아무리 그러라고 한들."

칼의 어머니.

"아무도 그분에 대해서는 어떤 말도 하지 않으려는 것 같아요. 어쨌든 내 앞에서는요."

"사람들은 죽은 왕비들에 대해서 얘기하고 싶지 않아 해요."

그가 매끄러운 움직임으로 나를 거절하며 말을 자른다.

"하지만 내 누이가 살아 있을 적에는 그들은 말들이 많았죠. 코리앤 제이코스, 싱어 왕비."

줄리언이 이런 식으로 말을 하는 것을 들어 본 적이 없다. 한 번도. 보통 그는 조용하고, 침착하며 약간 강박적이었을지언정 이토록

화를 낸 적은 결코 없다. 이토록 상처 입은 듯 했던 적도.

"있죠, 누이는 퀸스트라이얼을 통해서 뽑힌 게 아니에요. 엘라라 왕비나, 에반젤린이나, 심지어 당신과도 같지 않죠. 그런 게 아니라, 티베는 그가 내 누이를 사랑했기 때문에 그녀와 결혼했답니다. 그리고 그녀도 그를 사랑했지요."

티베. 티베리아스 캘로어 6세, 노르타의 왕, 북쪽의 화염을 칭하는 말로는 일곱 음절 이하의 어떤 말도 부적절한 표현처럼 보인다. 하지만 그도 한때는 젊었으리라. 그도 칼처럼, 왕이 되기 위해 태어난 소년이었으리라.

"그들은 우리가 '로우 하우스'에서 태어났기 때문에, 우리가 그런 사람들이 인정할 만한 힘이나 권력을 가지지 않았기 때문에 그녀를 미워했어요."

그가 여전히 눈길을 돌린 채로 비판한다. 그의 어깨가 숨을 쉴 때마다 들썩거린다.

"그리고 내 누이가 왕비가 되고, 그녀가 모든 것을 바꾸려고 하자 그녀는 위협을 받았죠. 누이는 친절했고, 열정적이었으며, 우리 모두를 하나로 합치기 위해 이 나라가 필요로 하는 왕으로 칼을 키울 수 있는 어머니였어요. 변화를 두려워하지 않는 왕. 하지만 그날은 결코 오지 않았죠."

"형제를 잃는다는 것이 어떤 느낌인지 알아요."

나는 쉐이드 오빠를 떠올리며 중얼거린다. 꼭 모두가 거짓말이라도 하는 것처럼, 오빠가 여전히 집에서, 행복하게 살아 있을 것처럼, 현실이 아닌 것처럼만 느껴진다. 하지만 그것이 사실이 아님을 안다. 그리고 어딘가에, 내 오빠의 목이 잘린 시체가 그 증거로 누워 있을 것이다.

"나는 고작 지난밤에 그걸 깨달았어요. 오빠가 전선에서 죽었거든요."

줄리언이 멀건 눈으로 마침내 돌아선다.

"유감이에요, 메어. 알아차리지 못했어요."

"그러지 않으셔도 돼요. 군대는 저 작은 책에 처형까지 기록하진 않을 테니까요."

"처형이라고요?"

"탈영이었대요."

그 단어를 발음하자 입에서 거짓말처럼 피 맛이 느껴진다.

"설사 오빠가 결코 그러지 않았다고 해도 말이죠."

한참 침묵의 시간이 흐른 뒤에, 줄리언이 내 어깨에 손을 올린다.

"당신이 생각하는 것보다 우린 더 많은 공통점이 있는 것처럼 보이네요, 메어."

"무슨 뜻인가요?"

"내 누이도 살해당했습니다. 그녀는 방해가 됐고, 제거된 것이죠. 그리고…… (그의 목소리가 낮아진다.) 그들은 또다시 그 일을 벌일 거예요. 누구에게도 그 일이 일어날 수 있죠. 칼에게도, 메이븐에게도, 그리고 특히 당신에게도."

특히 나. 작은 번개 소녀.

"당신이 그것을 바꾸고 싶었던 거군요, 줄리언."

"정말로 그래요. 하지만 이런 일들은 시간이 걸리고, 계획을 세워야 하고, 실행되려면 너무 많은 운이 필요하지요."

그가 나를 위아래로 바라보는데, 꼭 내가 이미 어두운 길로 한 발을 내딛었다는 것을 그가 알고 있는 것만 같다.

"당신이 이런 것들을 잘 이겨내기를 바랍니다."

너무 늦었어요.

제16장

시계만 바라보면서 자정만 기다리며 일주일을 보낸 후에, 나는 절망하기 시작한다. 당연히 팔리는 여기까지 닿을 수 없을 것이다. 아무리 그녀라고 해도 그렇게까지 재능이 있을 리가. 하지만 오늘 밤, 시계가 울리자, 나는 퀸스트라이얼 이래 처음으로 아무 것도 느낄수가 없다. 카메라도, 전기도, 아무 것도 없다. 전기가 완전히 나간다. 이전에도 셀 수 없을 정도로 정전을 겪어 보았지만, 이번에는 다르다. 이것은 사고가 아니다. 이것은 나를 위한 기회다.

재빨리 움직여서, 몇 주간 신어서 이제 길이 든 신발을 신고 문 쪽을 향한다. 월시가 내 귓가에 속삭이는 소리가 들릴 때에 나는 막 복도로 나서던 참이다. 그녀는 강제적인 어둠 속으로 나를 잡아끌면서 부드럽고 재빨리 속삭인다.

"시간이 많지 않아요."

그녀가 응얼거리면서 나를 하인들이 이동하는 계단통으로 몬다. 칠흑같이 새까맣지만, 그녀는 분명 우리가 어디로 향하는지 잘 알고 있고, 나는 그녀가 나를 그곳으로 데려가 주리라고 믿는다.

"만약 우리에게 운이 따른다면 그들이 15분 안에 전력을 복구할 거예요."

"만약 운이 없으면?"

나는 어둠 속에서 나직하게 말한다.

그녀는 어둠 속에서 계단을 내려가라고 나를 재촉하며 어깨로 문을 연다.

"그렇다면 당신이 당신 머리에 그다지 애착이 없기만을 빌게요."

땅과 먼지와 물 냄새가 먼저 다가오고, 숲에 대한 내 삶의 모든 기억들이 회오리친다. 하지만 오래된 굽은 나무들과 수백의 식물들이 달빛에 파랗고 검게 비치는 이곳은 숲처럼 보이지만, 유리 지붕이 머리 위로 솟아 있다. *온실이구나.* 비틀린 그림자들이 땅을 가로질러 사방으로 뻗어가고, 각각은 다음 것보다 더 무섭다. 매번 어두운 코너마다 우리 오빠에게 그랬던 것처럼 우리를 붙잡아 죽이려고 하는 보안 요원과 감시병들이 보인다. 하지만 그들의 끔찍한 검정색이나 불꽃 색상의 제복 대신에, 별들이 빛나는 유리 천장 아래에서 피어나는 꽃들 외에는 아무 것도 없다.

"무릎 굽혀 절을 하지 않는 걸 용서해 줘."

하얗게 반짝거리는 목련 숲 사이에서 모습을 드러내며 한 목소리가 말한다. 그녀의 푸른 눈은 달빛을 받아 차가운 불처럼 어둠 속에서 빛난다. *연극적으로 행동하는 데는 아주 재능이 있네, 있어.*

방송에서처럼 팔리는 붉은색 천을 얼굴에 둘러서 이목구비를 감추고 있다. 하지만 목까지 이어지는 파괴적인 흉터는 가려지지 않는다. 흉터는 그녀가 입은 셔츠 칼라 아래로 사라진다. 흉터는 몹시 새것으로, 간신히 막 낫고 있는 중인 것처럼 보인다. 내가 마지막으로 본 이래로 그 애는 몹시 바빴던 모양이다. 하지만 그 이후로, 나도 그랬다.

"팔리."

나는 머리를 기울여 인사하며 말한다.

그녀는 마주 인사하지 않지만, 나는 그걸 기대한 적도 없다. 모두 그저 비즈니스다.

"다른 한 명은?"

그녀가 조용히 말한다. *다른 한 명?*

"홀란드가 데려오는 중이야. 곧 올 거야."

월시가 숨 가쁜 소리로 말한다. 우리가 기다리는 사람이 도대체 누구인지는 몰라도 심지어 좀 흥분한 듯하다. 팔리의 눈조차 반짝거린다.

"무슨 일인데? 또 누가 함께하는 건데?"

그들은 대답하지 않고 시선을 주고받는다. 몇몇 이름들이 머릿속을 스쳐 지나 가지만 하인들과 주방일 하는 소녀들이 이런 효과를 가져 올 리가 없잖은가.

하지만 우리에게 합류하는 사람은 결코 하인이 아니다. 그는 심지어 적혈조차 아니다.

"메이븐."

내 약혼자가 그늘 속에서 나타나는 순간, 나는 비명을 질러야 하는지 달아나야 하는지조차 알 수가 없다. 그는 왕자이고, 그는 은혈이며, 그는 적인데, 그럼에도 불구하고 그가 여기 이곳에 와서 진홍의 군대의 지도자 중 한 명과 함께 서 있지 않은가. 그의 동행인은 메이븐을 몇 년 동안이나 시중들었던 나이든 적혈 하인 홀란드로, 그는 지금 자부심에 부푼 것처럼 보인다.

"말했잖아, 너는 혼자가 아니라고, 메어."

그가 말하지만 미소는 짓지 않는다. 곁에 둔 한 손이 비틀리는 걸로 볼 때, 지금 그는 긴장한 것이다. 팔리가 그를 겁준 것이다.

그리고 나는 왜인지 알 수 있다. 한 발짝 앞으로 나서는 그녀의 손에는 총이 들려 있다. 하지만 그녀는 메이븐만큼이나 긴장한 것처럼 보인다. 그럼에도 불구하고, 그녀의 목소리는 흔들리지 않는다.

"당신 입에서 나오는 말을 들어야겠어, 작은 왕자님. 그에게 했던 말을 나에게도 해 봐."

그녀가 홀란드 쪽으로 고개를 까닥하며 말한다.

메이븐은 "작은 왕자님"이라는 말에 비웃음을 흘리고 그의 입술이 혐오로 구부러지지만, 그녀에게 달려들지는 않는다.

"나는 진홍의 군대에 합류하고 싶다."

그의 목소리는 신념에 차 있다.

그녀가 재빨리 움직여서 권총에 발사 준비를 하고 같은 동작으로 조준까지 마친다. 그녀가 그의 머리에 총구를 누르는 순간 나는 심장이 멎을 것만 같지만 메이븐은 움찔하지 않는다.

"왜?"

그녀가 낮게 말한다.

"이 세상은 틀렸기 때문이다. 내 아버님이 해 오신 것, 내 형님이 하게 될 일은 틀렸어."

총이 메이븐의 이마를 겨누고 있음에도 그는 침착하게 얘기를 이어나간다. 하지만 구슬땀이 흘러내린다. 팔리는 더는 밀어붙이지 않지만 더 나은 답변을 기다리고 있고, 나 또한 마찬가지이다.

그의 눈이 움직이더니 나의 눈을 마주한다. 그리고 침을 삼키며 말한다.

"내가 12살 때 아버님은 나를 단련시키고, 좀 더 형님과 비슷하게 만들기 위해서 날 전장의 최전선으로 보내셨다. 형님은, 알겠지만, 완벽하지. 왜 나는 똑같이 될 수 없었을까?"

나는 그의 아픔을 알기에 그 말에 움찔할 수밖에 없다. *내가 지사의 그늘에 가려 살았듯, 메이븐은 칼의 그늘에 가려 살아 온 거야. 그런 삶이 어떤 것인지 나도 잘 알지.*

팔리는 코웃음을 치고, 거의 그를 비웃으며 말한다.

"질투심 많은 꼬맹이는 필요 없어."

"난 그 질투심이 나를 여기로 이끌었기를 바란다."

메이븐이 낮게 중얼거린다.

"전쟁터에서 형님과 장군들, 부관들을 따라다니며, 아무도 옳다고 생각하지 않는 전쟁을 위해 군인들이 싸우다 죽어가는 것을 3년이나 지켜보았지. 형님이 명예와 충성을 본 곳에서 난 어리석음을 봤다. 그리고 헛된 죽음을 보았다. 은혈과 적혈, 양쪽에 선을 가르고 적혈이라는 이유로 너무나 많은 것을 바쳐야 했지."

칼의 방에서 본 책들 기억이 난다. 마치 게임처럼 놓인 전술과 계획들. 그 기억에 나는 움찔하지만, 메이븐이 다음에 한 말은 내 피를 차갑게 식힌다.

"얼어붙을 것 같던 북쪽 지역에 한 적혈 소년이 있었다. 고작 17살밖에 안 됐지. 그 아이는 다른 이들과 달리 첫눈에 나를 알아보지 못했고 나를 그냥 좋게 대해 줬어. 그는 나를 *사람처럼* 대해 줬다. 난 그가 내 첫 번째 진정한 친구라고 생각한다."

어쩌면 그저 달빛의 장난인지도 모르지만, 눈물 같은 뭔가가 그의 눈에서 반짝인다.

"그의 이름은 토마스였지. 난 그가 죽는 걸 보았다. 그를 구할 수도 있었지만 내 경호원들이 나를 뒤로 보냈지. 그의 목숨은 내 것만큼은 가치가 없다고 그들이 말하더군."

눈물은 마르고 꽉 쥔 주먹과 강철 같은 의지가 그 자리를 대신 차지한다.

"형님은 이것을 은혈이 적혈 위에 있는 균형이라고 했다. 형님은 좋은 분이고 공정한 군주가 될 것이지만, 변화의 필요성은 전혀 느끼지 않아. 난 그들과는 같지 않다고 그대들에게 말하려는 거다. 난 내 목숨이 그대들과 같은 가치라고 생각하고, 그것이 변화를 의미한다면 기꺼이 그렇게 할 것이다."

그는 왕자이고 무엇보다도 나쁜 점은 여왕의 아들이라는 것이다. *바로 이 이유 때문에, 그가 계속 감춰오던 비밀들 때문에 나는 전에는 그를 믿고 싶지가 않았다. 아니, 어쩌면 이것이 그가 그동안 숨겼던 것일지도 모르겠다…… 마음 속 깊은 곳에.*

그가 엄숙하게 보이려고, 허리는 곧게 쭉 펴고 입술이 떨리지 않도록 노력하고 있음에도 불구하고, 나는 가면 뒤에 숨은 소년을 볼 수 있다. 나의 일부는 그를 알고 싶고 그를 편안하게 해 주고 싶다. 그러나 팔리는 내가 그러기도 전에 나를 저지할 것이다. 그녀가 천천히 그러나 확실하게 총을 내렸을 때야 나는 참고 있는 줄도 몰랐던 숨을 내쉰다.

"왕자님은 진실을 말하고 있다네."

하인 홀랜드가 말한다. 그는 메이븐의 옆으로 다가와서 이상하게 왕자를 보호한다.

"이분은 전쟁터에서 돌아온 이래 수개월 동안 이렇게 느끼셨어."

"그리고 눈물로 가득한 며칠 밤이 지난 후에 당신이 우리에 관한 이야기를 해 줬다?"

팔리가 비웃으며, 그녀의 무시무시한 시선을 홀랜드에게 돌린다. 하지만 그는 자신의 말을 고수한다.

"나는 왕자님을 어린 시절부터 알아 왔네. 왕자님께 가까운 사람이라면 누구든 이분의 마음이 변했다는 것을 알아차렸을 걸세."

홀랜드는 메이븐을 곁눈질로 흘끔 본다. 마치 그의 소년 시절을 추억하는 듯하다.

"이분이 어떤 동맹이 될 수 있을지 생각해 보게. 이분이 어떤 다른 세상을 만드실 수 있을지도."

메이븐은 다르다. 나도 그 사실을 직접 체험한 바 있지만, 내 말은 아마 팔리의 생각을 흔들 수 없을 것이다. 오직 메이븐만이 그 일을 할 수 있다.

"네 색깔에 대고 맹세해."

그녀는 그를 향해 으르렁거린다.

아주 오래된 선서. 레이디 블로노스가 얘기해 준 적이 있다. 너의 삶, 너의 가족, 너의 미래의 아이들에 대해, 그 모든 것에 대해 맹세하는 것과도 같다고. 그리고 메이븐은 주저하지 않는다.

"나는 내 색깔에 대고 맹세한다."

그가 머리를 기울이며 말한다.

"나는 진홍의 군대에 나 자신을 바치리라."

꼭 그가 했던 청혼의 말과 비슷하게 들리지만, 이것은 훨씬 더 중요하고 훨씬 더 치명적이다.

"진홍의 군대에 온 것을 환영한다."

그녀가 마침내 말하며 자신의 얼굴에 감고 있던 천을 푼다.

나는 타일 바닥 위를 조용히 움직여서 내 손으로 그의 손을 잡는다. 그 손은 지금 익숙한 열기로 이글거리고 있다.

"고마워요, 왕자님."

나는 속삭인다.

"이게 우리에게 어떤 의미인지 모를 거예요."

나에게도.

은혈을 끌어들이게 된 상황이라면, 거기다 그 사람이 왕실 인물이라면 누구라도 미소를 보이겠지만, 팔리는 거의 그런 반응을 보이지 않는다.

"당신은 우리를 위해서 무슨 일을 하고 싶은 거지?"

"나는 그대들에게 정보와 지성, 그리고 그대들이 작전을 앞으로 실행하기 위해서 필요할 수 있는 것은 무엇이든 제공할 수 있다. 나는 세금 심의에 내 아버지와 함께 참석하고…….”

“우리는 세금에는 관심이 없어.”

팔리가 딱 자른다. 메이븐이 제공하려는 것들이 자신의 마음에 들지 않는 게 내 탓이라도 된다는 양 팔리는 나를 향해 화난 시선을 꽂는다.

“우리가 필요로 하는 것은 이름들, 장소들, 그리고 목표물들이야. 무엇을 때리고 언제 공격하면 가장 큰 피해를 불러올 수 있는지. 그런 정보들을 줄 수 있어?”

메이븐은 불편한 듯 움직인다.

“나는 좀 덜 적대적인 길을 원한다. 그대들의 폭력적인 방법은 그대의 어떤 친구들에게도 승리를 가져다 줄 수 없어.”

팔리는 코웃음을 치고, 그 소리는 온실 너머로 메아리친다.

“당신의 사람들은 내 사람들보다 천 배는 더 폭력적이고 잔인해. 우리는 지난 몇 세기 동안을 은혈들의 발아래서 지냈고, *친절하게 굴어서는* 나아갈 수가 없어.”

“그렇군.”

메이븐이 중얼거린다. 그는 토마스에 대해서, 자신이 죽음을 지켜본 모두에 대해서 생각하는 것 같다. 그는 어깨를 내 어깨에 스치듯 뒤로 물러서며 나를 보호하는 듯한 태도를 취한다. 그것을 눈치 챈 팔리가 커다랗게 웃음을 터뜨린다.

“작은 왕자님과 작은 번개 소녀라.”

그녀가 깔깔댄다.

"너희 둘은 서로에게 잘 어울려. 하나는 겁쟁이고, 그리고 너."

그녀는 나에게 돌아서고, 그녀의 강철 같은 푸른 눈은 활활 불타고 있다.

"지난번에 우리가 만났을 때에, 너는 기적을 찾아 진흙탕 속을 허우적대고 있었지."

"그거라면 찾았어."

나는 그녀에게 말한다. 내 의미를 분명히 하듯, 나의 손에서 스파크가 튀고, 보라색 빛이 우리 위로 춤을 춘다.

어둠이 이동하는 것처럼 보이고, 진홍의 군대의 멤버들이 위협적인 명령을 받은 듯 나무와 덤불 사이에서 나오며 자신들을 드러낸다. 그들은 천이나 반다나로 얼굴을 가리고 있지만, 모든 것을 감추지는 못한다. 가장 키가 큰 사람은 길쭉한 팔다리로 보건대 분명히 트리스탄이다. 그들이 서 있는 모습, 긴장하고 싸울 준비를 한 그 모습으로 볼 때 그들은 겁을 먹고 있다. 하지만 팔리의 얼굴은 변하지 않는다. 그녀는 사람들이 그녀를 보호하려고 한다고 하더라도 메이븐을 상대로는 별로 할 것이 없으며, 심지어 나를 상대로도 그렇다는 것을 알지만, 겁먹은 것처럼 보이지는 않는다. 몹시 놀랍게도, 그녀는 마침내 미소를 짓는다. 그녀의 미소는 무시무시하다. 이를 전부 드러내 보이는데, 야생의 굶주림이 느껴진다.

"우린 이 나라가 쓰러질 때까지 모든 곳을 폭파하고 불태울 수도 있어."

그녀가 어떤 자부심 같은 것으로 우리 두 사람을 보며 조용히 말한다.

"하지만 그건 너희 둘이 입힐 수 있는 종류의 피해와는 결코 같을 수가 없지. 자신의 왕권에 맞서는 은혈의 왕자와 이능을 지닌 적혈의 소녀라. 너희들이 우리와 함께하는 모습을 사람들이 보게 되면 뭐라고 할까?"

"난 그대가 원하는 건……."

메이븐이 말하려 하지만 팔리가 손을 저어 말문을 막는다.

"폭탄을 터뜨리는 것은 그저 주의를 끌기 위한 하나의 방법일 뿐이야. 우리가 한번 그러자마자, 이 버림받은 나라의 모든 은혈들이 지켜보는 거지. 우리로서는 그들에게 보여 줄 뭔가가 필요해."

우리를 평가하고 자신의 마음속에 있는 계획에 대고 가늠해 보느라 그녀의 시선이 계산적으로 바뀐다.

"너희들은 꽤 멋지게 해낼 것 같아."

그녀가 말하려고 하는 것이 무엇인지 두려운 마음에, 내 목소리가 떨린다.

"예를 들면?"

"우리의 영광스런 혁명의 얼굴이 되는 거지."

머리를 뒤로 홱 쳐들면서 그녀가 자랑스럽게 말한다. 그녀의 금발 머리카락 위로 달빛이 빛난다. 잠깐 동안, 그녀는 반짝거리는 왕관을 쓰고 있는 것처럼 보인다.

"한 방울의 물이 댐을 부수는 법이지."

메이븐이 열렬하게 고개를 끄덕인다.

"그럼 우리는 어디서부터 시작하는가?"

"글쎄, 우리가 메어의 나쁜 짓 책의 내용을 본받을 때인 것 같네."

"그게 무슨 의미인데?"

나는 이해하지 못하지만, 메이븐은 팔리의 생각의 흐름을 쉽게 따라간다.

"내 아버지는 진홍의 군대에 의한 다른 공격들을 덮으려고 하고 계셔."

그가 그녀의 계획을 설명한다.

내 마음은 매칸토스 대령과 오찬에서 그녀가 불쑥 꺼냈던 이야기로 깜박 되돌아간다.

"공군 기지, 델피, 하버베이."

메이븐이 고개를 끄덕인다.

"아버님은 그것들을 사고라고, 훈련 연습이라고 말하시지, *거짓말이야.* 하지만 그대가 퀸스트라이얼에서 불을 붙였을 때는, 심지어 우리 어머니조차 그대에 대해 이야기를 하지 않을 수가 없었어. 우리는 그런 무언가가, 아무도 감출 수 없는 무언가가 필요해. 세상에 진홍의 군대가 매우 위험하며 정말 실재한다는 것을 보여 줄 무언가가."

"하지만 그 일에는 결과가 따라오지 않을까?"

내 생각은 폭동에 대한 기억으로 돌아간다. 정신 나간 사람들 무리가 죄 없는 사람들을 고문하고 죽이던 그때로.

"은혈들이 우리를 공격할 거고, 상황은 *더 나빠질 거야.*"

팔리는 내 시선을 마주하지 못하고 먼 곳을 본다.

"그리고 더 많은 사람들이 우리에게 합류할 거고. 더 많은 사람들이 우리가 살고 있는 삶이 *잘못되었다는* 것을 깨달을 거고, 그럼 변화가 일어날 수 있어. 우리는 너무 오랫동안 가만히 머물러 있었어. 이제 희생을 하더라도 앞으로 움직여야 할 때야."

나는 내 안에서 분노가 불꽃처럼 피어나는 것을 느끼며 그녀의 말을 자른다.

"우리 오빠도 네가 말하는 희생이었어? 오빠의 죽음이 네게 가치가 있었니?"

그녀를 인정해 줄 만한 것은, 그녀가 거짓말을 하려고 하지는 않는다는 점이다.

"쉐이드는 자신이 무슨 일을 하려는 것인지 알고 있었어."

"그럼 나머지 다른 사람 모두는 어떤데? 아이들과 노인들, 그리고 너희의 '영광스러운 혁명'에 참가하지 않았던 사람들은 어떡하고? 감시병들이 너를 찾을 수 없을 때에 그들을 몰아서 처벌을 내리면 어떻게 되는 건데?"

메이븐의 목소리가 따뜻하고 부드럽게 내 귓가에 울린다.

"역사들을 생각해 봐, 메어. 줄리언이 네게 무얼 가르쳤어?"

줄리언은 내게 죽음에 대해 가르쳤다. 이전의 죽음들. 전쟁들. 하지만 그것 이상으로, 모든 것들은 여전히 바뀔 수 있는 때가 되면, 혁명들이 일어났다. 사람들이 일어났고, 황제들은 무너졌으며, 모든 것이 바뀌었다. 자유는 호를 그리면서 움직여서, 시간의 조수와 함께 오르락내리락했다.

"혁명은 불꽃을 필요로 하지. 그리고 불꽃은 타올라야 하고."

나는 줄리언이 수업에서 했던 말을 반복하며 조용히 말한다.

팔리가 미소 짓는다.

"그거야 다른 누구보다도 네가 제일 잘 알겠지."

하지만 나는 여전히 확신이 없다. 쉐이드 오빠를 잃은 고통, 내 부모님이 자식을 잃었다는 것을 알게 되는 일. 우리가 이 일을 한다면 그런 일들은 오직 몇 배로 늘어날 뿐일 것이다. 얼마나 많은 쉐이드들이 죽어야 할까?

이상하게도 내 맘을 흔들려고 노력하는 것은 팔리가 아니라, 메이븐 쪽이다.

"형님은 변화에는 대가를 지불할 만한 가치가 없다고 믿고 있어."

메이븐의 목소리는 확신과 용기로 떨리고 있다.

"그리고 형님은 언젠가는 이 나라를 다스리겠지. 그대는 형님이 미래가 되기를 원해?"

처음으로, 대답이 쉽다.

"아니요."

팔리가 기쁘게 고개를 끄덕인다.

"월시와 홀란드가……."

그녀가 그들을 향해 갑자기 머리를 움직인다.

"여기서 작은 파티가 열릴 거라고 내게 말하던데."

"무도회."

메이븐이 정보를 확인해 준다.

"불가능한 목표야. 모두가 경비들을 데리고 오고, 왕비가 뭔가 잘못되면 바로 알게 될 텐데……."

"어머님은 아실 수 없어."

메이븐이 그 생각에 코웃음 치며 끼어든다.

"내 어머니는 그대가 믿길 본인이 바라시는 만큼 전능하시지 않아. 어머님조차 한계가 있지."

한계? 그 왕비가? 그 생각만으로 내 마음이 거칠게 내달린다.

"어떻게 그렇게 말할 수 있죠? 왕자님도 그녀가 할 수 있는 일이 무엇인지 잘 알……."

"난 무도회장 한가운데라면, 그리고 그렇게 많은 목소리와 생각들이 어머니 주변을 휘돌고 있을 때라면, 어머님의 능력이 소용없다는 것을 알고 있어. 우리가 최대한 어머니의 길을 피해서 다니고, 우리를 찔러 볼 어떤 기회도 드리지 않는다면, 어머님은 하나도 알지 못하실 거야. 이그리에 아이즈도 마찬가지지. 그들은 문제를 예지하지 않을 것이니, 아무것도 볼 수 없을 것이다."

그가 팔리에게로 돌아선다. 그의 척추는 화살처럼 꼿꼿하다.

"은혈들이 매우 강한 것은 틀림없지만, 그렇다고 해서 천하무적은 아니다. 가능할 수 있어."

팔리는 이를 드러내는 미소를 지으며 매끄럽게 고개를 끄덕인다.

"시동이 걸리는 대로, 곧 다시 접촉하도록 하지."

"답례로 뭐 하나만 물어도 돼?"

나는 그녀의 팔을 붙잡으며 불쑥 말한다.

"내 친구, 이전에 내가 너한테 갔던 이유였던 바로 그 친구가 진홍의 군대에 들어가고 싶어 해. 하지만 그 앨 받아 주면 안 돼. 그 애가 이쪽의 어떤 일에도 관계되지 않았다는 걸 확신시켜 줘."

부드럽게 내 손가락을 자신의 팔에서 떼어내는 그녀의 눈에 후회의 구름이 낀다.

"네가 날 의미하는 건 아니면 좋겠는데."

그늘 속에 있던 팔리의 경호원들 중 하나가 앞으로 나서서 나는 경악하고 만다. 얼굴에 두른 붉은색 넝마 조각이 넓은 어깨나 내가 수천 번도 더 보아 온 지저분한 셔츠를 가리지는 못한다. 하지만 그의 눈에 깃든 강철 같은 의지나 자기 나이의 두 배는 먹은 사람이 보일 법한 투지는 내게 전혀 익숙하지 않다. 킬런은 이미 몇 년은 그곳에 있던 것처럼 보인다. 뼛속부터 진홍의 군대로 태어나, 기꺼이 싸우다 그 때문에 죽고 싶어 하는 것처럼. *킬런은 새벽처럼 타오르는 적혈이 되었다.*

"안 돼."

나는 팔리로부터 뒷걸음질 치며 속삭인다. 지금 내게는 킬런이 최고속도로 그의 최후를 향해 가는 모습만이 보일 뿐이다.

"너도 쉐이드 오빠한테 무슨 일이 일어났는지 잘 알잖아. 이러면 안 돼."

그가 넝마를 떼어 내고 나를 끌어안으려고 팔을 뻗지만, 나는 물러난다. 킬런의 손길은 꼭 배신처럼 느껴진다.

"메어, 나를 구하려고 그렇게 계속 애쓸 필요 없어."

"네가 그만두기만 하면 그럴게."

킬런은 자신이 인간 방패 그 이상은 아무것도 아니라는 것을 어째서 보지 못하는 걸까? *어떻게 얘가 이럴 수가 있지?* 어딘가 먼 곳에서, 무언가가 웅웅거리는 소리가 들리고 매초 점점 더 커지지만, 나는 거의 알아차리지 못한다. 나는 팔리와 진홍의 군대와 메이븐 앞에서 눈물을 떨어뜨리지 않는 데에 온 신경을 집중한다.

"킬런, 제발."

내 말이 어린 여자애의 간청보다는 모욕으로 들린다는 것처럼 킬런의 표정이 어두워진다.

"너도 선택을 했지, 나도 선택을 한 거야."

"나는 *너*를 위한, 너를 안전하게 지킬 선택을 한 거야."

나는 톡 쏘아붙인다. 우리가 그토록 쉽게, 늘 그랬듯 사소하게 투닥거리는 리듬으로 빠져들 수 있다는 것은 정말 경이롭다. 하지만 지금의 다툼은 좀 더 위태롭다. 그냥 킬런을 진흙탕 속으로 밀어 버린 뒤 걸어 가 버릴 수가 없다.

"난 널 위해서 협상을 했어."

"넌 네가 날 보호하는 방법이라고 생각한 걸 실행했지, 메어. 그러니 이제 내가 널 지킬 수 있는 일을 하게 해 줘."

그렇게 중얼거리는 킬런의 목소리가 낮게 우르릉거린다.

두통이 사라지기를 바라며 나는 눈을 꼭 감는다. 킬런의 어머니가 돌아가신 이래, 우리 집 문 앞에서 그 애가 굶주림으로 거의 죽어 가던 그때 이래로 나는 매일 킬런을 지켜 왔다. 그리고 이제 그는 어떤 위험한 미래가 온다 할지라도 내가 그를 위해 그러지 못하게 한다.

느리게, 나는 눈을 다시 뜬다.

"네가 원하는 걸 해, 킬런."

전선과 전기 회로들이 다시 스위치를 켠 것처럼, 내 목소리는 차갑고 기계적이다.

"전력이 곧 돌아올 거야. 이제 움직여야만 해."

다른 사람들은 온실 속으로 재빨리 뛰어 사라지고, 월시는 내 팔을 잡는다. 킬런도 다른 사람들을 따라서 그늘로 움직이며 물러나지만, 그의 시선은 계속 나를 향한다.

"메어."

그가 내 뒤로 외친다.

"적어도 작별 인사는 하자."

하지만 난 이미 걷기 시작했고, 월시가 내 옆에 선 메이븐과 나를 이끈다. 나는 돌아볼 수 없다. 내가 그를 위해서 했던 모든 것을 그가 배신한 지금 이 순간만큼은.

좋은 무언가를 기다리는 시간은 느리게 움직인다. 무서운 공이 다가오는 것처럼 그래도 시간은 자연스럽게 흘러간다. 어떤 접촉도 없이 한 주가 지나고, 메이븐과 나는 시간이 획획 지나가는 가운데 어둠 속에 남겨진다. 더 많은 훈련, 더 많은 의전, 내게는 눈물만 남기고 마는 더 많은 어리석은 점심 약속들. 매순간 나는 거짓을 말하고, 은혈을 찬양하고 내 동족을 찢어발겨야 한다. 진홍의 군대만이 나를 강하게 유지시킨다.

레이디 블로노스는 의전 수업에서 정신을 딴 데 판다고 나를 꾸짖는다. 내가 정신이 빠졌든 제자리에 있든, 그녀가 축하 무도회를 위해서 내게 가르치려 애쓰고 있는 그 댄스 스텝들을 내가 결코 배울 수 없으리라는 말을 감히 할 용기가 없다. 살금살금 다니는 것에 잘 맞는 내 몸은 리드미컬한 움직임에는 끔찍하게 안 어울린다. 한편, 한때는 공포였던 훈련 수업은 내 모든 분노와 스트레스를 발산할 수 있는 장소가 되어, 나는 그곳에서 마음껏 달리고 내가 안에 쌓

아두려고 애쓰는 모든 것을 터뜨린다.

하지만 마침내 내가 상황을 좀 이해할 만하기 시작하니, 훈련 수업의 분위기가 극적으로 변한다. 에반젤린과 그녀의 종들은 나를 비난하지 않고 대신 자신들의 워밍업에 좀 더 강하게 집중한다. 메이븐조차 마치 무언가를 준비하고 있는 것처럼 신중하게 스트레칭을 한다.

"무슨 일인 거예요?"

나는 메이븐에게 교실 나머지 아이들을 향해 고개를 까딱이며 묻는다. 내 눈은 완벽한 모습으로 푸시업을 하고 있는 칼에게 향한다.

"곧 알게 될 거야."

이상하게 따분한 음성으로 메이븐이 대꾸한다.

아벤이 프로보스와 함께 들어오는데, 심지어 그의 발도 이상하게 통통 뛰고 있다. 그는 달리라는 명령을 부르짖지 않고 학생들에게 바로 다가온다.

"티라나."

아벤이 중얼거린다.

오사노스 하우스의 님프인 푸른 줄무늬 의상의 소녀가 바로 주목을 받는다. 그녀는 바닥 중앙을 향해 걸어가서, 뭔가를 기다린다. 그녀는 흥분한 동시에 공포에 질린 듯 보인다.

아벤이 돌아서서 우리 사이를 훑어본다. 잠시 그의 눈이 나에게 향했다가, 고맙게도 메이븐에게로 옮겨간다.

"메이븐 왕자님."

그가 정중하게 티라나가 기다리고 있는 곳을 가리켜 보인다.

메이븐은 고개를 끄덕이고 움직여서 그녀 옆에 선다. 두 사람은 긴장한 채 다가올 일을 기다리며 손가락을 꼰다.

갑자기, 그들 주변의 훈련장 바닥이 움직이며 깨끗한 벽들이 어떤 형태를 만든다. 다시 한 번 프로보스가 자신의 팔을 들어 연습용 공간을 만들기 위해서 능력을 쓰고 있는 것이다. 구조물이 모양을 갖추자, 내 심장은 무슨 일이 일어나는지 깨닫고 쾅쾅 뛰기 시작한다.

경기장이다.

칼이 내 옆 메이븐의 자리를 차지한다. 그의 움직임은 조용하고 빠르다.

"서로 다치게 하지는 않을 거야. 아벤은 누가 정말로 상처를 입히기 전에 멈추곤 하거든, 힐러들도 기다리고 있고."

그가 설명한다.

"그거 안심되네요."

나는 간신히 대답한다.

재빨리 생성된 경기장 한가운데에 메이븐과 티라나가 그들의 경기를 준비하고 있다. 메이븐의 팔찌가 불꽃을 발하고, 그의 손에서 불이 타오르며 팔 위로 내달린다. 그동안 티라나 주변에서는 공기 중의 습기가 작은 물방울로 뭉치면서 빠르게 돌아서 유령 같은 모습을 만들어 낸다. 두 사람 모두 전투 준비를 마친 것처럼 보인다.

내 불편함이 어딘가 칼의 신경을 거슬린 모양이다.

"메이븐이 그대가 걱정하는 유일한 문제인가?"

완전 헛짚으셨거든요.

"의전 수업이 요즘 쉽지가 않아요."

거짓말을 한 것만은 아닌 것이, 정말로 내 걱정의 목록 맨 끝에 춤 배우기가 들어 있기는 하기 때문이다.

"궁중 예법을 외우는 것도 못하지만 춤은 더 엉망진창이거든요."

놀랍게도, 칼은 소리 내어 웃는다.

"그대는 정말 끔찍할 것이 틀림없어."

"파트너 없이 배우는 건 어렵다고요, 뭐."

나는 발끈해서 쏘아붙인다.

"그렇긴 하지."

마지막 두 조각이 합쳐지면서, 메이븐과 반대편 밖으로 훈련 경기장의 벽이 완성된다. 이제 그들은 우리 나머지와는 두꺼운 유리로 분리되어, 작은 전투 경기장 속에 갇혀 있다. *마지막으로 은혈들이 싸우는 것을 보았던 날에, 누군가가 거의 죽을 뻔했지.*

"누가 유리하지?"

아벤이 학생들에게 질문한다. 나를 제외한 모두의 손이 허공으로 올라간다.

"일레인?"

턱을 치켜세운 헤이븐 여자애가 자랑스럽게 말한다.

"티라나가 더 유리합니다. 그녀는 나이가 더 많고 경험도 더 많습니다."

일레인은 세상에서 가장 명백한 일이라는 것처럼 이렇게 대답한다. 숨기려 애쓰지만 메이븐의 볼이 하얗게 질린다.

"그리고 물이 불보다 강해요."

"아주 잘했다."

아벤이 감히 대꾸해 볼 테면 해 보라는 듯 눈길을 메이븐에게 돌린다. 하지만 메이븐은 입을 꾹 다문다. 손 안에서 커지는 불꽃이 그의 대답을 대신한다.

"나를 감동시켜 봐라."

그들이 충돌하자, 물과 불의 결투답게 불꽃과 빗방울이 튄다. 티라나는 자신의 물을 방패처럼 사용해서, 메이븐이 흉포하게 공격함에도 거기에는 들어갈 구멍이 없다. 그가 화염 주먹을 흔들며 그녀에게 가까이 다가갈 때마다 그는 증기만을 뿜으며 되돌아 나온다. 전투는 팽팽해 보이지만, 어쨌든 메이븐이 칼날을 쥐고 있는 듯하다. 그는 공격적으로 그녀를 벽으로 몰아붙인다.

우리를 둘러싼 모든 학생들이 환호하고, 전사들을 부추긴다. 이런 장면을 보면 언제나 혐오감이 들곤 했는데, 지금 나는 조용하게 있느라 온갖 애를 다 써야 한다. 메이븐이 공격할 때마다, 티라나를 꼼짝 못하게 할 때마다, 내가 할 수 있는 건 다른 사람들과 같이 환호하지 않도록 노력하는 것뿐이다.

"함정이야, 메이비."

칼이 혼잣말처럼 속삭인다.

"뭔데요? 티라나가 뭘 하는 건데요?"

칼이 고개를 흔든다.

"그냥 봐. 그녀가 쟤를 잡았어."

하지만 티라나는 전혀 승리자처럼 보이지 않는다. 그녀는 벽에 납작하게 붙어 있고, 자신의 물 방패 뒤에서 매번 공격을 방어하느라 힘겨운 결투를 벌이고 있다.

티아라가 말 그대로 메이븐의 위로 조수를 퍼붓는 그 번개처럼 재빠른 순간을 나는 놓치지 않는다. 그녀는 그의 팔을 붙잡고 밀어서, 빙글 돌아 그들은 눈 깜짝 할 사이에 자리를 바꾼다. 이제 메이븐은 그녀의 방패 뒤에서 물과 벽 사이에 끼게 된다. 하지만 메이븐은 물을 제어할 수 없고, 물은 그를 내리 누르면서 그가 불태워 날려 버리려고 애쓰면 애쓸수록 그를 더 뒤로 민다. 물은 그의 타오르는 피부 위로 그저 보글보글 끓고만 있다.

티라나는 얼굴에 미소를 띤 채로 그가 애쓰는 모습을 지켜보며 물러선다.

"항복할래요?"

공기 방울 무리가 메이븐의 입술에서 빠져나온다. 항복.

물이 그에게서 떨어지고, 박수 소리에 다시 공기 중으로 증발되어 사라진다. 프로보스가 한 손을 다시 흔들자, 경기장 벽들 중 하나가 뒤로 미끄러진다. 메이븐이 질척대는 옷차림에 삐뚜름하고 엉망인 채로 터덜터덜 원을 빠져나오는 사이, 티라나는 작게 인사를 한다.

"저는 일레인 헤이븐에게 도전합니다."

소냐 아이럴이 교사가 그녀에게 다른 누구를 짝 지어 주기도 전에 날카롭게 외친다. 아벤은 일레인을 돌아보기도 전에 도전을 승인하며 고개를 끄덕인다. 놀랍게도 그녀는 미소를 지으며 경기장을 향해 한가롭게 걸어간다. 그녀의 긴 붉은 머리가 움직일 때마다 흔들린다.

"도전을 받아들일게."

일레인이 대답하며 경기장 중앙에 자리를 잡는다.

"새로운 기술을 몇 개 배웠길 빌어."

따라 나오는 소녀의 눈동자가 춤을 춘다. 그녀는 심지어 크게 웃는다.

"만약 그랬다고 한들 너한테 얘기했을 거 같아?"

어쨌든 그들은 간신히 킥킥 거리고 입가에 미소를 띠기는 한다. 적어도 일레인 헤이븐이 완전히 사라졌다가 소녀의 목 주변을 조르기 전까지는. 그녀는 보이지 않는 소녀의 팔을 비틀어서 미끄러져 나오기 전까지 공기를 제대로 마시지 못해서 질식할 뻔 한다. 그들의 대결은 이내 고양이와 보이지 않는 쥐 사이의 치명적이고 폭력적인 게임으로 빠르게 변한다.

메이븐은 그다지 열심히 보지 않는다. 그는 자신의 경기 내용에 대해 화가 나 있다.

"응?"

칼이 다짜고짜 소리를 낮춰 강의를 시작하자 메이븐이 대꾸한다. 이것이 늘 있는 일이라는 느낌이 든다.

"너보다 훨씬 잘하는 사람을 코너로 몰면 안 돼, 그건 그들을 더 위험하게 만들어 주니까."

칼이 말하면서 동생의 어깨에 팔을 두른다.

"능력으로는 그녀를 때려눕힐 수 없으니, 네 머리로 상대해야지."

"가슴에 잘 새겨둘게."

메이븐은 투덜거린다. 그 충고가 못마땅하지만 늘 그랬듯 받아들이는 것이다.

"그래도 점점 나아지고 있어."

칼은 메이븐의 어깨를 두드리며 나직하게 말한다. 그는 선의에서 하는 행동이겠지만, 윗사람 행세를 하려는 것처럼 보인다. 나는 메이븐이 그에게 되쏘아 주지 않는 것에 조금 놀란다. 하지만 그는 내가 지사에게 늘 그랬듯 이런 일에 익숙한 것이다.

"고마워요, 칼 왕자님. 메이븐 왕자님도 그만하면 충분히 알아들은 것 같아요."

그의 형은 바보는 아니라 찌푸리기는 해도 내 힌트를 알아차린다. 나를 향해 뒤쪽으로 흘긋 시선을 던진 후에, 칼은 우리를 떠나 에반젤린과 함께 선다. 그가 가지 않았으면, 그래서 내가 그녀의 비웃음과 고소해하는 얼굴을 보지 않아도 되었으면 좋겠다. 칼이 그녀를 볼 때마다 내 속이 비틀리는 것 같은 이 이상한 기분은 제외하고라도 말이다.

칼이 일단 소리가 들리지 않을 만큼 멀어지자, 나는 메이븐을 어깨로 쿡 찌른다.

"있지, 형님 말이 옳아요. 왕자님은 저런 사람들보다 한 수 앞서는 걸요."

우리 앞에서는, 소녀가 공기처럼 보이는 것을 붙잡아서 벽에 내동댕이친다. 은색 액체가 튀고, 일레인은 흔들리며 다시 모습을 보인다. 그녀의 코에는 피가 흐른 흔적이 있다.

"경기장에 관한 거야 형님이 항상 옳지."

메이븐이 이상하게 마음이 상한 어조로 그르렁거린다.

"그냥 지켜 봐."

경기장 맞은편에서 에반젤린은 우리 사이에 자리한, 사람이 죽을 듯한 장면을 미소 지으며 보고 있다. 어떻게 자기 친구들이 바닥에서 피를 흘리고 있는데 그냥 보고 있을 수 있는지, 나는 모르겠다. 은혈들은 *다르지*. 나는 다시 한 번 되새긴다. *저들의 흉터는 계속 남지 않아. 저들은 고통을 기억도 못해.* 경기장 끝 쪽에서 대기 중이던 스킨 힐러들을 생각하면, 폭력이란 이들에게는 새로운 의미일 것이다. 부러진 척추, 쏟아져 나온 내장, 다 무슨 상관이랴. 누군가는 항상 당신들을 고칠 수 있는데. 저들은 위험이나 공포나 고통이라는 말의 제대로 된 의미조차 모를 것이다. 그들이 정말로 상처받는 것은 자존심 쪽이다.

너는 은혈이야. 너는 메리어나 타이타노스라고. 너는 이걸 즐겨야만 해.

칼의 눈이 여자애들 사이로 휙 움직이더니, 피와 뼈로 이루어진 움직이는 덩어리보다는 책이나 그림인 것처럼 그들을 탐구한다. 그의 잘 재단된 검정색 훈련 슈트 아래로, 차례를 기다리는 그의 근육들이 긴장한다.

그리고 그 차례가 오자, 나는 메이븐이 한 말의 의미를 이해한다.

아벤은 칼을 두 명의 다른 아이들과 맞붙게 한다. 하나는 윈드위버인 올리버이고, 다른 하나는 피부를 돌로 만드는 기술이 있는 사이린 매칸토스라는 여자애다. 그건 말로만 대결이다. 수적 우세에도 불구하고, 칼 쪽은 나머지 두 사람을 장난감 다루듯 한다. 그는 한 번에 하나씩 상대가 정상적으로 움직이지 못하게 하고, 올리버를 불의 소용돌이에 가두는 동시에 사이린과는 강타를 주고받는다. 그녀는 살보다는 단단한 돌로 만들어진 살아 움직이는 조각상처럼 보이는데, 그럼에도 칼은 더 강하다. 그의 강타는 그녀의 돌 같은 피부를 부수고, 그가 매번 때릴 때마다 그녀의 몸에 거미줄 같은 금을 남긴다. 이건 그저 연습에 불과한지, 그는 이미 지루한 표정이다. 대결의 마지막에 그가 경기장을 불바다로 뒤흔들어서, 메이븐조차 물러날 지경이다. 연기와 불꽃이 사라지고 나자, 올리버와 사이런은 항복을 외친다. 그들의 피부는 화상을 좀 입어서 금이 가 있지만, 어느 쪽도 울지는 않는다.

칼은 스킨 힐러가 나타나서 그들 두 사람을 치료해 주는 것은 신경도 쓰지 않고 둘을 뒤로 한 채 자리를 떠난다. 그가 나를 구했고, 나를 집에서 이곳으로 데려왔고, 그가 나를 지배하던 모든 것을 깨뜨렸다. 그는 무자비한 군인이고, 이 피로 얼룩진 왕좌의 계승자이다.

칼의 피는 은색일지 모르나, 그의 심장은 화상 입은 피부만큼이나 검다.

그의 눈이 내 눈과 마주치자, 나는 일부러 시선을 피한다. 그의 따뜻함, 그의 이상한 친절이 나를 혼란스럽게 만들기 전에, 나는 일단 저 불꽃 지옥부터 기억 속에 잘 간직한다. 칼은 여기 있는 모두를 다 합친 것보다 더 위험해. 그 사실을 잊으면 안 돼.

"에반젤린, 안드로스."

아벤이 콕 집자, 그들이 머리를 끄덕인다. 안드로스는 에반젤린과 싸워야 한다는 사실(질 거라는 생각)에 초조한 듯 기가 죽어 있다. 하지만 충실하게 터덜터덜 경기장으로 향한다. 놀랍게도 에반젤린은 꼼짝도 하지 않는다.

"아니요."

그녀가 발이 뿌리라도 박힌 듯 서서 대담하게 말한다.

아벤은 그녀에게 몸을 돌리고, 그의 음성은 평소의 속삭임보다 높고 마치 면도날처럼 날카롭다.

"뭐라고 했지, 레이디 사모스?"

그녀는 검은 눈을 나를 향해 돌리고 그녀의 응시는 어떤 칼보다도 날카롭다.

"저는 메리어나 타이타노스에게 도전합니다."

〈2권에서 계속〉

옮긴이 | 김은숙

번역하다가 자기도 모르게 작품에 빠져 작업을 잊고 다음 페이지를 읽다가 정신 차리기를 몇 번씩 반복하는 초보 번역가. 소설 취향은 잡식성. 번역한 책으로 『미술관을 터는 단 한 가지 방법』(공역), 「웨이크 시리즈」(전3권) 등이 있다.

레드 퀸 : 적혈의 여왕 I

1판 1쇄 펴냄 2016년 4월 11일
1판 5쇄 펴냄 2021년 12월 21일

지은이 | 빅토리아 애비야드
옮긴이 | 김은숙
발행인 | 박근섭
편집인 | 김준혁
펴낸곳 | 황금가지

출판등록 | 2009. 10. 8 (제2009-000273호)
주소 | 06027 서울 강남구 도산대로 1길 62 강남출판문화센터 5층
전화 | 영업부 515-2000 **편집부** 3446-8774 **팩시밀리** 515-2007
홈페이지 | www.goldenbough.co.kr

도서 파본 등의 이유로 반송이 필요할 경우에는 구매처에서 교환하시고
출판사 교환이 필요할 경우에는 아래 주소로 반송 사유를 적어 도서와 함께 보내주세요.
06027 서울 강남구 도산대로 1길 62 강남출판문화센터 6층 민음인 마케팅부

한국어판 ⓒ ㈜민음인, 2016. Printed in Seoul, Korea

ISBN 979-11-5888-101-6 04840(1권)
       979-11-5888-103-0 04840(세트)

㈜민음인은 민음사 출판 그룹의 자회사입니다.
황금가지는 ㈜민음인의 픽션 전문 출간 브랜드입니다.

Black
Romance
Club

블랙 로맨스 클럽을 열며

로맨스 소설에도 흐름이 있다. 한참 인기를 지속하던 칙릿 이후 10대에서 출발해서 무서운 속도로 영역을 넓혔던 인터넷 소설 시장에 이어, 과히 광풍이라고 부를 수 있을 정도로 전 세계를 평정한 뱀파이어 소설이 최근의 주류를 이루고 있다. 하지만 한 작품이 인기를 끌고 나면 그 뒤로는 아류작이 쏟아져 나오는 시장의 특성상, 너무나 천편일률적인 작품들이 유행에 따라서 서점을 채우고 있다.

블랙 로맨스 클럽은 바로 이 획일화 되어 있는 로맨스 소설 시장에 대한 고민에서 출발했다. 사실 로맨스 소설은 다 비슷한 게 당연한 것 아니냐고? 천만의 말씀. 그냥저냥 잘생긴 남자랑 예쁜 여자가 만나서 악역 조연들에게 시달리며 오해를 겹겹이 쌓아가다가 어느 순간 너를 너무 사랑하니까 하고는 결혼에 골인하면 되는 거 아니냐고? 부디 블랙 로맨스 클럽을 통해 그 편견을 버려 주시길 바란다.

블랙 로맨스 클럽 편집부는 로맨스라면 흔히 떠올리는 소재나 플롯 등에서 벗어나 다양한 소재를 다룬 신선한 소설, 탄탄한 이야기 구조를 기반으로 재미와 감동을 전해 주는 소설만을 엄선하고자 한다. 시리즈의 작품들은 하나 같이 기존의 로맨스 소설의 공식을 깨는 개성 넘치는 작품들로, 시대를 초월한 재미를 추구하는 작품만을 선정했다. 추리, 호러, 스릴러, SF, 판타지, 역사, 좀비 등 소설에서 기대할 수 있는 모든 이야기에 로맨스라는 양념이 덧붙여진 종합 선물 세트와 같은 다양한 소설들로 독자들에게 색다른 재미를 드리고자 한다. 블랙 로맨스 클럽의 '블랙'은 하얀색, 분홍색, 빨강색 등의 색조로 흔히 표현되는 로맨스 소설을 뒤집어 개성 넘치는 로맨스 소설을 담고자 하는 출판사의 마음을 담고 있다.